2023年"新时代中国法治文学精选"丛书

中国社会主义文艺学会法治文艺专业委员会 编

正义者

群众出版社
·北京·

图书在版编目（CIP）数据

正义者／中国社会主义文艺学会法治文艺专业委员会编. -- 北京：群众出版社，2024. 12. --（2023年"新时代中国法治文学精选"丛书）. -- ISBN 978-7-5014-6381-7

Ⅰ. I247. 5

中国国家版本馆 CIP 数据核字第 2024UX5330 号

2023年"新时代中国法治文学精选"丛书

正义者

中国社会主义文艺学会法治文艺专业委员会　编

责任编辑：张　倩
装帧设计：王紫华
责任印制：周振东

出版发行：群众出版社
地　　址：北京市丰台区方庄芳星园三区 15 号楼
邮政编码：100078
经　　销：新华书店
印　　刷：天津嘉恒印务有限公司

版　　次：2024 年 12 月第 1 版
印　　次：2024 年 12 月第 1 次
印　　张：9. 375
开　　本：880 毫米×1230 毫米　1/32
字　　数：208 千字

书　　号：ISBN 978-7-5014-6381-7
定　　价：49. 00 元

网　　址：www. qzcbs. com
电子邮箱：qzcbs@ sohu. com

营销中心电话：010-83903991
读者服务部电话（门市）：010-83903257
警官读者俱乐部电话（网购、邮购）：010-83901775
文艺分社电话：010-83901330　　010-83903973

前言

  为认真贯彻习近平新时代中国特色社会主义思想，弘扬社会主义核心价值观，讲好中国法治故事，以法治文学的力量为实现以中国式现代化全面推进中华民族伟大复兴作出应有贡献，经中国社会主义文艺学会批准，中国社会主义文艺学会法治文艺专业委员会自2021年起开展"新时代中国法治文学精选"丛书征稿编选工作。迄今已连续成功举办了三届。中宣部原副部长、原文化部部长贺敬之同志担任编委会总顾问。此项活动的主要成果是，由群众出版社向全国公开出版发行2021年、2022年、2023年"新时代中国法治文学精选"丛书，收录长篇小说14部、中篇小说集1部、报告文学集2部、中短篇小说集2部、短篇小说与报告文学集1部。这是一年一度法治文学精选的征稿编选工作，对于推动中国法治小说、报告文学原创作品的发展，促进法治文学人才脱颖而出，起到了十分重要的积极作用。

2021 年入选的优秀作品，其中长篇小说 2 部（《山重水复》《弹壳》）、中短篇小说集 1 部（《疑似命案》）、报告文学集 1 部（《微尘鉴罪》），已收入 2021 年"新时代中国法治文学精选"丛书，由群众出版社出版发行。2022 年入选的优秀作品，其中长篇小说 6 部（《血案寻踪》《刑警一中队》《刑警的诺言》《越过陷阱》《虚拟诱惑》《刑侦女警》）、中短篇小说集 1 部（《诡异现场》）、报告文学集 1 部（《预审"工匠"》），已收入 2022 年"新时代中国法治文学精选"丛书，由群众出版社出版发行。

2023 年"新时代中国法治文学精选"丛书的征稿编选工作现已圆满结束。此次征稿，自 2023 年 1 月 1 日至 9 月 30 日，共收到作品 80 部（篇），其中长篇小说 11 部，中篇小说 18 篇，短篇小说 33 篇，报告文学 18 部（篇）。经中国社会主义文艺学会法治文艺专业委员会组织专家认真审读，最终确定 25 部（篇）作品入选 2023 年"新时代中国法治文学精选"丛书。凡入选作品的作者，均由中国社会主义文艺学会法治文艺专业委员会颁发"特约作家"证书，并在中国社会主义文艺学会网站公布。

2023 年"新时代中国法治文学精选"丛书继续由群众出版社出版发行，共 8 部，收录长篇小说 6 部、中篇小说集 1 部、短篇小说与报告文学集 1 部，并将所有入选作品名单收入附录。

中国社会主义文艺学会法治文艺专业委员会
2023 年 12 月 31 日

正义者

裘永进

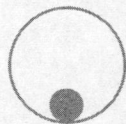

目录

第一章　新娘出事

一、丑陋的婚俗

早春三月，乍暖还寒。

江南金化县公安局大院，几棵碗口粗的茶花树开出鲜艳的花朵，给庄严的公安局平添了几分春意。

"周杰，这么早就打好水、拖完地了，勤快，勤快。"刑侦大队昨晚值班的蔡副大队长披着警用棉袄，手里拿着大饼油条，边吃边说。

周杰从警院毕业到公安局刑侦大队上班已近半年，如果没有发生案件和轮到值班，他平时总是提早 30 分钟到单位。见其他同事还没有来，他打开办公室门，像往常一样拿起两个热水瓶去开水间打水。打完水，他又去卫生间拿拖把把办公室的地面拖干净。打水、拖地已成了他的习惯，他觉得年轻人就应该多做点事。刑侦大队共有民警 28 人，周杰是年纪最小的一个。周杰身高一米八五，体重 81 公斤，是一个长得像演员、身材像运动员的小伙子。他为人和善，谦虚好学，做事勤快，因此深得刑侦大队同志们的喜欢。

"蔡队副，昨晚没什么事吧？"周杰连忙起身问候道。

"有俺老蔡在，给那几个小子几个胆子试试？平安无事，一觉睡到大天亮。"蔡队副笑呵呵地说。

"运气不错。"周杰附和着说。

金化县是一个中等县，常住人口 50 多万，近年来流动人口大量增多，社会治安虽然总体平稳，但刑事案件时有发生。值班时出警是常有的事。

刑侦大队每晚值班的有五个人，侦查、技术人员各两人，再加一个队领导带班。遇到出差办案的，基本上每个人五天要轮到一班，第二天照常上班，工作确实辛苦。但周杰却觉得一点也不辛苦，反而感到人生充实，他对工作充满热情。而且刑侦大队每天碰到的事都不一样，有的案件离奇曲折，有的案情十分复杂，侦查与反侦查斗智斗勇，给人新鲜感、责任感和使命感。周杰虽然来到刑侦大队时间不长，但他越来越喜欢刑侦工作。

蔡队副名叫蔡来阳，40 来岁，高高的个子，平头，长相普通，是分管刑事技术的副大队长。他不是公安科班出身，是从省工商大学物流专业毕业后，考公务员进入公安局的。这显得他比较另类，因为在公安局，特别是刑侦大队，大多数人都是从公安院校毕业的，还有一些是从部队转业的。不过这并不影响他在刑侦大队的威望。由于他喜欢钻研痕迹技术，不喜欢研究人，对刑侦大队的人一视同仁，对领导的命令坚决执行，但从不低头哈腰，因此深得刑警们的认可。

"周杰，你以后想晚上值班没事的话，跟着我就是了。"蔡队副喝了一口茶后笑眯眯地对周杰说。看得出他喜欢周杰。

"好呀，我好想跟着您值班。"周杰由衷地说。

这时办公室的电话响了。队里的人都知道，上班时分来电话，八成是有案子发生。周杰快速拿起话筒，果真，电话是横街镇派出所打来的。

昨晚深夜，横街镇发生一起轮奸案，一个新娘被几个男傧相轮奸了。

真是世界之大，无奇不有。

"什么？再重复一遍。"周杰手握话筒说。

"嗯，嗯。"周杰边听边点头。

"蔡队副，横街镇派出所副所长徐文光来电话说，昨晚该镇横山村一个新娘被轮奸了。他们已去现场，请我们马上过去。"周杰放下话筒向蔡队副报告说。

"昨晚值班的跟我走。通知驾驶员和内勤马上出发。"蔡队副向周杰发出指令。

"是。"周杰边答应边去通知。

昨晚值班的痕迹技术员张涛，DNA化验员许前胜，侦查员于大强、钱利伟闻声后拿起现场勘查包往门外走去。

驾驶员辅警单立接到周杰通知后飞快驾驶现场勘查车停在刑侦大队前面。

内勤杨丽刚刚进入公安局大门，就接到了周杰通知。她在地下车库停好车，一路跑步到刑侦大队换上警服。

杨丽五官端正，身材匀称，漂亮过人，十分引人注目；穿上警服后，更显得英姿飒爽。

杨丽入警五年，是刑侦大队三位女性之一，负责内勤和情报信息工作。发生一般刑事案件，内勤是不需要去现场的。由于这次是强奸案件，所以必须有女性警察参加。

3

在蔡队副带领下，一群人跳上现场勘查车，这是一辆蓝白相间带有警察专用标志的金杯车。

警车开出公安局大门，立即开启警灯，拉响警报。路人纷纷驻足，向警车行注目礼。

周杰虽然入警已有半年，出过多次现场，可是每次坐在警车上，听到凌厉的警报声，他都会感到热血沸腾，就像一个出征的战士，即将奔赴战场。

横街镇离县城 30 公里，警车不到 40 分钟就到了。

出事地点是横街镇横山村魏老汉家。这是一幢木式结构的二层小楼。新房是二楼靠东的那一间。房内的墙上、窗前贴有几个囍字，一张大床靠墙放在屋子中间，两条色彩亮丽的棉被凌乱地放在床上。

现场已被处理过。

魏老汉 60 多岁，他有两个儿子、一个女儿。昨天结婚的是他的小儿子，名字叫魏林，今年 24 岁，是横街镇卫生院的医生。新娘名字叫欧阳月，是横街镇税务所的公务员。

横街镇派出所询问室里，魏老汉低着脑袋，佝偻着背，有气无力地坐着。

"魏老汉，请你说说事情的经过。"蔡队副语气平和地说。

"这事说起来丢人现眼。"魏老汉很不情愿地说。

"小儿子结婚，本来是家里的一件大喜事，亲戚朋友都来贺喜。我们在村食堂办的酒席，根据风俗，亲戚朋友可以连续吃三天。昨天是最后一天，是正餐，新娘他们也过来了。可谁知道，我小儿子的几个朋友喝多了酒后，将我的儿媳妇糟蹋了……有愧祖宗啊。"魏老汉低声下气地说。

"你小儿子的几个朋友?"蔡队副又问。

"听说是三个。"魏老汉瓮声瓮气地说。

"是哪三个?都叫什么名字?"蔡队副接着问道。

"名字我讲不出来,要问我的小儿子。"魏老汉垂头丧气地说。

横街镇派出所办案区 1 号询问室。杨丽和派出所女民警汪文娟坐在欧阳月的前面。

欧阳月长得眉清目秀,身材婀娜多姿,但此刻她头发凌乱,双眼红肿,楚楚可怜。

"欧阳月,首先我对你的遭遇表示同情和理解。既然事情已经发生了,就要勇敢地面对。你能说一下事情的大致经过吗?"杨丽把"大致"两个字咬得比较重。这种事情说得太细难以启齿,杨丽不想让欧阳月难以面对。

汪文娟给欧阳月送上一杯茶。欧阳月轻轻说了一声"谢谢"。

"昨天晚上 9 点多。"欧阳月刚说了一句,双眼就充满了泪水。汪文娟递给欧阳月两张餐巾纸。

欧阳月一边用餐巾纸擦眼泪,一边声音很轻地说:"昨晚婚宴结束后,农村有闹新房的习惯,所谓三日无大小,不论男女老少,都可以戏耍、捉弄新娘子。开始是几个亲友用黑色的墨水往我脸上抹,故意推人往我身上撞。闹了一阵,人走了。后来我老公和他的几个朋友进来,他们一个个东倒西歪的,口吐很浓的酒气,醉醺醺的样子。他们笑嘻嘻地看着我,其中一个人上来摸我的脸,我把他的手挡掉了,其他两个人来拉我的手,我赶紧抽手躲到我老公的后面。我老公对他们说别闹了。他们把我老公推到了门外。我虽然心里有些害怕,但是也不好说什么,因为我知道,闹新房是风俗。见我老公不在,三个人的胆子更大了,嬉笑着过来抱我摸我，我推不动他们，挣不开，也逃不掉。他们反而把我抱得更紧了。这时有人解我的衣服，我看不对劲，就开口骂他们，手被他们抓住就用脚踢他们。但是他们有的用手捂住我的嘴，有的掐我的脖子，有的抓住我的手脚……他们就这样欺负了我。"欧阳月说到这里哭了起来。

"他们三个人都干了?"杨丽虽然很气愤，但使命所在，不得不问。

欧阳月点了点头，又摇了摇头。

"究竟是三个人都干了，还是没干?"杨丽耐着性子问。

"有一个人肯定干了，另外两个人一起参与的，至于另外两个人有没有成功，我也说不上来。"欧阳月凄凄惨惨地说。

"三个畜生。"杨丽狠狠地骂了一句。

"你贴身衣裤在哪里?"杨丽问道。

"我换下后放在卫生间里了。"欧阳月难为情地回答。

"文娟，你马上去把这个情况告诉蔡队副。"杨丽小声对身旁的汪文娟说。

汪文娟马上起身向门外走去。一会儿汪文娟回来了，朝杨丽点点头，意思是告诉了蔡队副。

二、疑犯是伴郎

"那三个人你认识吗? 叫什么名字?"杨丽接着问道。

"我认识，一个叫方德辉，在横街镇市场监管所工作，是我老公的中学同学，他父亲是横街镇镇长。一个叫葛文刚，在县防疫站工作，是我老公的小学同学。一个叫刘文武，在镇农机站工作，是我老公的朋友。三人在婚礼上是我老公的伴郎。"欧阳月的眼神坚定起来，内心十分憎恨这三个人。

横街镇派出所办案区 2 号询问室。魏林情绪低落地坐在一把椅子上。作为新郎，碰到这种事他心里也特烦躁。

"魏林，事情发生在你的婚房里，他们几个人在强奸你妻子时，你为什么不去阻止？"蔡队副不可思议地问。

周杰在旁边疑惑地看着他。

"我以为他们只是闹闹新房，谁知道他们会做出猪狗不如的事。"魏林无奈地说。

"你就在门口，为什么不冲进去？"蔡队副百思不得其解地问。

"他们把门反锁了，我进不去。我认为他们只是玩玩、闹闹，听到他们嬉笑的声音很烦，我就跑到一楼去了。谁知他们真敢……我都后悔、懊恼死了。"魏林双手狠抓自己的头发，痛苦地说。

"他们是几个人？"蔡队副冷冷地问。

"三个。"魏林肯定地回答。

"叫什么名字？与你是什么关系？"

"方德辉、葛文刚、刘文武，两个是我的同学，一个是我的朋友。他们都是我的伴郎。"

"你的同学、朋友，而且还是伴郎，真靠得住啊！"蔡队副挖苦地说。

魏林是哑巴吃黄连，有苦说不出。他真的是引狼入室。

张涛和许前胜在新房勘查现场。他们仔细搜寻，但是没有找到有价值的痕迹物证。新娘的内衣裤没有找到，床上的床单也换了，这些都是关键的证据。没有证据就定不了案。

但是魏家的人都说不知道。

周杰通过横街镇派出所计算机,在全省公安机关综合办案系统中很快查到方德辉等三个人的家庭地址,他们都住在城关镇。

横街镇派出所会议室。镇党委委员、派出所所长方宏伟、教导员徐勇涛、副所长徐文光、蔡队副和刑侦大队来的五个同志,临时集中起来分析案情。

方宏伟所长面色严峻,严肃地说:"案件发生在镇所在地,犯罪嫌疑人又涉及镇领导的家属,我们一定要慎之又慎,把案件办成铁案。"

"宏伟所长说得很对。"蔡队副说,"我们要把工作重点放到收集证据上。张涛和许前胜继续追查床单和内衣裤,工作要做细,特别是魏家人的访问工作,请横街镇派出所配合。杨丽带欧阳月去县人民医院检查身体。鉴于三名犯罪嫌疑人都在县城,我们返回县城。方所长,你看这样行吗?"

"我同意蔡队副的意见。"方宏伟所长说。

"教导员和其他同志有意见吗?"蔡队副问道。

大家都表示没有意见。

从会议室出来,蔡队副、徐文光、于大强、钱利伟、周杰、杨丽、汪文娟、欧阳月乘坐两辆车返回县城。一辆车送杨丽、汪文娟、欧阳月去县人民医院。

蔡队副又从刑侦大队要了两辆车,兵分三路,直奔三个犯罪嫌疑人家。没费多少事,就将方德辉、葛文刚、刘文武三个人带回公安局。

金化县公安局办案区 1 号审讯室。方德辉被带进来。他身穿深色西装,戴着眼镜,看上去文质彬彬。他神态平静,看不出有半点惊慌。

"方德辉，你为什么来这里？"主审的是刑侦大队主管侦查工作的副大队长郭强。周杰负责记录。

"应该是为昨天晚上的事吧。"方德辉平静地说。

"昨天晚上什么事？"郭强面无表情，双眼直视，一刻也不离开方德辉的眼睛。

"昨天晚上酒喝多了，做了一些出格的事。"方德辉抱歉地说。

"出了多少格？"郭强不紧不慢地说。

方德辉沉默不语。

"是出格？还是犯罪？"郭强还是不温不火的声音。

"说不清楚。喝酒后的事我断片儿了。"方德辉很老练地说。

"昨天晚上的事都不记得了，你有健忘症？"郭强很认真地说。

"队长你说笑了，我年纪轻轻，哪能得健忘症。就是酒后糊涂了，不记得说什么做什么了。"方德辉挤出一丝苦笑。

"既然没有健忘症，那你再好好想想，昨天晚上究竟做了什么。"郭强给方德辉台阶下。

方德辉两只眼睛往上瞧，装成想事的样子。想了一会儿，他看着郭强摇了摇头。

"还是想不起来？或是根本就不想说？"郭强把话挑明了说。

方德辉脸上平静，心里十分懊恼。虽然他喜欢漂亮的女人，但那是同学的女人，而且是新娘，自己居然做出这种事来，喝酒误事，喝酒误事。

但是他嘴上不想承认。

"虽然你想不起来了，或者是不想说，但有人记得，有人会说。等到别人说了，你可不要后悔。"郭强装作无所谓的样子。

方德辉既恨又怕，但自尊和侥幸心理使他咬紧牙关。

"你先回吧，什么时候想说了再说。"郭强挥了挥手。

方德辉被带回候审室。

2 号审讯室。

相比方德辉，葛文刚显得很不淡定，他被固定在审讯椅上，小腿微微颤抖，双手轻轻抖动，一副坐立不安的样子。

"葛文刚，昨天晚上你们三个人的行为，性质恶劣，危害严重，你知罪吗？"于大强见葛文刚胆小怕事，来一个先声夺人，给事情定了性。

"知罪。"葛文刚唯唯诺诺地说。

"我们的政策是坦白从宽，抗拒从严。只有老实交代，才能争取从宽处理。你懂吗？"于大强攻心为上。

"我懂。我老实交代。"葛文刚频频点头。

"那你把你们三个人的犯罪行为具体说一下。"于大强厉声说。

"昨天晚上酒席是下午 5 点 30 分开始的，共有 30 多桌。我们三个人作为新郎的陪伴，陪新郎新娘给亲朋好友们敬酒，30 多桌下来，我们几个喝了很多酒。婚礼结束是晚上 9 点多。喝了酒后我们很兴奋。把新郎新娘送进新房后，因为欧阳月长得很漂亮，我们也很喜欢她，在酒精的刺激下，我们有亲她的欲望。走进新房后，方德辉先去摸了一把欧阳月的脸，我和刘文武一起去摸欧阳月的手，魏林前来制止，被我们推出门外。关上门后，方德辉先去抱欧阳月，欧阳月嘟起嘴，挣扎反抗，她的脸红红的，很好看。我和刘文武也上去抱她、摸她。我们本来只想抱抱她、摸摸她。可方德辉解开了她的衣服。欧阳月的皮肤雪白雪白的。见到欧阳月一丝不挂的身体，我热血往上冲，脑子一片空白，在方德辉后，也抱住了欧阳月。但我只是亲她，抚摸她，亲她的嘴，吃她的奶，摸她的胸和下体。在我之后，刘文武也扑在欧阳月的身上。事情的经过大致就是这样。"葛文刚说完后长长地出了一口气，好像把包袱放下了。

"你说你们三个人都把欧阳月强奸了，是这样吗？"于大强追问道。

"是的。不是！我没有强奸她。"葛文刚很肯定地回答。

"你们三个人是在哪里把欧阳月强奸了？"于大强继续问。

"在新房里呀。我补充一句，我没有强奸她。"葛文刚不解地说。他想，这么简单的事还要问？

"说具体位置，是床上？沙发上？还是地上？"于大强皱着眉头说。

"是床上。"葛文刚这一下懂了。

"干完以后呢？"于大强吸了一口香烟说。

"做完事后，我们清醒过来，觉得我们做错了，对不起魏林，也对不起欧阳月。我们就各自回家了。"葛文刚很内疚地说。

"你们还知道自己错了！老话说，朋友妻不可欺，强奸朋友的妻子，你们是在犯罪啊，是严重的犯罪行为。"于大强怒不可遏地说。

"我们知道错了，希望政府能给我们一个改过的机会。"葛文刚惶恐地说。

"现在知道错了，迟了。"于大强恨铁不成钢地说。他见过太多这种事先脑子发热行为不计后果，事后痛哭流涕追悔莫及的人。真可谓是一失足成千古恨。

"看一下上面有没有错，没错就签上你的名字。"于大强示意负责记录的民警将审讯笔录给葛文刚看。

葛文刚看后麻利地签上了自己的名字。

3 号审讯室。

刘文武镇定地坐在审讯椅上。他长得高大威武。

负责审讯的是蔡队副和钱利伟。

"姓名?"

"刘文武。"

"年龄?"

"25。"

"工作单位?"

"县防疫站。"

"家庭住址?"

"城关镇南山新村 18 栋 3 单元 505 室。"

"刘文武,我们公安机关不会随随便便把你找来,这是审讯室,不是询问室。你知道这两者的区别吗?"蔡队副问道。

"知道。"刘文武点了点头。

"知道就好。我们是刑侦大队,不是派出所。你知道这两者在办案上的区别吗?"

"不清楚。"刘文武似懂非懂地摇摇头。

"那我告诉你。简单地说,派出所负责小案,刑侦大队办理大案。懂不懂?"蔡队副层层深入。

"你这样一说我就懂了。"刘文武讨好地说。

"懂了?就是说你的事归我管,是大事。"蔡队副在这里等着他。蔡队副在刑侦大队是个审讯专家,对付不同类型的犯罪嫌疑人他很有一套。

刘文武的神情立马紧张起来。

"你不用紧张，事情已经发生了，把事情说清楚就行了。"蔡队副安慰道。

"说说作案经过吧。"蔡队副的语气很随意。

"昨天晚上，喝完喜酒大约是晚上9点多，我和方德辉、葛文刚送新郎新娘到新房。闹新房的时候，方德辉对欧阳月动手动脚，我和葛文刚在边上附和。魏林看到后很不满意，劝阻我们不要闹了，我们说新房是一定要闹的，就把魏林推到门外。把门关上后，方德辉就抱住欧阳月，双手在欧阳月身上乱摸，亲欧阳月的嘴，欧阳月不停地反抗，葛文刚上去帮忙，后来方德辉和葛文刚把欧阳月强奸了。"刘文武说到这里停了下来。

"你有没有强奸欧阳月？"蔡队副的脸很黑。

"我没有。"刘文武急忙否认。

"我没有和欧阳月发生性关系。"他又补充道。

"你为什么不和欧阳月发生性关系？"蔡队副好奇地问。

"他们两个人与欧阳月发生关系后，我觉得欧阳月的身上脏了，就不想与她发生关系。"刘文武小声嘀咕。

"大声回答。"蔡队副命令道。

于是刘文武大声重复了一遍。

"那你对欧阳月做了什么？"蔡队副的态度缓和下来。

"我就摸了摸欧阳月的脸和胸部。"刘文武平静地说。

"刘文武，你要老实交代，你们是三个人作案，你不交代，别人也会交代的。你现在所说的每一句话，都将作为庭上供词，直接关系对你的定罪量刑。所以你要争取主动，不要错失机会。"蔡队副苦口婆心地说。

"是的是的，谢谢蔡警官教育。" 刘文武恭维地说。

"哪怕就像你所说的，你没有与欧阳月发生关系，当时没有强奸她，但是你参与了轮奸犯罪，只要你们其中两个人对欧阳月轮奸成功，你就是轮奸犯罪的共犯。" 蔡队副继续说道。

刘文武张着嘴认真地听着，听得一愣一愣的。没有与受害人发生关系，照样是轮奸犯罪的共犯，以强奸罪论处。这些法律知识他以前是不懂的。他脸色苍白，头上直冒虚汗。

"回去继续想，想清楚想明白了，下次再说。" 蔡队副结束了下午的审讯。

三、消失的证据

当天晚上 8 时许，刑侦大队会议室。案件分析讨论研究会准时召开。参加会议的有县公安局党委委员、刑侦大队大队长顾天雄、教导员应芬红、副大队长蔡来阳、副大队长郭强及张涛、许前胜、于大强、杨丽、钱利伟、周杰等参加案件侦破的人员。

顾天雄今年 38 岁，国字脸，眼神坚毅，硬汉形象。

"老蔡，把情况凑一凑吧。" 顾天雄开口说道。

蔡队副清了清嗓子说："我们和横街镇派出所联合对现场进行勘查，经过现场调查访问，对三名犯罪嫌疑人进行审讯，基本弄清了犯罪事实。案件发生在昨天晚上 9 点多，三名犯罪嫌疑人是新郎的同学和朋友，喜宴结束后，他们以闹新房为名，把新郎推至门外，将新娘子强奸。"

说到这里，蔡队副打住了，随后他加重语气说："这个案件，现在有几点需要引起重视。第一，三名犯罪嫌疑人的口供不一致。

方德辉一直没有交代。葛文刚交代，方德辉和刘文武强奸了欧阳月，他只是参与了强奸，但他本人没有强奸欧阳月。刘文武交代，方德辉和葛文刚强奸了欧阳月，他自己没有与欧阳月发生性关系。第二，有关痕迹物证下落不明。欧阳月的内衣裤、床上的床单这些重要痕迹物证不知去向。第三，对欧阳月的身体检查情况。经县人民医院妇产科医生检查，欧阳月阴道红肿充血，处女膜陈旧性破裂。在阴道内没有检出男性精子。这表明，欧阳月当天晚上是否被强奸，从阴道和处女膜是看不出的。因为处女膜早就破裂，没有精子也就无法认定是谁干的。第四，需要说明的是，嫌疑人方德辉的父亲方刚是横街镇的镇长。嫌疑人刘文武的父亲刘强是县总工会副主席。有关痕迹物证和对欧阳月的检查情况，请张涛、许前胜、杨丽具体补充。"蔡队副说完拿起茶杯喝了两口水。

"有关痕迹物证是这样的。"张涛马上接着说，"欧阳月说把内衣裤换下后放在一楼的卫生间里，但我们在卫生间里里外外都没有找到，床上床单也是干净的。后来我们从魏林和魏老汉夫妇及魏林的妹妹魏红处了解到，事情发生后，一家人十分难过，在要不要报案这个问题上发生了分歧。魏老汉老两口认为家丑不可外扬，这个事如果传出去被村里人知道了，他们以后就没脸在村里做人了。再说了，方德辉的父亲是镇长，如果把方德辉告了，可能会遭到他父亲的报复，以后一家人就没有好日子过了。欧阳月和魏红坚决要报案，认为不能放过这几个混蛋，善有善报，恶有恶报，一定要叫他们在监狱里蹲几年。魏林开始的时候比较犹豫，后来站到了老婆和妹妹这一边，第二天一早他就报了案。但是魏林的母亲，为了不让他们报案，将内衣和床单偷偷烧毁了。"

杨丽见张涛说完了，就补充说："欧阳月告诉我，出事后，她认为自己的身体很脏，就边哭边在卫生间清洗下体，洗了大约有半个小时。这样在阴道内没有检出男性精子是正常的。"

周杰一边听一边记，不时起身拿起热水瓶给大家添茶倒水。

"从大家刚才汇报的情况来看，这个案件事实基本清楚，但是证据不足。将三名犯罪嫌疑人抓到局里已有六个多小时了，对他们怎么办？"顾天雄大队长脸色阴沉地说。

大家知道顾大队长的意思，对犯罪嫌疑人必须在二十四小时之内作出处理：是采取刑事强制措施，还是放人。

"从现场调查和勘查情况来看，我认为案件是成立的。"蔡队副见其他人不作声就开口道。

"目前，虽然证据不完整，但有被害人的指控，有犯罪嫌疑人的交代，尽管三名犯罪嫌疑人的口供有出入，从刑侦的角度看，是可以认可的。所以，我的意见是将三名犯罪嫌疑人直接刑事拘留。"蔡队副不动声色地明确表达了他的想法。

"这个案件在社会上影响大，群众关注度高，我认为应该采取刑事强制措施，以提高公安机关的威望。"于大强快言快语道。

"我与被害人欧阳月接触较多，从被害人的控诉和哭泣中，我真切地感受到她的愤怒和悲伤，我相信她的证词，我认为应该对三名犯罪嫌疑人采取刑事强制措施。"杨丽愤愤不平地说。

这时顾大队长放在桌子上的手机响起来，他将手机改为无声振动模式，然后拿起手机看了一下就按掉了。这一定既不是与工作有关的电话，也不是领导打来的电话，不然他不会不接的，后来他索性将手机放进上衣口袋里。

刑警的手机是不准关机的，哪怕是在休假也不行。除非是有秘密行动，手机统一上交专人保管。因为刑警随时都可能有侦查任务。

"我同意蔡队副和杨丽的意见。"周杰忍不住也表了态。

一个好刑警一定是一个有血性的人。这是蔡队副常挂在嘴边的话。

"从审讯情况看，这三名犯罪嫌疑人玷污了被害人应该不会错，这是我的感觉。虽然我们刑警很相信自己的感觉，但这会儿其他证据确实不充分。我的意见是将三名犯罪嫌疑人刑事拘留，或者暂不采取刑事强制措施，待补充证据后再采取都可以。"副大队长郭强的表态显得模棱两可。

张涛和许前胜相互对视一眼后，张涛先开口说："我同意蔡队副的意见。"说完就低下头看前面的茶杯。

搞技术的人一般不善言辞，说得还真有一些道理。

"我的意思与郭队副差不多，都可以。"许前胜犹豫地说。

这时，顾大队长放在口袋里的手机又振动起来，开始他没有理会，但手机始终在振动。他烦起来，摸出手机准备关机，但一看手机显示的号码，连忙接起，并恭敬地说："谢书记，有什么指示？"

来电话的是县委副书记兼政法委书记谢丰利。怪不得顾大队长对他毕恭毕敬。

"天雄，听说你们在处理一起闹新房事件，情况怎么样？"谢丰利拖长声音问道。

这时，顾天雄拿着手机，离开会议室，来到外面没有人的地方。

"谢书记，我们刑侦大队正在调查。从目前掌握的证据来看，被害人与当事人说法不一，犯罪的证据也不充分。谢书记有什么具体指示，我们坚决照办。"顾天雄讨好地说。

顾天雄知道，这时候谢书记打电话来了解案件情况，肯定有倾向性意见，但不知道谢书记到底想说什么，所以他不便先对案件表态。

"天雄，我们做政法工作的，特别是办理刑事案件的，一定要讲证据，重事实，依法办案，你说是不是?"谢丰利态度和蔼地说。

"对! 对! 书记说得非常正确。我们一定以事实为依据，以法律为准绳，用证据说话，把案件办成铁案。"虽然谢书记没有明说，但顾天雄已领会了谢书记的意思，所以他赶紧表明立场，告诉谢书记一定会把事情处理好。

"好。我相信你的办案能力和水平。"谢丰利挂了电话。

顾天雄回到刑侦大队会议室。他知道下面应该说什么了。

"大家都说了自己的想法，我看各有道理。如果现在就对三名犯罪嫌疑人实施刑事拘留，势必要将材料上报县检察院，根据疑罪从无的执法思想，从现有的证据来看，检察院不一定会批准。我看还不如抓紧完善补充证据，待证据确凿后再申报，我们的工作会主动些，大家认为这样可以吗?"顾天雄虽用的是征求意见的口吻，但其实是一锤定音地说道。

"我同意大队长的意见。"教导员应芬红立即面无表情地说。一个晚上她就说了这一句话。

应芬红 40 岁出头，五官长得还算标致，年轻时应该是个美人，她是从政治处副主任的位置调到刑侦大队任教导员的。不知是做思想政治工作自感高人一等，还是平时养尊处优惯了，在刑侦大队里，她的脸多有阴天，少有晴天，好像谁都欠她 250 元似的。在刑侦大队，周杰觉得教导员应芬红有一种说不出的感觉，平时张口就是马列主义，闭口就是为人民服务，大道理说得多，事情做得少。这个人不实在，是周杰对教导员应芬红的印象。

研究完案件已是晚上 11 时许，但对刑警来说加班加点是家常便饭，习以为常了。

四、捉放"曹"

顾天雄刚回到家，就接到了方刚的电话。其实，顾天雄在研究案件时已看到方刚打来的两个电话。鉴于方刚是犯罪嫌疑人的父亲，在会议室，他不方便接他的电话。

"方镇长，这么晚打电话是为儿子的事吧?"不等方刚说话，顾天雄抢先说。

"顾大，谢天谢地，你终于肯接电话了。"方刚在电话中急不可耐地说。

"刚才在研究案件，不便接电话。"顾天雄抱歉地说。

"你现在在家吧，我去你家一趟。"方刚急促地说。

"快晚上 12 点了，明天你来找我吧。"顾天雄推辞道。

"我就在你家楼下，晚上见不到你，我就不睡了。"方刚固执地说。

"那你就上来吧。"顾天雄无可奈何地说。

方刚与顾天雄是市委党校中青班同学，他们岁数相仿，职别相近，性格相似，平时关系不错。

"顾大，犬子这次闯祸了，他回家也不肯对我细说，嬉皮笑脸不当回事。他究竟怎么样? 我都急死了。"方刚还未坐定就焦急地说。

"这次事情影响比较大，县领导和群众都很关注，事情有些棘手。"顾天雄脸色凝重地说。

"老同学，我就一个儿子，这次你无论如何要想办法救他一命。"方刚哭丧着脸说。为了救儿子，方刚也不顾镇长的脸面了，低三下四地求顾天雄帮忙。

"德辉不仅是你的儿子，也是我的侄子，能帮的话，不用你说，我自然会帮。我们俩是什么关系。"顾天雄见方刚可怜兮兮的样子，便安慰道。

"犬子究竟做了什么？真的像外面所传的那样将新娘子奸污了？"方刚眼巴巴地望着顾天雄说。

方刚多么希望顾天雄告诉他，不是那么回事，是他们几个小年轻开个玩笑而已。如果真的是将新娘强奸了，判刑坐牢，娶妻生子，重新找工作，全都泡汤了，强奸犯以后怎么在社会上活啊？作为强奸犯的父亲，他以后怎么当他的镇长啊？其实方刚来之前已问过横街镇派出所所长，所长告诉了他大致的情况，他是不死心才急匆匆来找顾天雄求情想办法的。

"根据我们的初步调查，德辉等三个小子酒后将新娘强奸了，是不是轮奸还没有最后定论。你应该也知道，轮奸罪比强奸罪还要严重。不过，德辉到现在还没有承认，事情会如何发展，要看他的运气了。"顾天雄明知正在侦查的案件是不能向外界透露案情的，特别是对犯罪嫌疑人的亲属，但当他面对老朋友时就明知故犯了。

"也不瞒老同学了，县委谢丰利副书记是我的远房亲戚，是孩子他大舅。我也找过他，他对我说，你是关键人物，要我一定找找你。我对他说，我们两人关系不错。他说这样最好。"方刚把底线和盘托出。

"谢书记刚才给我打电话了。"顾天雄对方刚也不隐瞒,说了一下谢书记给他打电话的情况。同时,他暗自庆幸准确领会了谢书记的意思。

"那我现在能做些什么呢?"方刚乞求地说。

"这个案件,已走上司法程序,我刚从队里回来,刚研究完对三人的处理意见,本来要将三人直接刑事拘留的,被我拦下来了,明天早上三人就能回家。但这只是暂时的,检察院是一定要移送过去的。你可以去找找检察院批捕科的老汪或者是检察院领导,请检察院手下留情,我这里我会把握的。"顾天雄毫不避讳地嘱咐道。

"顾大,我知道怎么做了,大恩不言谢。"方刚来时拿了五条软壳中华烟过来,去时他说也不说转身就走。

顾天雄根据目测知道方刚拿来的是香烟,香烟虽然不是钱,如果是逢年过节,或者是婚喜丧事,相互收下没关系,但遇到这种事收东西,顾天雄感到心里不是滋味。他想叫方刚拿回去,又拉不下脸面,怕方刚心里不舒服。他苦笑着摇了摇头。

周杰回到家轻手轻脚地开锁进门,走进自己的房间。这是一套三居室。周杰的父亲在县盐业公司工作,母亲在新华书店工作。

周杰心里不痛快,想到明天一早就要将三名犯罪嫌疑人放回,他就气不打一处来。

检察院不会批,这是借口。有被害人指控,有犯罪嫌疑人的口供,还不够刑拘?周杰不信。但顾大队长说要放人,下面的人就要执行,这就是所谓官大一级压死人。

太困了,周杰胡乱洗漱一下就上床睡觉了。

第二天早上 7 时 20 分，周杰准时起床。他母亲已为他做好早饭。

"昨晚又加班了？你回家快 12 点了。"周杰父亲周云东满脸关切地问道。

"昨天有案件。刑警加班是常态，不加班就不正常了。"周杰调皮地说。

"杰儿，你虽然上班时间还不到一年，但几乎天天加班，这样下去，什么时候是个头啊？"周杰母亲杨芳菲心疼地说。

"妈，我现在年轻，加班没问题，身体吃得消。您平时不也常教导我要努力上进吗？"周杰笑嘻嘻地说。

"你这孩子。"杨芳菲爱怜地看了一眼儿子就不作声了。

周杰边说边拿起包子往嘴里送，三下五除二就解决了一个，他一口气将一杯牛奶喝完，顺手又拿了一个包子，朝父母做了个鬼脸，就匆匆忙忙向外走。

在电梯里，周杰碰到了邻居江楚楚。

"楚楚，三日不见，变得越来越楚楚动人了。"周杰嬉皮笑脸地说。

"周杰早。"江楚楚被周杰说得不好意思，害羞地轻轻叫了一声。

江楚楚身高一米六九，身材匀称，白净的瓜子脸上，弯弯的眉毛下扑闪着一双水灵灵的大眼睛。今天她上身穿一件深蓝色带帽收腰外套，下身穿常青杰克琼斯西裤，越发显得干净利索。周杰说她楚楚动人是一点也不过分。在周杰眼里，江楚楚是一个比一般电影演员还要漂亮的人。

周杰与江楚楚从小学到中学都是同学，俩人关系好，成绩也好，是班上的班干部和尖子生。高中时两人分开了，一个在一中，一个在二中。高中毕业后，周杰上了警察学院，江楚楚上了师范大学。大学毕业，周杰本来可以留校的，但他最后选择回到县里，被分配到公安局。江楚楚也顺利进入第一中学，当了一名语文老师。更巧的是，两人还成了邻居。

两人两小无猜，互有好感，颜值般配，条件相仿，门当户对。但这最后一层窗户纸却没有人捅破。不过，两人年纪还小，刚参加工作不久，也不急于谈情说爱，谈婚论嫁。

"楚楚，最近学校工作忙吗？"周杰收起笑容关心地问道。

"我现在只教语文，一个星期六节课，不算忙。但当班主任很忙，我兼了高一三班的班主任。你在刑侦大队很忙吧？"江楚楚的声音清脆悦耳。

"案件多，事情多，确实很忙，三天两头加班，人家互联网大厂 996 工作辛苦，但工资是我们的五倍以上，我们的工作时间和强度与他们相仿，工资待遇却与你们差不多。你说这是个什么事啊？"周杰苦笑着说。

说起工资待遇，周杰对外一般都会显得愤愤不平，但在心里却有一份职业自豪感。这也是大多数警察的一种自我写照。

"你们吃皇粮，旱涝保收，又是强力权力部门，具有较大的司法自由裁量权，灰色收入多，多少人羡慕你们，你别身在福中不知福。"江楚楚反唇相讥地笑道。

"别乱说。我们哪有什么灰色收入。如果有，也是一些有贪心的领导，一般民警只有受苦的命，更何况我们刑警。"周杰一本正经地说。

说话间他们已走出公寓楼，相互道别。周杰骑上电瓶车到了公安局。

县城不大，周杰家有私家车，但周杰还是喜欢骑电瓶车上班。

"周杰，走，将那三人放了。"上班不久，于大强就走进周杰办公室招呼道。

放人是昨天晚上顾大队长定的，周杰心里清楚，虽然心中很不愿意，但领导定的事，作为下级只能执行。

"别磨磨蹭蹭，你以为我愿意啊。"于大强也是一脸不高兴。

两人无精打采地来到局办案区候审室，将方德辉、葛文刚、刘文武三人放了。

走出候审室，还没走出公安局大门，方德辉就一副趾高气扬、不可一世的样子，把周杰气得够呛。

"让你先嘚瑟一会儿，有你们好受的。"周杰在心里暗暗骂道。

下午，根据蔡队副的布置，于大强、钱利伟、杨丽、周杰又来到横街镇横山村魏老汉家，他们想再做做工作，尽可能地收集证据。

当魏林、欧阳月得知三名犯罪嫌疑人上午已被放回家后，明显露出失望的神情。

"难道因为他们有两个是干部子女，你们就官官相护?"魏林气愤地责问道。

欧阳月在一旁默默地流泪。魏红在旁边小声地安慰她。

"魏林，我们公安机关是依法办案，抓人和放人是要讲证据的。你说，欧阳月的内衣裤和床单不见了，物证没有了，怎么抓?虽然有人证，但要定案和抓人就比较困难。而且，我们现在是暂时放人，一旦我们掌握了确切的证据，抓人是分分钟的事。"杨丽解释道，"所以也希望得到你们的支持和配合，及时给公安机关提供各种证据。"杨丽补充说。

魏老汉和老伴知道三人被放后，更是流露出后悔的神色："我就说过，家丑不可外扬，民不与官斗，不要报案，你们一定要报，现在好了，丑事村里人人知道了，还把方镇长得罪了，以后我家没有好日子过了。"魏老汉一脸沮丧地抱怨道。

"老爸，你胡说什么啊？杀人偿命，犯罪受到严惩，这是天经地义的事。我们做错了什么吗？"魏红在旁边听得不乐意了，朝父亲翻了个白眼。

"魏林妈，你说把欧阳月的内裤和床单都烧了，你是在哪儿烧的？"周杰冷不丁插话问道。

魏林妈愣了一下，随后说："是在灶头烧的。"

"全部烧毁了吗？"周杰又问。

"全烧了。"魏林妈肯定地点点头。

周杰之所以这么问，是因为他觉得，事发时已是晚上九十点钟，深更半夜的，她为什么还要在家中灶头里烧东西呢？这不应该啊。但魏林妈坚持说是在灶头烧的，使人无法怀疑，因为她没有理由说谎。

杨丽悄悄把欧阳月拉到一旁，见四下无人，轻声说："你做得对，很勇敢，对违法犯罪活动就应该勇于斗争，我喜欢你，也相信你。但现在的问题是你的内裤和床单找不到了，这是很重要的证据，三名犯罪嫌疑人又不老实交代，我们是不得已才暂时放了他们。你能不能再回忆一下他们三个人的犯罪经过？"

按规定，询问证人时必须要两个人在场，但由于是第二次问，且又是很隐私的问题，杨丽不想这么做，她觉得一个人了解更合适，所以她也不做笔录了。

见欧阳月欲言又止的表情，杨丽知道欧阳月羞于开口，便柔声地说："这样，我问，你用点头和摇头来回答好不好？"

欧阳月点了点头。

随机应变是一个侦查员的基本素质。

"方德辉是第一个欺负你的，是吗？"

欧阳月迷茫地点点头。

"他实施犯罪完成了？"

欧阳月咬着牙点头。

"葛文刚是第二个，对吗？"

欧阳月坚定地点头。

"他也干完事了？"

欧阳月痛苦地摇头。

"他没参与？"

"不是。他抱住我，亲、摸，但他没有抽动。"

"第三个是刘文武？"

欧阳月既不点头也不摇头。什么意思？杨丽露出不解的神色。

"杨警官，到后来我又惊又怕，神志模糊、意识不清了。"欧阳月哭泣着说。

杨丽一把将欧阳月搂在怀里，轻轻拍着她的背安慰她。

周杰跟着于大强，仔细地勘查床上的垫被。这是第一次勘查工作疏忽的地方。床单虽然不见了，但垫被上有没有可能留下痕迹物证呢？精液和混合物如果渗透了床单，完全有可能留在垫被上。

他们一寸一寸地检查垫被，希望能找到可疑的痕迹，然而一个多小时过去了，他们一无所获。

钱利伟来到村长吴天豪家，询问村里村民对这起案件的反应和看法。

"魏老汉家真是倒霉，好好的一桩喜事，却变成了一桩丑事，世事难料啊。"吴村长唏嘘不已。

"吴村长，魏老汉一家在村里口碑如何?"钱利伟问道。

"魏老汉虽然有些小聪明，但为人还是忠厚的，他干农活是一把好手，儿子吃公家饭，家里经济条件尚好，在村里算是小康人家。"吴村长娓娓道来。

"那你和村民认为他们会诬陷人家吗?"钱利伟问道。

"诬陷?"吴天豪吃惊地瞪着钱利伟，像是不认识他似的。

"不可能。你说，谁愿意将屎盆子往自己头上扣。这种事是臭得不能更臭了，避都来不及避，还往自己家里拉，除非是精神病。你看，那几个人与魏林是朋友，平时关系很好的，无冤无仇;还有，方德辉是方镇长的儿子，胳膊拧不过大腿，平白无故诬陷人家，找死啊。"吴天豪一边回答，一边在心里责怪钱利伟，这么低级的问题也会问。

"吴村长说得极是。"钱利伟虽然察觉到吴天豪轻蔑的眼神，但他一点也不生气，反而觉得吴天豪说得很有道理。

中午，于大强、钱利伟、杨丽、周杰四人在镇上找了一个比较干净的小饭店，每人吃了碗面。

钱利伟说了吴天豪村长说的话。大家都表示赞同。

"吴村长的话，代表了村民的想法。连农民都懂得的道理，我们一些人却不明白。"于大强没好气地说。

"我们搞侦查的要严格依法办事，这不用讲，合情合法是工作准则，但不能一讲法就不讲情了，情还排在法前面呢。而且情和法也没有多少矛盾啊。我个人意见，回去后向蔡队副和顾大汇报后，立即请求对三名犯罪嫌疑人实施刑事强制措施。"钱利伟严肃认真地说。

实行群众路线和专门工作相结合是公安工作的基本方针，从群众中来，到群众中去，放手发动群众，一切依靠群众。周杰在警院时对公安工作的路线、方针、政策都学习过，但那会儿是学理论的，是死记硬背。通过实际接触，面对面做群众工作，他对此有了更深刻的认识和理解。群众是真正的英雄。

下午，根据上午的调查，他们补做了几份笔录后回到局里。四人向蔡队副作了汇报。蔡队副先后向顾大队长和分管刑侦的俞龙亭副局长汇报案件进展情况，明确要求对三名犯罪嫌疑人实行刑事拘留。

顾大队长没有表态。俞副局长很干脆地说："你们与法制大队商量一下办理吧。"

顾大队长没有表态不能说是他徇私枉法，这里固然有谢书记的电话吩咐，也有方德辉父亲是他党校同学的因素，但就案件本身而言，他不表态，或者是倾向于不对三人进行拘留，他也是有理由的。因为办案的人都知道，《刑事诉讼法》第八十二条规定，公安机关对于现行犯或者重大嫌疑分子，如果有下列情形之一的，可以先行拘留：

（一）正在预备犯罪、实行犯罪或者在犯罪后即时被发觉的；（二）被害人或者在场亲眼看见的人指认他犯罪的；（三）在身边或者住处发现有犯罪证据的；（四）犯罪后企图自杀、逃跑或者在逃的；（五）有毁灭、伪造证据或者串供可能的；（六）不讲真实姓名、住址，身份不明的；（七）有流窜作案、多次作案、结伙作案重大嫌疑的。

但这里所说的先行拘留，是指公安机关可以拘留，也可以不拘留，是否拘留由公安机关决定，这就是公安机关的自主裁量权。

所以说，顾大队长不表态也不能说他错。有些事只能意会，不能言传，说的就是这个道理。

关于提请对方德辉、葛文刚、刘文武三名犯罪嫌疑人实施刑事拘留的法律文书很快送到了县检察院，出乎意料的是县检察院迅速予以批准。

方德辉等三人被重新收监，关押在县公安局看守所。

五、重寻物证

蔡队副且高兴不起来，因为他知道，虽然三人被刑拘了，但想要逮捕还要做许多工作，收集不少证据。可关键的物证已被烧毁了，除了在审讯上下功夫，固定口供，互相印证，坐实犯罪经过和行为，在其他哪些方面可以利用和突破呢？这真是令人头痛的事。蔡队副在办公室里为搜集证据的事苦苦思索着。

同时，顾大队长在办公室心里也很不爽。在抓方德辉等三名犯罪嫌疑人一事上，他显得不是十分积极，想着能不抓就尽量不抓，即使要抓也要过些时候。但检察院批捕的速度太快了，不仅使他无法面对谢书记，无法向老同学方刚交代，也使自己很没有面子，在刑侦大队的威望受到影响。别看就这一件事，一个人的威望就是在一件件事中堆积起来的。不是让老方去检察院找老汪和院领导打招呼了吗？县检察院批捕科科长汪国平也是他和方刚在党校一期的同学。就算检察院一定要批，但拖几天也是再正常不过的事。这办的是什么事？顾天雄在心里对方刚很不满。

其实不能怪方刚，前几日方刚就找了汪国平，但汪国平无奈地表示，由于全省正在开展政法机关集中教育整顿活动，而省检察院一个工作组到了县里督查，他也无能为力，检察院领导也不敢做主，只能按正常程序办。

蔡队副、于大强、钱利伟、周杰加大了对方德辉、葛文刚、刘文武的审讯力度。这次他们审得很细，对三个人进门后的每一个动作、位置、所说的话都进行了详细的记录，从中进行互相印证。

尽管方德辉还是不说话，一副死猪不怕开水烫的样子，那眼神分明在告诉别人：我不说，你们能拿我怎么样？不过这次他失算了，葛文刚、刘文武的交代，加上欧阳月的指控，他们的犯罪经过被固定了。

看着笔录，蔡队副长长地舒了口气，就凭现有的证据，对这三名犯罪嫌疑人实行逮捕是没有问题的，至于轻判重判，判多少年，那是法院的事，他管不了那么多。

周杰心里也暗暗高兴，犯罪就要付出代价，这是正义的力量。如果犯了罪，却能逍遥法外，就是刑警的无能和悲哀。

魏老汉这几天心里很不痛快，不仅因为家里出了这档子见不得人的事，使他在村里抬不起头来，还有就是批宅基地建新房的事，村子里许多人家都批了地，有的已经动了土，有的正准备建。按村里的规定，他家是可以批宅基地的，他家只有一个老房子，虽说是二层楼，但差不多已有几十年历史。

昨天，魏老汉在村口碰到村支书魏长江，问起宅基地的事。

魏支书耸了耸肩说："魏老汉，我们是本家，你家的事也就是我家的事，你家要宅基地的事，我们村里早就同意并报到镇上了。但镇上就是不批，你说村里有什么办法？"

吃晚饭的时候，魏老汉阴沉着脸说了在村口碰到魏支书问起宅基地的事。

"我们告了方镇长的儿子，方镇长就扼我们的脖子，故意不批我们的宅基地，他这是蓄意报复。"魏老汉瓮声瓮气地说。

"他用公权不批我们的宅基地，这是滥用权力，他如再不批，我就到县里去告他。"魏林到底年轻气盛，血气方刚，他不服气地说。

"真是有什么样的儿子，就有什么样的老子。可惜老妈把床单和嫂子的内衣内裤都烧了，不然他儿子方德辉一定会被多判几年。"魏红小声地嘀咕道。

魏红是前两天与杨丽联系时听杨丽说的。杨丽告诉她，方德辉等三名犯罪嫌疑人被逮捕应该没有问题，但由于没有了物证，可能会被轻判。

"内衣内裤和床单，我没有烧掉，当时我是怕你们去报案而故意说的。实际上我把内衣内裤和床单用剪刀剪碎后，放进垃圾袋后丢到村里的垃圾堆里了。"魏老汉的老婆汪春善冷不丁地插话说。

她此话一出，魏老汉、魏林、魏红、欧阳月都诧异地看着她，像不认识她似的。

"你们干吗这样看我？"汪春善不解地说。

"老妈，你说的是真的？"魏红第一个反应过来问道。

"我说的是实话。这次我不骗你们。"汪春善一脸无辜地说。

魏红放下饭碗，起身就给杨丽打电话，告诉杨丽她妈说的话。

杨丽随即报告了蔡队副。

兵贵神速。

蔡队副一边打电话要求横街镇派出所立即出警，把横山村垃圾堆保护起来，一边组织警力赶往现场。

蔡队副、杨丽、于大强、张涛和周杰赶到横山村时天已黑了下来，横街镇派出所副所长徐文光和一名民警及两名辅警已在现场。横山村垃圾堆位于村小学操场的旁边，是三间简易的房子，天气热的时候，镇环卫所半个月会来清理一次，其余的时候一个月来处理一次。

案发至今还不到一个月，如果汪春善说的是真的，那内衣裤和床单应该还在垃圾房内，没有被环卫工人运走。如果垃圾已被运走，要再找到物证无疑是大海捞针。

"魏红，垃圾房有三间房子，你妈将床单和内衣内裤扔在哪一间了？"杨丽问道。

"我妈说她不记得了，好像是第一间还是第二间。"魏红回答道。

蔡队副决定连夜干。

村小学操场很快被装上电灯，垃圾房里的垃圾一铅桶一铅桶被搬到操场上，一小块一小块过滤，寻找被剪碎的床单和内衣裤。

蔡队副等人分工协作，工作十分认真细致。尽管易腐垃圾散发出阵阵恶臭，气味十分难闻，他们却不敢马虎，始终小心谨慎，不放过任何蛛丝马迹。

在旁边看热闹的村民也被民警们忘我的工作精神所感动。

"当警察不仅危险，这种工作条件也是一般人所无法忍受的，看来警察这碗饭也不好吃。"村民们议论纷纷。

对周杰来说，这种环境和气味不算什么，虽然他参加刑侦工作时间不长，但也参加过侦破碎尸案件和开棺验尸案件，那种工作的环境和气味，更是一般人根本无法想象的。

夜已经很深了，寻找还在继续。

次日凌晨3时许，终于在第二间垃圾房靠北的角落里发现了被剪碎的床单和内衣内裤。虽然劳累了一夜，蔡队副及众民警和辅警们疲惫不堪，但找到了要找的物证，他们心中只有欣喜。民警们小心翼翼地将床单和内衣内裤的碎片放入尼龙袋。

回到警队，蔡队副、张涛、杨丽、周杰将床单和内衣内裤拼了起来，还别说，基本完整。

张涛将床单和内裤拿去化验。

化验结果显示：床单、内裤上的精液与方德辉的 DNA 一致。

方德辉、葛文刚、刘文武很快以强奸犯罪被批准逮捕，并被依法判处有期徒刑。

第二章 女友坠楼

一、同学聚会

三年后。五月，春意盎然的季节。公安局大院内几枝杨柳树细小的枝条随风飘动，就像一个多情的少女在翩翩起舞。

几个爱美的女警迫不及待地穿起了各式各样的花裙子，不过那也只是从家里到公安局上班前穿穿，上班时间必须穿警服，除非有特殊任务。女警虽然有警裙，但什么时候穿夏装，公安局统一有时间规定，不是谁想穿就能穿的，警裙是纯蓝色的，虽然没有明显的警察标志，但也不能当便裙穿，或与其他衣服混穿。公安局里的规矩及纪律约束是不少年轻人很难适应的。

近来刑侦大队接连破了几个案件，周杰心情轻松，蔡队副、杨丽、于大强、张涛等人也心情大好。对刑警来说，工作上最高兴的事莫过于破了案件，将犯罪嫌疑人绳之以法。

"周杰，你通知他们几个，周五晚上在庆庆饭店聚一聚，老规矩，我请客。"蔡队副笑眯眯地对周杰说。

"遵命。"周杰向蔡队副做了一个鬼脸。

破案后庆贺是刑侦大队的老传统，自从中央八项规定出台后，不能用公款请客吃饭，就由队领导自掏腰包请大家热闹一番，但并不是每一个队领导都这么大方。这也是大伙喜欢蔡队副的原因之一。但公安机关实施禁酒令后，只有双休日可以喝酒，周五晚上也不能例外。

周五傍晚下班后，蔡队副、杨丽、于大强、张涛、周杰、许前胜、钱利伟及辅警单立一起来到庆庆饭店。

庆庆饭店离公安局不远，走路十多分钟就到了，是一个小饭店，但很干净，菜也可口，价格公道，是公安局民警常去的地方。

杨丽和周杰负责点菜，他们点了几个家常菜。

刑警们吃饭，吃的不是大餐，他们吃的是气氛、吃的是发泄、吃的是热闹和开心。

晚上是蔡队副个人请客，所以他没有叫大队长顾天雄和教导员应芬红及另一个副队长郭强。他与他们的关系说不上好，但也说不上坏，他与世无争，只想平平静静过日子。

菜虽然一般，喝的是饮料，但大家依然吃得很尽兴，刑警的基本风格是大碗吃肉，大口喝水。

这时，周杰的手机响了，他一看是江楚楚打来的，就接了起来。

"大美女，今天怎么想起给我打电话？"周杰爽朗地说。

"听你电话里的嘈杂声，你们这些人民公仆又在哪里搞腐败？"电话里传来江楚楚没好气的声音。

"人民教师说话要留口德哦。我们白天黑夜辛苦了几十天，终于破了案，大家在一起穷开心一下，还是我们队长出的钱，你就这样污蔑刑警，我可保留对你追责的权利。"周杰一本正经地说。

"好了，好了。谁不知道你们刑警忠诚、正直、无私，是人民

35

的大救星。"江楚楚忍不住笑了起来。

"这还差不多。"周杰受用地说。

"不与你贫了。说正事,后天晚上,初中同学开同学会,你去吗?"江楚楚的声音清脆悦耳。

"如果队里没事,我准备参加。"周杰肯定地说。周杰初中的同学大多是从小学一起上来的,他们从小玩到大,周杰对这些同学很有感情。

"你去我也去。"江楚楚接着表态说。

这丫头。周杰听江楚楚说得这么直接,不由内心一喜。这不是很明白地告诉他,她信任他,听他的吗?

"好的,我到时来叫你,不过去时我开车,但回来时要你开呵。"周杰直白地说。

"行。你们这些酒鬼。"江楚楚装作无可奈何地嘀咕道。

星期天傍晚,周杰开着自家的奥迪 A4 到第一中学接上加班的江楚楚来到锦华饭店。锦华饭店是一家四星级饭店,豪华气派。说是同学会,其实就是大家凑在一起吃一餐,聊聊天,然后根据各自的爱好分伙进行唱歌、打牌、打麻将。同学会每两年举行一次,这已经是第四次了。周杰和江楚楚都只参加过一次,今天是第二次。

中餐厅在三楼。这是一个大包厢,放了三张桌子,今天参加的同学大约有三十人。

周杰和江楚楚到时,餐厅里已有不少同学。坐在中心位置的有两人,周杰定睛一看,一个是班长张国强,他是同学会的组织者,从省农林大学毕业后,被分在县林业局工作。在他的左边是一个戴眼镜的瘦高个子,看上去气度不凡,骨子里透出一副清高,他叫谢伟高，从省医科大学毕业后，在县第一人民医院当外科医生。不过他的另一个身份是县委副书记兼政法委书记谢丰利的儿子，这个身份使他在同学们的心中颇有些特殊。

不知是谁眼尖，看到周杰和江楚楚走了进来，就尖叫一声："大家快看，我们班的金童玉女来了。"

这一叫不要紧，把大家的注意力都集中到正往里面走的周杰和江楚楚身上。

"江楚楚越来越漂亮了。不愧是我们二班的班花。"一个女同学说。

"你说什么呢，是我们城关初中公认的首席校花好不好。"一个男同学纠正道。

"天造地设的一对，般配。在一起，在一起。"一片嬉笑哄闹的场面。

在同学们善意的玩笑中，只有谢伟高的脸是阴沉的。

"大家闹够了吧。"周杰边拱手，边向大家打招呼。说完他选择在角落的一桌坐下。

从上次同学会的情况看，往往是当公务员的、办企业做生意的、有钱有势的、在社会上混得比较好的，自然地坐在一起，一些生活一般的同学被明显冷落了。

周杰不想同学的情谊被世俗的风气玷污，同学就是同学，没有高贵低贱之分。所以他来到一般同学较多的一桌。

江楚楚也没有去中间一桌，自然而然、落落大方地在周杰身边坐下。这就是所谓物以类聚，人以群分。

不曾想到的是，原来坐在中间一桌的张国强和谢伟高也跟了过来，与周杰、江楚楚坐在一起。不知他们是奔着周杰来的，还是奔着美女江楚楚来的，或者是他们也认为不应该坐在中间一桌。

在张国强的提议下，同学们端起酒杯，聚会正式开始。酒过三巡，菜过五道后，同学们的热情明显高涨，相互间敬酒频率也加快了。

这时，谢伟高站起来，端着酒杯来到江楚楚身旁，他的举动引起了旁人的注意。因为刚才同学们向他敬酒时，敬酒的同学站着，但他一直坐着，俨然像一个首长，或者是一个长者，这种做派不知是不是跟他老爸学的。

"江楚楚，好久不见，越发美丽动人了，美酒敬美人，干一个。"谢伟高恭维地说，但他的声音仍是冷冷的。

江楚楚站起来，微笑着将酒杯与谢伟高的酒杯碰了一下。她没有说话。

见江楚楚喝的是饮料，谢伟高不乐意了。

"江楚楚，同学的友谊是纯洁的，你怎么拿饮料代替？换酒。"谢伟高不容置疑地说。

"我要开车，不能喝。"江楚楚搪塞道。

"开车是小事，等一会儿我派人送你回去。"谢伟高霸气地说。

说完，他从旁边拿过一只小酒杯，倒上酒，端到江楚楚面前。

"我身体不大舒服，不能喝酒。"江楚楚见谢伟高不依不饶，又不能说等一会儿要送周杰回去，而且她从心里不喜欢喝酒，没办法只能拿身体说事。女孩子的身体本来就是个秘密，没人说得清楚。

"宁可伤身体，不可伤感情。江楚楚，别人敬你酒，你可以不喝，但谢伟高敬你酒，你不能不喝。"从隔着几个人的位置上站起来附和的是王精光，他眨着一双小眼睛，嘴里还嚼着一块红烧肉。

王精光个子瘦小，人鬼精鬼精的。他原来是开出租车的，因近来出租车生意难做，不久前，在谢伟高父亲帮助下，进入县长运公司开大客车，所以他为谢伟高说话，巴结谢伟高不足为奇，他原本就是一个十分势利的人。

"为什么?"江楚楚没好气地问。

"因为，因为……"王精光一时语塞，他可不能明说谢伟高的父亲是县委副书记，更不能说他的新工作是谢伟高的父亲帮助安排的。

"是因为谢伟高医术高，不远的将来肯定是县人民医院'一把刀'。你们如果现在不尊敬他，今后你们要看病再找他可就来不及了。"王精光灵机一动煞有其事地说。

"我们可不想生病，王精光你今后生病就去找谢伟高吧。"江楚楚调侃道。

旁边的同学发出了一阵哄笑。

王精光自讨没趣，也不吱声了。

"江楚楚，俗话说，感情深一口闷，感情浅舔一舔，酒又不是毒物，你多少喝一点意思意思，你一点不喝，谢伟高多没有面子。"又一个同学站起来说。

说话的是陈志放，他中等身材，长相普通，原是班上的生活委员，没有考上大学，目前经营着一家个体建材商店。

谢伟高的父亲是县委副书记兼政法委书记，说不定什么时候能用得着人家，因此，虽然大家都看着不说话，但老实说，不少同学是向着谢伟高的，现在的人是越来越现实了。

"陈志放，在学校时，你也算一个老实人，怎么现在也学乖了?"江楚楚的嘴巴一点不饶人，到底是学校的老师。

周杰在心里暗暗叫好，为江楚楚竖起大拇指。

"江楚楚，我二姨夫可是你们中学的副校长呵。你喝不喝看着办吧。"谢伟高阴着脸说。这话明显带有威胁的味道。

"谢伟高，你干吗这样说，有点男人风度好不好？别说我今天确实身体不舒服，就算身体允许，你也不至于这样盛气凌人吧。"江楚楚的脸也挂不住了，她嘟着嘴说。

气氛不佳，场面尴尬。如果是在其他场合，周杰早替江楚楚把酒喝了，但是同班同学聚会，他不能这么做，不然同学们会想：你为什么替她喝酒？你以什么身份替她喝酒？虽然内心纠结，但周杰表面不动声色。

这时，张国强站起来打圆场："今天是同学相会，一切为了同学友谊，谢伟高是真心敬江楚楚的酒，江楚楚因身体不适不能喝，这样，我作为班长，替我们班花喝了。"说完他接过谢伟高手中的小酒杯与谢伟高的酒杯碰了碰，一干而净。

一场小小的纷争在班长巧妙的化解下迅速平息。同学们又闹闹嚷嚷地喝起酒来。

聚餐完毕。一部分同学蜂拥着张国强、谢伟高去卡拉 OK 厅唱歌。一些条件较差的同学知趣地先行离开了。周杰和江楚楚也借故回了家。

二、情窦初开

第二天，周杰像往常一样提早到队里上班。搞完卫生，队里的人也陆续来上班了。

"周杰，你有空吗？有空到我办公室来一下。"是教导员应芬红的声音。

"有空。"周杰一边回答，一边向门外走去。

"不知什么事。"周杰边走边想。平时教导员很少叫他，他有些忐忑不安。

教导员的办公室不大，约 12 平方米，原来有两间，一间当休息室，中央八项规定出台后，少了一间。

"周杰，你坐。"应芬红指了指她办公桌前的椅子，脸上露出难得的笑容。

"教导员，什么事?"周杰坐下后，抬头问道。

"没什么大事。我们拉拉家常。你来队里有半年多了吧，这段时间以来，我看你跟着老同志，虚心好学，吃苦耐劳，工作踏实，大家对你反映不错。年轻人就应该这样，希望你保持下去。"应芬红笑眯眯地说。

"教导员，这些都是我应该做的，谢谢教导员的关心。"周杰心里有些感动。

"你有女朋友吗?"应芬红突然话锋一转。

"没有。"周杰本能地回答。他的脸不由得严肃起来。

"你不要紧张。有人看上你了。"应芬红脸上的笑意更浓了。她故意放慢了语速，"咱们局袁副政委看你人阳光，有责任心，积极要求进步，各方面条件不错，想把他的女儿介绍给你，委托我跟你说说。他的女儿今年 26 岁，与你同岁，在县防疫站工作，她身高一米六四，长相端庄，性格温和。如果你同意的话，你们就处处看。"

原来是要给他介绍对象，教导员当起红娘来了，这大大出乎周杰的意料。太意外了。

"教导员，我没有思想准备，我要想一想，也要征求家长的意见。"周杰有点蒙地说。

"这事不急，你好好想一想，想清楚后再告诉我。"应芬红今天谦和的态度是周杰少见的。、

周杰沉思着回到办公室。

"教导员找你什么事？"杨丽见他心事重重的样子关切地问。

"没事。"周杰平静地回答。他不想瞒杨丽，可办公室人多，八字还没有一撇，他不想弄得满城风雨。

"挨批了？"于大强见他心不在焉的神情不怀好意地问道。

"你才挨批了。"周杰没好气地回敬道。

大家见周杰情绪不高，也就不再调侃他，各忙各的。

周杰认识袁副政委，虽然没有打过交道，但对他印象不错。

袁副政委 50 来岁，个头不高，五官端正，国字脸，戴一副黑色眼镜，平时不苟言笑，一副标准的政工干部的模样。他是十多年前从部队副营教导员转业到公安局的，经过一路的摸爬滚打，被提拔为公安局副政委，算是上升比较快的。

周杰心里既兴奋又不安。被人看中，被人追求，又是副政委的女儿，总是好事。虽然他知道，看中他的是副政委，不是副政委的女儿，因为他俩没有见过面，但这又有何妨？是副政委看中更好。周杰对自己的另一半有过一番描绘：身高一米六五以上，体态匀称，面容端庄，性格温和，大方得体。用他自己的话说，如果是别人介绍的，条件要高一点；如果是自己找的，条件可以放宽。身高矮一点倒也无所谓，令他不安的是，这事如果成了，皆大欢喜。如果不成呢？倒不是怕副政委报复，或者给小鞋穿，只是平时在局里上班，抬头不见低头见，以后相遇会很尴尬。

想起这些，周杰头有点大。还有就是江楚楚，至今为止，两人都没有明确表示过，但心里似乎都有对方。如果要与副政委的女儿恋爱，必须先问问江楚楚到底是怎么想的，在事关个人幸福的大事上不能留下遗憾。周杰打定了主意。

周杰拿起手机，给江楚楚发了条信息："晚上有空吗？"

"有空。"江楚楚很快回复。

"晚上7时在林山公园见好吗？我有事要与你说。"周杰又发了一条信息。

"好的。"江楚楚的回复依然飞快。

傍晚周杰准时下班。回到家里，他见母亲正在厨房烧菜，就走过去对母亲说了被副政委看中的事。杨芬菲听了一脸喜色。

"我们的杰儿就是出挑，被人相中毫不意外。可是……"杨芬菲神采飞扬地说着，突然停住了，似乎欲言又止，半张着嘴看周杰的反应。

周杰知道母亲也是想到了江楚楚。

"妈，我心里有数。"周杰端起一盘母亲已炒好的菜放到餐桌上。

吃过晚饭，周杰提前十分钟来到林山公园。林山公园位于县城东南角，依山傍水，环境幽静，是情侣们的好去处。

五月的林山公园，郁郁葱葱，鲜花盛开，分外妖娆。

离7时还有几分钟，江楚楚也到了公园门口。她是一个守时的姑娘，不像一些女生，约会时为了突出所谓的身份而故意迟到。

"挺准时的。"周杰主动打招呼。他喜欢守时的人。

"你比我早到。"江楚楚今天穿了一件浅蓝色的职业上装，外套一件米色外衣，下穿常青西裤，脚穿一双中跟黑色皮鞋，显得婀娜多姿，又落落大方。

他俩走在一起，回头率很高。他们并肩向公园深处走去。

两人都没说话，默默地走了一段。

微风轻轻地吹过他们的身旁，县城的夜晚有一种别致的美好。

"楚楚，我们从小学到初中都是同学，应该说相互比较了解，我问你，你觉得我这人怎样？"还是周杰先开了口。

"挺好的。"见周杰问得认真，不像是开玩笑，江楚楚认真地回答。

"你是怎么想的？"周杰又问。周杰平时很会说话，见谁都不怕，不知怎么回事，他感到今天晚上说话不利索了，词语也组织不起来。

"什么怎么想的？"江楚楚一头雾水地问。

"呵，是这样的，今天有人给我介绍对象，是我们局领导的女儿。你说我应该怎么办？"情急之下，周杰更不知该说什么了。

"很好啊。难得的机会，你不能错过了。"仿佛迟疑了一会儿，江楚楚明确而又坚定地表示。黑夜里看不清她的脸，周杰不知她是真心的，还是违心的。

"你真的这么认为？"周杰的心在往下沉。

"是。你不认为这是一次机会吗？"江楚楚语气坚定地说。

"楚楚，我是这么想的，我们同学多年，彼此知根知底，你好看、文气、善良、知书达礼、善解人意，我喜欢你。如果你也喜欢我，我就不去见那姑娘了。如果你不喜欢我，我知道了就不会后悔。在我俩之间，我不想留下遗憾。"周杰一口气把话说完，他感到一阵轻松。

"我，我，我也喜欢你。"不知是没有思想准备，还是幸福来得太突然，江楚楚吞吞吐吐后，鼓起勇气说出了内心的话。

周杰一听如释重负，他情不自禁地牵起了江楚楚的手。江楚楚顺从地把头依在周杰肩膀上。两人第一次相拥在一起，他们的身份发生了变化。

他们一起回忆在学校里的点点滴滴，哪怕是很平常的事，今晚想起来也是那么有意思。

忽然，江楚楚叹了一声气。

"怎么了，楚楚?"周杰敏锐地捕捉到了。

"没事。"江楚楚摇了摇头。

"有什么事说出来，不要藏在心里，我帮你参谋参谋。"周杰故作轻松地说。

"也不是什么大事。就是前几天，我带的班里三个学生吵架，并打了起来，一个学生把另一个学生打伤了。"江楚楚轻声道。

"伤得厉害吗?"周杰关切地问。

"蛮厉害的，一个鼻子出血，一个嘴巴出血，一个脸被打肿。三个学生家长都到学校里闹，校领导批评了我，认为是我没把学生管好。"江楚楚愤愤地说。

"现在学生越来越难带了。学生打架怎么能怪你，学校领导就没有责任?"周杰安慰道。

"是嘛。这三个学生，一个是村长的儿子，一个是县司法局局长的女儿，一个是农民的儿子。明明是村长的儿子不对，这个学生书不好好读，成绩差，不守纪律，还经常欺负同学。那天也是他挑衅在先，他要抄局长女儿的作业，局长女儿不肯，他便开口骂局长的女儿是腐败分子的崽，局长的女儿回骂，他伸手就打了局长女儿一个耳光。农民的儿子是个优等生，学习好，讲礼貌，还是个班干部,他见村长的儿子无故殴打女同学,便上前理论,结果两人对打起来。但学校领导对三个学生家长哪个都不敢得罪,却把责任全推给了我,你说气人不气人?"江楚楚越说越气。

"验伤了吗?"这是周杰在意的。

"验过了,村长的儿子鼻梁骨折,是轻伤,农民的儿子和局长的女儿是轻微伤,听说农民的儿子要坐牢。真是坏人猖狂,好人受气。"江楚楚愤愤不平道。

"轻伤是要追究刑事责任的,这是法律规定的,没有办法。"周杰解释说。

"保护坏人,打击好人。这是什么法律?"江楚楚不以为然地抱怨道。

"叫另两个学生家长做做村长的工作吧,如果取得被害人的谅解,是可以调解的,不用坐牢。"周杰给江楚楚出主意。

"听说他们三家在沟通,不知结果如何。"江楚楚茫然地说。

"嗯。我到时了解一下。"周杰主动说。

公园的小道不时有一对对情侣走过。眼见夜色深沉,冷意袭来,周杰和江楚楚起身回家。他们住在同一单元,也省去了周杰把江楚楚送回家的环节。

周杰回到家,见父母在客厅还未睡,就说:"楚楚说也喜欢我。"

这话的意思不言而喻。

"嗯,楚楚不错。但你要处理好副政委女儿的事。不过你没去见面,处理起来应该也不麻烦,不是我们看不上他们,是我儿子已有对象了。"母亲杨芬菲叮咛道。

"我知道怎么回答。"周杰胸有成竹地说。

第二天上午，周杰趁应教导员办公室没人，溜进去，笑嘻嘻地说："教导员，我昨天回去后，问了父母的意见，他们倒是同意的，说谢谢教导员的关心和美意。但是我自己觉得，我参加工作时间不长，不想这么早就考虑个人问题，再说我还没有玩够呢。"

"我知道了。26岁，恋爱可以谈了，不过是早了点。"教导员面无表情地说。

"谢谢教导员，也替我谢谢副政委。"周杰调皮地说。

三、初入调解

周杰回到办公室还未坐下，就听到蔡队副喊声："于大强、周杰来我办公室。"

于大强和周杰一前一后走进蔡队副办公室。

"大强、周杰，给你们一个任务。第一中学伤害案，两个学生打架，一个学生受了轻伤，本来是很普通的一起案件，城关派出所在办。但有人将案件发到网上，进行炒作，引起县领导和广大网民的关注，局长要求刑侦大队把案件接过来。刚才，大队长把我叫去了，让我牵一下头，钱大生病了，所以我把任务交给你俩，你们给我办妥了。"蔡队副一脸认真地说。

"案件材料在派出所王勇副所长手上，你们与他联系，如果人手不够，可以叫派出所配合。要加快办案速度，当然更要保证案件质量。"蔡队副补充道。

"是。"于大强答道。

于大强是从派出所调过来的，在刑侦大队已干了四年，是个老侦查员了。于大强和周杰搭档，自然是于大强负责。

于大强和周杰驾驶一辆金杯面包车来到城关派出所。王勇副所长接待了他们，向他们介绍了案情及办案进度。

基本案情与江楚楚说的一样，周杰已有所了解，他所关心的是办案进展。

目前对三个学生的口供已经作了固定，目击学生的证词也做了笔录，说法基本一致，事实是清楚的。

伤情鉴定情况：村长的儿子名叫方立军，17 岁，鼻梁骨折，属于轻伤；农民的儿子叫于先锋，17 岁，轻微伤；局长的女儿叫吴灿灿，16 岁，轻微伤。

案发后，于先锋和吴灿灿的家长拿着礼物一起去过村长家，说了不少好话，进行赔礼道歉。但村长家不接受，说崽鼻梁骨折，毁了容，可能会落下残疾，以后媳妇也不好讨。

校方希望双方能和解，因为事情搞大对学校不利，而且要被处理的是好学生，他是 "路见不平，拔刀相助"。

但村长一家就是不松口，方立军学习差，破罐子破摔，即使与学校关系搞僵也无所谓。

调解陷入僵局。

在网上为博眼球，大肆炒作的是中学生为抢女人争风吃醋，大打出手，配上方立军弯曲的鼻子，满脸鲜血的照片，确实十分吸引人。更有甚者，说是司法局领导为了报复殴打他女儿的学生，雇佣黑社会分子行凶杀人。

于大强和周杰立即对笔录进行复核，补充班主任、任课老师、学校领导对当事学生平时的评价，希望能减轻对于先锋的处罚。同时分别与三个学生家长、校方进行沟通，准备近期再作一次调解。

于大强和周杰回到刑侦大队后向蔡队副作了汇报。

"要把工作做细，要加大调解力度，这起案件是学生纠纷引起的，和谐社会要突出和谐，能不采取刑事措施和刑事处罚的，尽量不要采取。"蔡队副吩咐道。

于大强和周杰点头表示同意。

四、恋爱中的插曲

这几天只要晚上不加班，周杰都会约江楚楚出去走走。在人静偏僻的地方，他们会手拉手。在人多的地方，江楚楚会挽起周杰的胳膊，但周杰放不开，暗暗挣脱，引来江楚楚的白眼，称他"老夫子"。周杰嘿嘿傻笑。他们去看过一场电影，片名叫《战狼2》，他们看过后很感动，为主人公无私的英雄行为流下了激动的泪水。回来的路上，他们十指紧扣，默默无语，两颗心贴得更近了。

周末的晚上，周杰请江楚楚在城南的湘菜馆吃饭。这边是新城，一幢幢高楼大厦拔地而起，蛮有现代化城市的气息。

土匪红烧肉、香葱胖头鱼、麻辣鸡丁、香菜炒蛋、麻辣土豆丝、青菜豆腐汤，周杰点了五菜一汤。菜端上来后，他俩举杯相庆，还未拿起筷子，这时周杰的手机突然响了一下。

周杰一看，是一条工作信息：据可靠情报，黑恶势力犯罪团伙头子谢易生在城南一网吧出现，请侦查中队的同志往那里赶。信息里有嫌疑人的照片。

"我就在城南，我立即赶过去。"周杰往刑侦大队工作群回了一条信息，站起身抱歉地对江楚楚说："队里有事，我要马上过去，不能陪你吃饭了。"

江楚楚虽然心有不甘，但知道这是他的工作，无奈顺从地点点头。

周杰快速冲出湘菜馆，沿马路向东搜索。他一边小跑，一边向街道两旁打量，跑了 300 多米，发现右手边有一家心心网吧。

网吧在四楼。他乘电梯到了四楼，走进网吧，装成网民慢悠悠地靠在服务台，似乎在与网吧老板说话，同时用眼睛飞快地把网吧扫了一遍，立即锁定嫌疑人在第三排最东面靠窗的位置。

这是一个合格侦查员的基本素质，只要见过一面或看过照片，就能过目不忘，在茫茫人群中，不管是看到正面、侧面，甚至是背面，也能一眼认出。

周杰不动声色地退出网吧，在楼道里用手机小声向队里作了汇报，请求支援。

过了约十分钟，于大强、宋伟、钱利伟三人先后赶到。四人穿的都是便衣。

在三楼过道，周杰向三人简单说了他看到的情况，特别提醒嫌疑人坐在靠窗的位置上。

于大强决定立即动手抓捕。四比一，力量足够，再多的人，在狭小的网吧也施展不开。

谢易生，作案累累，穷凶极恶，随身可能携带凶器，他又会武功，抓捕行动十分危险。网吧人多，不能持枪抓人，容易误伤群众。

"大家把枪支收起来，看来今天我们只能拼命了。"于大强严肃地说。

"不过也没有什么了不起的，这种事兄弟们也不是第一次碰到。"于大强迅速变换了语气。

周杰等人静静地听着，他们相信于大强。

"现在谢易生没有发现我们，这是我们最大的优势，我们要装成网民，悄悄接近，突然袭击，一举拿下。我做一下分工：周杰从第四排进去，从上面拦截；宋伟从第二排进去，从后面拦截；我和钱利伟从第三排上去，从正面动手。整个行动，以我为主，我动手后，你们才能行动。听明白了吗？"于大强蛮有指挥员气势。

"明白。"周杰、宋伟、钱利伟庄严地回答，虽然声音很轻。

宋伟先从第二排悄悄进入，他在谢易生后面，不易被发现。

接着是于大强和钱利伟。周杰落后于他们两个身位，从第四排进去。

周杰虽然面向电脑，但他用余光注意着于大强、钱利伟及谢易生的动静。

于大强和钱利伟一前一后慢慢向谢易生靠近。当离谢易生约两米距离时，谢易生抬起头，发现了他们。谢易生十分警惕，腾地一下子站起来。

说时迟，那时快，于大强飞身向谢易生猛扑过去。

谢易生虽然长得五大三粗，但动作却十分轻灵，只见他一个侧身，于大强扑了个空。

乘这空档，谢易生从腰间拔出了匕首。

情况非常危急。情急之下，钱利伟顾不了许多，只听他大喊一声："哪里逃？"纵身一跃扑向谢易生。谢易生已没有了侧身空间，但他本能地将匕首向上一抬，刺中了钱利伟的左手臂。

钱利伟的左手臂立刻血流如注，他顾不得疼痛，翻身用脚踢向谢易生。谢易生正要持匕首向钱利伟的脚刺去时，倒在地上的于大强顺势抱住谢易生的大腿用肩一顶，谢易生防不胜防，摇摇晃晃向后倒去。

周杰见状，顺手操起一把电脑椅砸向谢易生。

"啊！"谢易生被砸中头部，发出痛苦的叫声。但他紧握匕首，一个鲤鱼翻身，从地上一跃而起。

他眼露凶光，犹如困兽，负隅顽抗。

在网吧上网的人看到有人搏斗，有人受伤，鲜血淋淋，吓得一窝蜂地往网吧外面逃。有人打 110 报了警。

于大强和宋伟分别操起椅子，周杰赤手空拳，钱利伟用右手捂住流血的伤口。

他们将谢易生团团围住。双方对峙着，谁也不敢轻举妄动。

鉴于钱利伟的伤口还在不停地流血，必须立即救治，不能久拖，于大强决定进攻。

他向宋伟和周杰使了一个眼色，大喊一声："上！"手持椅子向谢易生冲去，宋伟举着椅子紧跟其后。

谢易生用左手挡住于大强的椅子，右手持匕首向于大强刺去。宋伟眼疾手快，用椅子紧紧将谢易生的右手顶住，使其右手动弹不得。

周杰见谢易生左手被于大强困住，右手被宋伟顶住，正面暴露出来，千载难逢的机会，他飞速上前，用尽全力飞起一脚，踢向谢易生的裆部，这一脚结结实实，正中谢易生的要害处。

随着"喔哟"一声惨叫，谢易生手上的匕首落地，脸色发白，身体软软地向下倒去。

于大强迅速从腰间摸出手铐将谢易生双手铐住。

谢易生被赶来的城关派出所处警车带走。于大强开车送钱利伟去医院救治，周杰一同前往。

在县第一人民医院，经过手术，钱利伟手臂的血被止住了，缝了 17 针。于大强和周杰总算松了一口气。

周杰给江楚楚打了一个电话，江楚楚说已回家了，并问他怎么样。周杰告诉她完成了任务，也准备回家了。

五、狮子大开口

调解会在城关派出所调解室进行。于先锋的父亲于成富 40 多岁，是一个地地道道的农民，他不善言辞，态度诚恳，模样朴实。他小声地表示，都是他儿子的错，但儿子只有 17 岁，还很年轻，如果小小年纪就吃官司，一辈子就毁了，希望给他儿子一个机会，他愿倾家荡产给受害人补偿。

他说得情真意切，令人动容。说完，他朝方立军的父亲鞠了一躬。

吴灿灿的父亲今天没来，可能是工作忙，走不开，也可能是考虑到局长的身份，来的是吴灿灿的母亲刘敏慧。

她表态说："虽然我家吴灿灿也是受害者，不过于先锋是为了保护吴灿灿免受不法侵害，而动手打了方立军，他的行为是正义的，当然，他把方立军打伤是不对的。既然事情已经出了，就要设法予以解决，他们三个人毕竟是同学，我希望能和平协商解决，如果于先锋家有困难，我家也可以出一部分。"

刘敏慧的话得体大方，周杰对她很有好感。

学校来的是副校长金松海，也就是周杰同学谢伟高的表哥。

他语气平缓地说:"学校发生这种事是谁也不愿看到的,既暴露出学生的素质问题,也暴露出学校的管理问题,教训十分深刻。根据县教育局领导的指示,我们学校正在举一反三,堵塞漏洞,特别是加强对学生的教育和管理,防止类似事件的再次发生。我们学校愿积极配合公安机关做好调解工作。"

金副校长的话四平八稳,没有任何问题。

"方村长,说说你的想法。"于大强把握着调解节奏。

方辉法是方立军的父亲,是城关镇斗门村的党支部书记兼村民委员会主任,但村民们习惯叫他村长。

"我儿不才,在学校里调皮捣蛋,说实话,作为家长,我们也很头痛。但是,学校是受教育的地方,是说理的地方,把我的儿子打得鼻青脸肿,鼻梁骨折,无论如何都说不过去吧?所以,我们只要求按规处理,依法办事。"方辉法一本正经地说。

皮球又被踢到原地。

"我们把你们叫来,坐在一起进行调解,是依法办案的一个过程,希望你们各抒己见,逐步缩小差距,最后达成一致。"于大强苦口婆心地说。

"方村长,我儿不懂事,打了你儿子,是我没有教育好他,是我无能,你大人有大量,你行行好,叫我怎么赔都行。医药费、营养费、护工费、精神损失费,我都可以赔,只要能取得你的谅解,只要我儿子不去坐牢,我给你下跪了。"说完,于成富就要给方辉法下跪。

"你这是干什么?"于大强急忙将他扶住。

"方村长,你如果愿意,不妨说个数。"刘敏慧插话道。

于成富满怀希望地望向方辉法。

"方村长，一定的赔偿是合理合法的，你可以先提出来。"于大强说。

"那好吧，今天看在于警官的面上，只要你们拿出这个数，我就同意了。"方辉法说完伸出了五个手指。

"5万？"刘敏慧疑惑地问。

"50万。"方辉法说话时眼睛眨也不眨。

"50万？"于成富不由倒吸一口冷气。

这个数他是无论如何也拿不出来的，他的三亩自留地刚刚拆迁，政府赔了18万。如果要赔50万，只能把房子卖了，但卖了房子后，一家人住哪里去呢？

"简直是狮子大开口。"刘敏慧心想。

"方村长，赔偿是要有依据的，不是想赔多少就是多少。"于大强心平气和地说。

"于警官，我也是看在你的面子上说的，不然我不会和他们坐在一起的。"方辉法的眼神里透着狡诈。

"既然大家对赔偿数目争议较大，今天我们先说到这里，下次再谈。"于大强见无法谈成，就中止了调解。

"50万，太过分了。这是一个共产党领导下的支部书记和村长吗？活脱脱就是一个地痞流氓。"回局里的路上，周杰厌恶地说。

"确实不像话。亏他说得出，丢党的领导干部的脸。"于大强附和道。

"支部书记能算党的领导干部吗？"随即于大强又嘟囔了一句，像是自言自语，又像是说给周杰听的。

他俩还真没有想过，也说不出正确答案。

六、高人指点

回到局里,于大强和周杰向蔡队副作了汇报。

"情况我都知道了,你俩抓紧办理手续吧。"蔡队副话里有话地说。

"什么?现在就办手续,刑事拘留?"于大强和周杰都吃了一惊。

"是局长亲自对顾大队长说的,绕过了分管局长。你们该知道案件的复杂性了吧。小小的一起学生打架纠纷,变成了故意伤害案,在法理和司法实践中又完全说得通。你们说该怎么办?"蔡队副无奈地摊开了双手。

"谁受伤谁有理,唯结果论,这样的法律是谁定的?还讲不讲道理了?"周杰怒不可遏地说。

"这就是所谓的合法不合理。"蔡队副阴沉着脸说。

"不能这样。蔡队副,我们知道办手续不是你的本意,你是被逼无奈。你看这样行不行?在办理刑事拘留的同时,我们给当事人办理取保候审手续。"于大强建议道。

干刑警的人都清楚,故意伤害案是不能取保候审的,除非得到了被害人的谅解。

"就这样办,出了事我担着。"蔡队副一脸正气地说。

"是。"于大强和周杰挺了挺胸膛。

跟着这种领导就是再苦再累也心甘情愿。周杰在心里对蔡队副更加敬重了。

周杰越来越觉得,为谁干活,在谁手下干活,与什么人一起干活，影响一个人的理想，左右一个人的信念，决定一个人的幸福指数。

第二天，周杰在队里心有不甘地办理《关于对犯罪嫌疑人于先锋采取刑事拘留强制措施》和《关于对犯罪嫌疑人于先锋采取取保候审》的审批报告。

突然，他的手机响了，周杰一看是江楚楚打来的，连忙接通。

"周杰，不好了，又出事了。"江楚楚在电话里着急地说。

"楚楚，不要急，什么事，慢慢说。"周杰安慰道。

"他们又打起来了。"江楚楚的声音高了八度。

"谁跟谁打起来了？"周杰越听越迷糊。

"是于先锋和方立军又打起来了。"江楚楚的声音带有哭腔。

"什么？于先锋和方立军又打起来了？"周杰一听就急了，这边事情还没有解决好，方立军父亲的态度横得狠，上面又有领导打招呼，给于先锋办理取保候审，是蔡队副、于大强和自己三人顶着压力，共同承担的责任，如果两人又打起来，不要说取保候审的计划泡汤，于先锋肯定要被直接刑事拘留。

"方立军鼻梁骨折，不在家休息，跑到学校来干什么？"周杰百思不得其解地问。

"方立军这几天在家休息，但他在家厌烦了，就来学校转转，不料碰到于先锋，两人话不投机就打了起来。"江楚楚解释说。

"打得厉害吗？谁受伤了？"周杰关切地问。

周杰从心里希望这次不是方立军受伤，而是于先锋受伤，而且伤得比方立军重。没有办法，伤害案件就是谁受伤，谁在理，谁主动。

"这次是于先锋主动挑衅，方立军下狠手，把于先锋打倒在地。于先锋后脑着地，当即不省人事，已送医院抢救。"江楚楚心惊肉跳地说。

听说是于先锋受伤，周杰略略放宽心，但愿他没有生命危险。周杰心里很矛盾，既希望于先锋受伤，又不希望他伤得很重，但又要比方立军的伤重一点。如果受伤能受电脑控制就完美了。周杰心想，但瞬间他又被自己天真的想法逗笑了。

于先锋在这个节骨眼上受伤，难道是有意的？周杰暗自寻思。

真被周杰猜对了，于先锋父亲受高人指点，与儿子于先锋商量，想方设法与对方再干一架。

果然，当天上午，于先锋在学校看到方立军后，立即上前找碴儿。方立军不知是计，没说两句就动手挥拳向于先锋打去，于先锋求之不得，躲也不躲，迎面挨了一拳，随后向后倒去。

这一拳不要紧，打落了于先锋两颗门牙。于先锋倒地后紧闭双眼，一动不动，像死了一样。

经医院检查，于先锋除了两颗门牙脱落，还有轻微脑震荡。

法医鉴定：于先锋属轻伤二级。

轻伤对轻伤，医疗费用各自负责，互不追责。

于先锋虽然挨了打，受了痛，但不用坐牢和赔偿，心里一块石头落了地。他的父亲更是长长出了一口气。

方辉法又气又恨，由于儿子的愚蠢和无能，眼看到手的几十万没了，竹篮打水一场空，气儿子恨铁不成钢。

蔡队副、于大强和周杰的日子同样不好过。虽然局长没有明说什么，但他们显然是执行命令不坚决，没有体现组织意图。在公安机关如果没有体现组织意图，后果是十分严重的。

不过，在周杰看来，随着法制的深入人心，敢于对明显不符合法律意志的长官命令说不的警察多了起来，特别是刑警。

七、晴天霹雳

晚上，周杰与父母一起吃过晚饭，一个人在书房里看书。一个电话令他魂飞魄散。电话是杨丽打来的，刚刚县公安局 110 报警服务台接到县第一中学报警称：县一中女老师江楚楚从学校行政楼教师办公室六楼坠楼，人已经不行了。根据局领导指令，刑侦大队立即出警。

听到这一消息，周杰如五雷轰顶，站不起，走不了。杨丽在电话中听他突然没声音了，有种异样的感觉，连忙关切地问："你怎么样？如果身体不舒服，现场就不要去了，我向大队长给你请假。"

"不，没关系，我一定要去。"周杰虚弱地说。

"身体不好，不要硬撑，勘查现场少你一人没事。"杨丽关心地劝说道。

"我没事，我自己过去。"周杰倔强地说。

周杰没有与父母打招呼，他一个人魂不守舍，踉踉跄跄地来到街上，打出租车赶往县第一中学。

顾天雄大队长在现场进行统一指挥，分现场勘查和现场访问两个组，现场勘查由蔡队副负责，现场访问由郭强副大队长负责。

120 救护车赶到时，江楚楚尚有呼吸，被迅速送往县第一人民医院抢救。

周杰又马不停蹄地赶往县人民医院。

他在心里不断地祈祷：江楚楚挺住。江楚楚挺住。

但当周杰赶到医院时，得到的是最坏的结果：经抢救无效，江楚楚死亡。人已被移至太平间。

呈现在周杰面前的是：江楚楚身体完整，脸色苍白，全身多处骨折和软组织挫伤。

周杰万念俱灰，心如刀割，两行清泪从他脸上滑落。

江楚楚父母闻讯赶到医院见到女儿尸体时，她母亲两眼一黑，昏倒在地。她父亲抱着女儿的尸体失声痛哭。

白发人送黑发人，这场面谁见了都心酸。

现场勘查连夜进行。现场临时加了照明设备，漆黑的晚上亮如白昼。

蔡队副、张涛、许前胜戴上手套，开始工作。

行政楼教师办公室在五楼和六楼，校领导在七楼。六楼这一层都是教师办公室，共有六间，江楚楚的办公室在 603 室，这是一个大办公室，共有六位教师。

603 室物品摆放整齐，没有打斗痕迹，靠墙的一扇窗户敞开，窗户前有一条椅子，椅子上留有鞋印，经检验是江楚楚所留。

江楚楚显然是从这扇窗户坠落的。在窗户和椅子上没有发现可疑痕迹和物品。

监控显示：江楚楚 5 时半左右在学校食堂吃的晚饭，吃完饭回到办公室，7 时许，上楼到副校长金松海办公室，15 分钟后，从金副校长办公室出来，回到 603 办公室，就再也没有出过办公室门。

由于学校监控都是安装在每层走廊的角落，所以只能看到进和出的情况，至于在办公室内的情况就看不到了。

因为是周末，当晚校领导、教师和学生基本都回家了。

经现场访问获悉：晚 8 时许，学校保安董成山在巡查时，听到一声巨响，立即前去查看，发现有人倒在血泊中，连忙报告金副校长，因为当晚校领导中，只有金副校长办公室的灯亮着。根据金副校长的意见，又马上向公安机关报了警。

八、自杀他杀

江楚楚的死是不是与金副校长有关？从现场情况来看，金副校长是见到江楚楚的最后一个人。

金副校长身材修长，文质彬彬，保养得体，是一个注重仪表的人。

在金副校长办公室，于大强和宋伟对其进行了询问。

"金副校长，周末晚上你留在学校有什么事？"于大强的问话开门见山。

"于警官，我晚上留下来就是为找江楚楚谈话。"金松海倒也不藏着掖着，直面主题。

"为什么事找江楚楚谈话？"于大强接着问。

"我在学校是管教育的，最近一次期中考试，江楚楚带的班学生总体成绩下滑明显，所以，我想找她谈一谈。"金松海镇静地回答。

"就为这事？"于大强紧跟一句。

"就为这事。"金松海肯定地答。

"没有了？"于大强加重了语气。

"呵，还有江楚楚带的班两个学生打架斗殴，在网上被炒得沸沸扬扬的事。"金松海刚想起来似的答道。

"白天不好谈吗？为什么一定要选择晚上？"于大强双眼逼视着金松海，仿佛要将他的心事看穿。

"不是说白天不好谈，白天事多、人多，晚上谈话清静，效果好。"金松海毫不示弱地回答。

"谈了吗？"

"谈了。"

"请你把谈的情况详细说说。"于大强要求道。

"大约是晚上 7 时许，江楚楚来到我的办公室，我请她坐下，对她说，期中考试，你们班总成绩从上学期全年级第一倒退至年级倒数第三，整整下滑了八名，是怎么回事？

"她回答，据她分析，主要问题出在科学这门课上，科学一课，全班平均成绩 76 分，与其他班的成绩就大大拉开了，如果科学课全班平均成绩能保持在 83 分，就与第二名基本持平了。她已与科学任课老师做了沟通，以后要找差距，补漏洞，尽快把学生的成绩提上去。任课老师答应配合班主任迎头赶上。

"还有就是这次数学题目比较简单，她们班过去一直是数学成绩较好，这次考试因题目简单所以无法拉开差距，在一定程度上影响了班级的总体成绩。

"从江楚楚的回答来看，她对这次班级成绩排名落后根本无所谓，还振振有词地提出了诸多客观理由。我严肃地批评了她。"金松海生气地说。

"我还批评她，方立军和于先锋两个学生打架，公安介入，领导关注，网上恶炒，败坏了学校的名声，她应负主要责任。她很不服气，说如果有责任，也是学生自己的责任，是家长的责任，是学校的责任，她作为班主任没有多少责任。我明确告诉她，她如果是这种态度，就不要当班主任了，以后职称评定肯定要靠后，培训也没有份了。她哭了，但还是不承认错误，说我打击报复她。"金松海越说越气。

"等等，江楚楚为什么说你打击报复她？"于大强打断了金松海的话。

"打击报复。"金松海一惊，但他随即说，"她就是随口一说，她没有理由了，就胡编了一个，我怎么会打击报复她，我没有道理也没有理由打击报复她。"金松海自圆其说地答道。

"接着说。"于大强头也不抬，但他的余光在注意着金松海。

"其他也没谈什么。"不知是于大强打断他的话，打乱了他的思路，还是他认为言多必失，金松海停下不讲了。

"江楚楚那时精神状态怎么样？"于大强换了一个话题。

"她有些激动，也有些生气。"金松海回答。

"她有过激行为吗？"于大强放下记录的钢笔，望着金松海问道。

"她情绪基本正常，我看不出她有反常行为。"金松海对答如流。

"她就这样离开了你的办公室？"于大强挑了挑眉。

"我们的谈话不欢而散。谈完话，她就回去了。"金松海扶了扶金丝眼镜回答道。

"从江楚楚离开你的办公室，到她出事，你接到保安报告，大约有多长时间？"于大强问道。

"大约个把小时。"金松海想了想回答道。

法医鉴定：死者江楚楚系生前高坠致严重颅脑损伤而死亡。符合高处坠落摔死的特征。

死者体表除坠落时碰到地面造成挫伤外，无其他伤痕。

死者阴道处女膜破裂。

法医写处女膜破裂，包含了许多情况：如果是中老年妇女，或者是多次发生过性行为的女性，法医一般会写处女膜陈旧性破裂；如果是女性处女膜第一次破裂，法医会写处女膜新鲜破裂；如果是被犯罪分子当场性侵，法医会写阴道红肿；如果有遗留物，还会写提取精液和阴道分泌物若干。

法医如果只写处女膜破裂，那么这种破裂既有可能是性行为发生后破裂，也有可能是体育运动引起的破裂，还不排除其他意外情况所引起的破裂。如果是性行为造成的破裂，则性行为发生次数不多，不超过三四次。

水平高的法医会写得明确一些，水平低的法医则会写得笼统一些。处女膜破裂显然在笼统之列。

从法医鉴定来看，说明江楚楚是摔死的，不是死后被人抛下去的。

她身上无其他伤痕，也不符合别人把她推下去的情况，如果是别人推她、害她，她肯定要挣扎、要反抗，必定会留下伤痕。窗户这么高，也不可能是别人把她骗到窗台上推下去的。

结合现场勘查和现场访问，他杀没有依据和证据。

但许多人不相信江楚楚会自杀。

在老师们眼中，江楚楚几乎是一个完美的女人：工作敬业、业务出众、人缘甚好。

在学生们眼中，江楚楚更是一位偶像式老师，不仅教学能力很强，而且特别关爱和亲近学生，是一位被学生当作大姐和朋友的老师。

校长王斌认为，江楚楚是一个尊重领导、关心学生、虚心好学，有责任心、上进心，不可多得的年轻教师。

只有副校长金松海认为江楚楚是一个缺乏管理经验、有心机、不尊重领导的老师。

出事前两天，学校语文组的教师一同旁听了江楚楚的公开课，江楚楚也对此做了精心准备，课后还提醒学生明天过来要做精彩语句听写，回家好好温习一下。

可以说，事情发生之前，几乎没有任何让周围的人感到有些异样的征兆。

一位受人尊敬和喜爱的美女老师就这样在毫无征兆的情况下香消玉殒，亲属、同事和学生都无法接受这一事实。

在周杰看来，江楚楚是他的女神、他的世界、他的全部。他根本不相信江楚楚会自杀。她是那么美丽、那么聪敏、那么善良、那么富有同情心。

前几天，她还征求他的意见，她想去考研究生，问他同不同意；并说，如果不是因为他，她早就毫不犹豫地报名了，她是舍不得他。

就是这样一个重情重义的江楚楚，她会狠心抛下他走吗？

绝不可能！周杰在内心呼喊。

是的，在与江楚楚接触的日子里，有时她会出神，有时她会欲言又止，她有心事。但她与他在一起时，她是快乐的。这是周杰完全能感觉得到的。

可是，现场痕迹物证、现场访问、现场监控、法医鉴定，都表明江楚楚是自己跳下去的。到底是哪个环节出了错？是哪里出了问题？周杰百思不得其解，他想不明白，也想不清楚。

九、日记里的秘密

事情很快有了进展。江楚楚父母在江楚楚房间里清理遗物时，在她上锁的一个抽屉里发现了她的日记本。日记里大量记录了江楚楚的日常生活、学习、工作、思想及情感。

8月5日，晴。今天是一个好日子，幸运女神眷顾了我，在61取5的概率中，我杀出重围，被县第一中学录取，成为一名光荣的人民教师。感谢同学谢伟高和他的表哥金副校长。如果没有他们的关照和暗中相助，我是万难进一中的。也感谢自己，锲而不舍地努力，终于实现了梦想。

8月27日，阴。晴天霹雳。为了感谢谢伟高和金副校长，今天晚上，我请他们吃饭。我在华侨饭店定好包厢等他们。到约定时间，谢伟高带着一个年轻人来了，金副校长没来，谢伟高说他晚上有事，并介绍说年轻人是他的表弟方德辉。我没在意，下次再请金副校长吧，人家出了这么大的力。席间，谢伟高不停地与我干杯，不停地劝我喝酒，盛情难却，我喝多了。方德辉也乘机向我敬酒，我终于喝醉了。当我醒来时，发现我一个人躺在饭店客房的床上，全身一丝不挂，我瞬间傻了。谢伟高、方德辉这两个阴险小人、伪君子、该剐千刀的强奸犯，他们夺去了我的贞操，毁掉了我的人生。我不想活了，但我不敢去死，我还有父母双亲。我不敢去报警，谢伟高的父亲是县委副书记兼政法委书记，公检法都是他管的。但我发誓：我与他们不共戴天，势不两立，君子报仇，十年不晚，我要他们血债血偿。

9月13日，雨。今天下午快下班的时候，金副校长以需要帮忙的名义，将我骗入他的办公室。他开始装模作样地问我工作怎么样，习不习惯，表现出很关心我的样子，我还有些感动。可他突然靠近我，对我又搂又抱，并将他的臭嘴凑过来想亲我，我又气又急又恨。在我严厉制止后他仍不肯罢手，也不放我出门，并振振有词地说，是他帮忙把我招进来的，我应该感谢他，心甘情愿地为他服务，他可以做我的后台和靠山，做我的保护伞，他会提拔重用我。我果断拒绝，严厉谴责。看到我态度坚决，言辞坚定，奋不顾身地反抗，他退却了。

虽然这次没有受到实质性的伤害，但这两件事情的阴影如同噩梦般缠绕在我心头，挥之不去，如鲠在喉，恶心至极。每当想起或者听到这两个无耻之徒的声音，看到他俩狰狞的面容，我就会恶心反胃，浑身颤抖，可对方却若无其事，谈笑风生。

不能辞职，不敢举报，我真的快要被逼疯了。

这两个畜生肯定不会就此罢手，不会放过我，一定还会千方百计寻我麻烦，要我好看，并糟蹋我。

这日子何时是个头啊？我不敢想下去。

4月23日，晴。下了几天的雨终于晴了，晚上意外地收到了他的短信。天哪，竟是求爱信，也不全是，是他的表白。

他说喜欢我很长时间了,从初中就开始了。他喜欢我的长相和聪慧,喜欢我的得体和大方,喜欢我的善良和温柔。他问我喜不喜欢他。傻瓜,有这样问的吗?我当然喜欢他,他高大、英俊、性格温和、积极上进,具有与生俱来的领袖气质,是许多女生梦寐以求的类型。

我们一起长大,从小学到初中都是同学,还都是班级里的尖子生,是班干部,我们一起进步,共同成长。

不怕难为情,他是我暗恋的人。想不到他先说开了,他说他不想留遗憾,我又何尝不是这样想。我迫不及待地同意了,我毫不避讳地表示,我也喜欢他,很喜欢。我不怕他笑话我。

我好开心,我好幸福,我想大喊大叫,我想让所有人知道,但是我终究不敢。

我高兴的心忽然暗淡下来。我想到了那几个畜生,那几个无耻之徒,想到了难以启齿的可怕的噩梦。

我能接受他吗?他能接受我吗?我要告诉他吗?我好犹豫,我好害怕……

那本日记被交到了周杰的手上,他看了好几遍。他无法遏制内心的悲痛,也无法遏制满腔的怒火。

肯定是金松海又对江楚楚做了什么,使她不能忍受。他似乎找到了女友坠楼的症结所在。

谢伟高,一个道貌岸然的伪君子,光鲜亮丽的外表下包裹着一颗邪恶的心。

金松海,一只披着羊皮的狼,表面上为人师表,背地里却干着禽兽不如的勾当。

方德辉，这个强奸犯，刚从监狱出来，仍本性难改，重操旧业，真是狗改不了吃屎。

他要报仇，以这辈子为代价，以刑警的方式。

报仇是女友的遗愿，是自己的使命，也是刑警的职责。

自从江楚楚出事后，周杰就不会笑了。

周杰与江楚楚恋爱的事，除了双方父母知道，周杰只与于大强说起过。

"兄弟，你艳福不浅。"于大强见过江楚楚后，如是对周杰说。

"兄弟，以后要我做什么，你吭一声。"江楚楚出事后于大强对周杰说。

"我会的。"周杰不客气地回答。

十、盯梢

周杰像变了一个人，他不大爱说话了，每天准时上下班，过去他总是提前上班，晚点下班。

"你生病了吗?"杨丽关心地问。

"没有。"周杰平静地回答。

"小子，你怎么了? 发生什么事了?"蔡队副明显察觉到周杰的变化，疑惑地问他。

"没事。"周杰摇了摇头。

"没精神，像谁都欠了你钱似的，我可不喜欢你这样。有事告诉我。"蔡队副唠叨道。

周杰不打算告诉他实情。自己的事情自己解决。

周杰从自行车市场买了一辆二手自行车。

每天下班后，他就骑上他的自行车，漫无目的，满城乱窜。窜了一个星期后，他就在县第一人民医院附近转圈。他开始盯谢伟高的梢。

每次谢伟高开着他那辆宝马 530 出来时，他就会骑自行车跟在后面。自行车速度显然跟不上宝马，但他不着急，只朝宝马车开的方向追，看不到宝马车，失去目标了，他就不停地在附近的宾馆、饭店、娱乐场所寻找。

谢伟高那辆黑色的宝马车引人注目，周杰一眼就能认出来。找到那辆宝马车后，周杰就在附近找个隐蔽的角落蹲着，饿了，就从背包里拿出早就准备好的面包和矿泉水对付一下。

除了办案、出差和必要的应酬，周杰雷打不动天天坚持盯梢。

经过一段时间的跟踪，周杰基本摸清了谢伟高的活动规律。

谢伟高的交际很广，隔三岔五就会参加各种应酬。不知是因他医生的身份，还是借他父亲的名义。他大多数时候会在华乐登酒店吃饭，吃完后去皇冠娱乐城唱歌、洗桑拿，然后带小姐去华侨饭店开房。

周杰将他每到一地的时间都做了记录。

谢伟高带的小姐，有时是他一起带去吃饭的，有时是从娱乐城带走的。有两次，周杰跟到了华侨饭店，看到两人乘电梯到了 7 楼，他就乘另一部电梯上去，然后在 7 楼小心翼翼地挨个房间寻找。

一次在 701 房间，一次在 703 房间，周杰听到了谢伟高的声音。

周杰不敢轻举妄动。因为他没有证据，无法确定谢伟高是嫖娼、通奸，还是正常谈女朋友。

不能打草惊蛇，否则将前功尽弃。

不过，周杰心中已有了行动的方案。

十一、设套

这天下午，周杰将于大强悄悄叫到办公室外面的走廊，在他耳边轻轻说了几句，于大强心领神会地点点头。

下班后，周杰正常地骑上他的自行车离开公安局，他先到了县第一人民医院，没有看到那辆宝马，就直奔华乐登酒店，在楼下果真看到了谢伟高的车。

他立即给于大强打电话。

半小时后，周杰和于大强在华侨饭店会合，坐在大堂一个不起眼的角落，密切注意着前来办理入住的人。

晚 11 时 30 分许，谢伟高搂着一个妖艳的美女，醉醺醺地来到总服务台。

"要一间房，快一点。"谢伟高递上身份证，含混不清地说。

小伙子看了看他，对了对身份证，又瞟了一眼他身旁的美女，然后麻利地操作电脑。

"703 房间。"小伙子说完将房卡递给谢伟高。

见谢伟高动作不利索，美女一把接过了房卡。

谢伟高搂着美女的腰，一双眼睛色眯眯地盯着美女高耸的胸部，一脸坏笑地走到电梯间。两人到了 7 楼，进了 703 房间。

谢伟高急不可耐地一件件脱去美女的衣服。

"猴急啥，去洗洗。"美女一把推开谢伟高的手。

"洗,洗什么?我用真家伙一定替你洗得舒舒服服。"谢伟高把美女拦腰抱起抛到床上。

随后,房间里传来一阵阵放浪的笑声。

周杰和于大强将车停在华侨饭店门口一个不起眼的地方,但从这里可以看到进出饭店的人。

他俩不敢马虎,一个监视,一个休息,轮流在车里对付了一夜。

天渐渐亮了。7 时多,谢伟高打着哈欠,伸了伸腰,走出华侨饭店,伸手拦了一辆出租车走了。

周杰和于大强看得真切,随后立即上楼,敲响 703 房间的门。

"死鬼,舍不得我,还要我啊。"房间内传来娇滴滴的声音,听得周杰和于大强起了一身鸡皮疙瘩。

当门打开,女子惊住了。

"我们是公安局的。"周杰拿出工作证在女子眼前亮了亮。

"跟我们进来。"见女子还在发呆,于大强命令似的说。

女子乖乖跟着于大强走进房间。周杰随手将门带上。

"先把衣服穿上。"于大强略带厌恶地说。

女子赶紧找外套穿上。

"你的所作所为,我们一清二楚,你想从宽处理吗?"于大强威严地问。

"我想。"女子惶恐地点头。

"我问什么,你就如实答什么,不能有半句假话。否则,后果你知道。"于大强不容置疑地说。

"我一定老实说。"女子看来没与公安机关打过太多的交道。

"姓名?"

"郑慧慧。"

"年龄?"

"22 岁。"

"职业?"

"皇冠娱乐城服务员。"

"昨晚跟你一起来的人认识吗?"

"认识。"

"他叫什么名字?"

"谢伟高。"

"他是干什么的?"

"听说是医生。"

"昨晚在房间里做了什么?"

"做了那事。"

"那事是什么事?"

"男女之间的事。"

"事后他给了你多少钱?"

"1000 元。"

"钱呢?"

"在口袋里。"

"拿出来。"

郑慧慧极不情愿地从口袋里摸出 1000 元钱交给于大强。

"你们这是第几次做这种事?"

"第二次。"

"上一次的时间、地点?"

"一个月前,也是在华侨饭店,在隔壁 701 做的。"

73

"给了你多少钱?"

"也是 1000 元。"

"卖淫嫖娼是违法犯罪,你不知道吗?"

"知道。"

"知道还做?"

"找不到工作,做这事来钱快。"郑慧慧小声嘀咕道。

"小小年纪就不走正道,卖淫嫖娼败坏社会风气,有辱祖宗,你父母知道后还不被你气死? 你以后怎么嫁人?"于大强教训道。

"以后的事以后再说嘛。"郑慧慧一脸无所谓的样子。

"谢伟高带娱乐城其他女孩子出去过吗?"于大强换了一个话题。

"这我不知道。"

"是不知道还是不想说?"

"公安同志,我是真不知道。姐妹间是不说这个的。再说,娱乐城有规定,出台业务,不准互相打听、互相交流。"

于大强看了周杰一眼,那意思是还有什么要问的。周杰心领神会。

"谢伟高那东西有什么特征?"周杰问道。

"什么东西?"郑慧慧不解地问。

"男人的东西。长的、短的、大的、小的?"周杰没好气地说。

"他的包皮有点长,这算不算特征?"郑慧慧的脸一阵红一阵白。

"郑慧慧,你看一下,这里的记录有没有错,如果没错,就写以上笔录看过,没有错,在每张纸上再按上手印。"周杰吩咐道。

郑慧慧看过后,在笔录的结尾写上字,并按上手印。

"今天的事不许对任何人说，说了后果自负。"周杰厉色道。

"不说，肯定不说。"郑慧慧连忙回答。

"你先走吧。"周杰说。

郑慧慧急忙拿上个人物品，慌不择路地走出房间。

等郑慧慧走后，于大强和周杰下楼，来到总服务台，亮明了身份。于大强对小伙子小声和善地说："你向领导或者同事请一下假，我们在门口的车上等你，问你几句话。"

不一会儿，小伙子出来，周杰在车上向他招手。

于是，于大强和周杰在车上对小伙子做了一份笔录，也就是旁证材料。

之后，于大强和周杰赶到刑侦大队上班。

十二、摸一摸老虎屁股

"昨晚没睡好？看你眼圈那个黑。"杨丽见周杰姗姗来迟就关切地问。

杨丽对周杰有一种姐姐对弟弟般的呵护和关心。刑警晚上经常加班，熬通宵是常有的事，对黑眼圈特别敏感。

"没事。"周杰敷衍道。

周杰虽这样回答，心里却觉得对不起杨丽，没有对她讲实话。找个时间，把实情告诉她，周杰默默想着。

"蔡队副，周六晚上如果没事，到小酒馆，我和周杰有事向您汇报。"下午的时候，于大强给蔡队副发了一条信息。

"知道了。"蔡队副回复。

周六晚上，于大强和周杰来到他们常去的小酒馆，要了一个小包间。蔡队副比他俩晚来半小时。

家常菜，五菜一汤，一壶老酒，已经摆齐。

"发生了什么事？"蔡队副见两人耷拉着脑袋，神情沮丧，就不解地问。

"周杰你说说吧。"于大强开腔。

于是，周杰一五一十、原原本本把他和江楚楚的事，以及谢伟高的事娓娓道来。

蔡队副听完周杰的叙述，又看完现场照片和笔录，将材料轻轻放下，然后一声不响，神色严峻。他知道谢伟高是县委副书记兼政法委书记谢丰利的儿子，拿他开刀，无疑是虎口拔牙，在太岁头上动土。

过了一阵，蔡队副缓缓开口："除恶扬善，为民除害，是刑警的本分。既然你们已经掌握了证据，就要铁下心来，敢于担当。我倒不信，摸一摸这只老虎的屁股，它会吃了我们？"

蔡队副的话斩钉截铁，说得周杰和于大强心潮澎湃，一股热血往上涌。

"干。"周杰给蔡队副和于大强的酒杯倒满，也给自己的杯子倒满，三人异口同声，将酒喝了个底朝天。

俗话说酒壮英雄胆，但对刑警来说，酒不过是一点催化剂。

"我们不信邪，依法办案，可以在战略上藐视敌人，但在战术上一定要重视敌人。"蔡队副吃了一颗炒螺蛳说，"按照职责分工，抓卖淫嫖娼，扫黄打非不是我们刑警的职责，如果我们以此抓人，不仅师出无门，反会被授人以柄。这事我看从郑慧慧入手，就说我们在跟踪调查黑社会犯罪团伙头目张虎的情妇郑慧慧时，发现了谢伟高的不法行为。具体待我向俞副局长汇报后，听听他的意见后再做定夺。"

于大强和周杰听后忍不住点头称是,他们不得不承认,姜还是老的辣。

星期一,刚上班,蔡队副就拿着一个档案袋来到俞龙亭副局长办公室。局领导办公室在五楼,门虚掩着,尽管蔡队副刚给俞副局长打过电话,他还是礼貌地敲了敲门。

"请进。"门内传来一个威严的声音。

蔡队副推门而入。俞龙亭坐在宽大的办公桌后面,在看一份材料。

"蔡队副请坐。"俞龙亭指了指桌前的椅子。

"俞局,这是一个烫手的案件,因为涉及一个棘手的对象。"蔡队副脸色凝重地说。

"噢,在大名鼎鼎的蔡队副前面,居然还有棘手的对象,稀奇。"俞龙亭调侃道。

"俞局,你看一下材料就知道了。"蔡队副没心情与局领导开玩笑,一脸严肃地将档案袋递给俞副局长。

"这么严肃,什么案件?"俞副局长边说边从档案袋里拿出材料看起来。

看了没几页,他脸上的笑容就收起来了。他朝蔡队副看了一眼,又看了看门的方向。蔡队副看懂了,起身将办公室的门关上。

"到底是怎么回事?"俞龙亭的眉头皱成一个川字。

这句"怎么回事"不是单指案件本身,它包含了两个意思。一个是刑侦大队怎么送来一个治安案件,另一个是怎么与谢公子扯上了关系。

"一言难尽。"蔡队副叹了一口气,接着从头到尾将周杰、江

77

楚楚、谢伟高之间的恩恩怨怨说了一遍。

"原来是这么回事。"俞龙亭从椅子上站起来，在办公室来回踱步。

俞龙亭 41 岁，长得高大威猛，四方脸，浓眉大眼，双目炯炯有神，给人一种不言自威的气势。他秉公执法、行侠仗义、性格豪爽、行事谨慎，在公安局独树一帜，加之他是科班出身，精通业务，经过近 20 年的拼搏和奋斗，终于成为公安局常务副局长，分管刑侦、治安、交通和警保。

"事情我知道了，你们与法制大队沟通一下，拿出处理意见。材料先放在这里，等我通知。"俞龙亭办事从不拖泥带水，说话也一样。

因为要动谢丰利的公子，俞龙亭知道必须向副县长兼公安局局长铁建达汇报，起码要打个招呼，这是绕不过的坎。虽然他清楚铁建达与谢丰利关系非同一般，是铁哥们儿，但他只能硬着头皮前往。

吃过中饭，俞龙亭走进局长铁建达的办公室。

铁建达年近 50 岁，中等个子，不胖不瘦，他是半年前从北昌市公安局警保部主任位置上调到金化县任副县长兼公安局局长的。他的一大能力就是始终与各级领导保持着良好的关系，而且保障有力。

俞龙亭与铁建达的关系不好不坏，一是铁建达刚来不久，两人只是工作上的关系，既没有冲突，也没有交情；二是铁建达对公安业务不熟，许多方面要依靠俞龙亭，在具体事务上比较放手；三是铁建达毕竟是公安局"一把手"，俞龙亭会注意摆正位置，掌握分寸，尊重铁建达。不过铁建达对上唯唯诺诺，对下颐指气使，使俞龙亭心里很不舒服，因此一直与铁建达保持一定距离。

"龙亭来了，坐。"铁建达主动招呼说。

"局长，没打扰您休息吧?"俞龙亭恭敬地说。

"没。刚吃过饭，不能马上躺下。你这个点来，肯定有事。"铁建达猜测道。

"让您说着了。因为事关谢丰利书记的儿子，请您过目。"俞龙亭将刑侦大队的材料交给铁建达。

铁建达没看几页，就皱起了眉头。

"刑侦大队什么时候变成了派出所、扫黄办?"铁建达语气冰冷地问，话里明显夹带着不满和揶揄。

这个问题俞龙亭考虑过，也想过让派出所重新做笔录，但如果那样做，不但有风险，而且容易遭人诟病。

"刑侦大队在侦办其他案件时偶然发现的。"俞龙亭解释说。

"准备怎么处理谢伟高?"铁建达面如冰霜地问。

"按照《治安管理处罚法》，两次以上嫖娼的可以给予 10 至 15 天治安拘留，并予以 5000 元罚款。刑侦大队和法制大队商量后，拟给予 10 天治安拘留。这也是考虑到领导干部家属的因素。"俞龙亭不卑不亢地说。

"你如果不怕得罪谢书记，如果想给自己找不自在，你们就这样办。"铁建达脸色铁青地说。

"局长，依法办案是公安机关的本职工作，本案事实清楚，证据确凿，运用法律条文适当，您说该怎么办?"俞龙亭将皮球踢给铁建达。

"怎么办? 凉办!"铁建达脱口而出。

"怎么个凉办法?"俞龙亭装糊涂。

"什么事都要我具体解决，还要你们这些副局长干什么?"铁建达根本不上俞龙亭的当，一脚将皮球踢回给俞龙亭。

很显然，铁建达既不想得罪谢丰利，又不想落一个不履行职责，放纵违法犯罪的骂名。

俞龙亭回到自己的办公室。这是意料之中的事，所以，俞龙亭既不懊恼，也不沮丧。他从办公桌上抓起一根烟，用打火机点着，深吸一口，缓缓吐出一串烟圈，一个个烟圈在空气中渐渐放大，又慢慢消失。

怎么办呢？他陷入了沉思。

突然，他眼前一亮，想到了一个人：县委书记孟泰安。俞龙亭与孟泰安是省警察学院同区队同学。在学校里两人都是学生干部，孟泰安是区队长，俞龙亭是学习委员。毕业后两人虽然各奔东西，孟泰安回到他的家乡泰州市安康县，俞龙亭被分到了家乡北昌市金化县，两人难以见面，但仍保持着联系。

俞龙亭听说孟泰安在当地干得风生水起，进步神速，早就当上了市公安局副局长，后来到城区一个区当区长，之后又到金化县当了县委书记。

主意已定。俞龙亭立即给孟泰安打电话。电话是孟泰安秘书小叶接的，小叶告诉俞龙亭，孟书记正在午休，如有急事，他去叫醒书记。俞龙亭连忙制止了小叶，说不急，等孟书记有空，他想见书记，十分钟就够。小叶说好的。

下午快下班时，叶秘书打电话告诉俞龙亭，孟书记有空了，请他马上过去。

公安局离县委不远，开车七八分钟就到了。叶秘书在书记办公室门口等着，见到俞龙亭，开门请他进去。

"是什么风把我们俞大侦探吹来了？"孟泰安从办公桌后面的

椅子上站起来，迎出来并主动伸出手，边与俞龙亭握手边打趣道。

真是同学、战友相见分外亲。孟泰安此举给了俞龙亭很大的面子。秘书小叶记得，哪怕是县长寿永康来，孟泰安最多从椅子上站起来，与他握握手，很少见孟书记迎出来与谁握手的。

"是警风、雄风，不会是香风。感谢书记大人在百忙中的亲切接见。"俞龙亭在哈哈大笑中反唇相讥道。

"你是无事不登三宝殿，说说，什么事?"孟泰安兴奋地问。

秘书小叶给俞龙亭泡好茶水就知趣地退出去了，并随手带上了门。

"我是来寻求书记的力量的。"俞龙亭自嘲地一笑，接着说，"事情并不复杂，请您先看这个。"说完递上一个档案袋。

孟泰安默默地看完一切，缓缓地抬起头，注视着俞龙亭问："老铁是什么态度? 他有不同意见?"

孟泰安是明知故问，他清楚，如果铁建达同意，公安局内部认识一致，俞龙亭就不会来他这里。

"他没有明说不同意，但态度是显而易见的。"俞龙亭实话实说。

"你准备怎么办?"孟泰安打量着俞龙亭，试探地问。

"如果您同意，我就干。"俞龙亭毫不犹豫地回答。

"如果我不同意呢?"孟泰安紧接着说，丝毫没有开玩笑的意思。

"如果您不同意，照样干。"俞龙亭不假思索地回答，仿佛这句话早就准备好了。

"好。没有看错你，还是我认识的俞龙亭。"孟泰安露出赞赏的目光。

其实孟泰安内心正窃喜不已。倒不是因为俞龙亭在权威面前不低头，忠实地履行警察职责，而是因为县委领导班子本身。孟泰安在掌控县委常委会时，时不时会受到以谢丰利为首的本地派干部的掣肘。县长王跃武虽然也是个外地干部，但他是一个老好人，与世无争。如果一个县委书记在县委常委会上不能一言九鼎，确定的大政方针、重要的人事任命不能顺利通过，久而久之，他的威望就会遇到挑战。如果一个县委书记不能有效掌控常委会，那么，上级党委就会认为这个县委书记是不称职、不合格的，他的书记位置就会不保。

真可谓他刚想瞌睡，就有人送上枕头——来得正是时候。

于是，孟泰安向俞龙亭招了招手，俞龙亭会意地俯身靠到孟泰安跟前。孟泰安在俞龙亭的耳边轻轻地耳语几句，俞龙亭点了点头，双眼露出坚毅的神色。

十三、婚礼上的"插曲"

初夏的夜晚凉风习习。喜尔登大酒店张灯结彩，喜气洋洋。

喜尔登大酒店是金化县仅有的两个五星级酒店之一。

宴会大厅中 40 余桌酒席将大厅排得满满当当。临时搭起的舞台上方悬挂着烫金大字：热烈祝贺谢伟高先生和瞿灿薇小姐新婚大喜。鲜花将大厅装饰得美轮美奂，四周萦绕着优美的《蓝色多瑙河》交响乐曲。

今晚的喜尔登大酒店热闹非凡，高朋满座。县公检法领导悉数到场，不过领导们不在大厅，而在包厢内。

谢伟高穿着一套白色西装，头发油光闪亮，笑容满面，意气风发，手牵美丽的新娘，向宴会大厅 T 字形的舞台中间款款走来。他边走边用左手频频向两旁的亲友招手，人们向他们报以热烈的欢呼声和掌声。

一切是如此美妙。

婚礼按程序进行着。新郎、新娘交换戒指，互立誓言，主婚人证婚，新郎家属道谢。在主持人的统一指挥下，全场人员举杯，祝新郎、新娘新婚快乐。

酒席开始。人们兴奋地喝酒吃菜，大屏幕上滚动播放着新郎新娘的新婚美照。

这时来了两个穿着警服的警察。

"也太高调了吧，穿着警服出席婚礼。"

"可能人家刚执行任务回来，来不及换衣服。"

"为了拍领导马屁什么都不顾了。"

"酒席进行到一半才姗姗来迟，什么情况？"

"有人破坏婚礼，来抓人的吧。"

人们议论纷纷，说什么的都有。

来人正是刑事警察于大强和宋伟。他们径直走到谢伟高身前。

"你是谢伟高吗？"于大强面无表情地问道。

"是。"谢伟高机械地答道。

"你涉嫌嫖娼，公安机关将依法对你实施治安拘留 10 天，请跟我们走吧。"于大强公事公办地说，说完向谢伟高出示了《治安拘留证》。

"你们欺人太甚。"谢伟高的脸涨得通红，气得从牙缝里迸出一句话。

新娘已伏在主桌上痛哭。

周杰在出席婚礼的人群中看到了金松海和方德辉。方德辉愤怒地瞪着周杰，金松海不敢正视周杰的目光。周杰一脸平静，他在想：方德辉三年徒刑结束被释放回来了。

这时谢丰利和铁建达现身了。

"怎么回事？" 谢丰利装腔作势地问道。

"谢书记，我们在执行公务。" 于大强硬着头皮回答。

"到这里执行什么公务？" 谢丰利厉色道。

"对被治安拘留人执行治安拘留。" 于大强向谢丰利扬了扬《治安拘留证》。

"老铁，这是你干的好事？" 谢丰利回头对铁建达一脸不悦地问。

"不是。不是。" 铁建达连忙说不是，心里叫苦不迭。

"你们是奉谁的命令来的？" 谢丰利问。

"领导的命令。" 于大强死扛着答道。

"哪个领导？" 谢丰利居高临下地问道。

"是我签的字。" 说话间，俞龙亭走了过来。他原来一直站在大厅门口远远地望着，见谢丰利为难于大强他们，他觉得应该站出来了。

"你，俞龙亭，好啊。" 谢丰利冷冷地哼了一声。

"铁建达，都是你的人，你来处理！" 谢丰利脸色铁青，快被气疯了。

铁建达倒是想处理，但是事到如今叫他怎么处理啊？《治安拘留证》是有法律效力的，俞龙亭作为副局长完全有权力和理由来审批治安拘留。

"龙亭，你们先回去。" 铁建达黑着脸发话了。

"铁局，人您负责带？"俞龙亭故作轻松地问。

"以后再处理。人家还在婚礼上。"铁建达软硬兼施地说。

"你这样说，我就走了。不过你先跟县委孟书记请示一下。孟书记可指示我法律面前人人平等，皇子犯法与庶民同罪。"俞龙亭一本正经地说。

"俞龙亭，你连我的话也不听了。你——"本来他想说你以后一定没有好果子吃，又觉得这话说出来显得很没有城府，因此话说到一半就咽了下去。

"你俩还磨蹭什么，将人带走。"俞龙亭催促道。

于大强一把抓住谢伟高的手往外带。

"放开我。"谢伟高用力挣扎，将于大强的手推开。

"你再反抗，推搡我的手，我要告你袭警了。"于大强正色道。

"老爸，你看。"谢伟高不敢再作反抗，只得把求助的眼光移向谢丰利。

谢丰利看看铁建达，铁建达却不敢正视谢丰利的眼睛。

在众人惊讶的目光中，谢伟高被强行带走了。

婚礼乱成一团。谢丰利被气得七窍生烟。

一时间，县委副书记兼政法委书记公子在婚礼上被全副武装的民警从婚礼上当场带走，刚结婚又离婚的狗血剧情在金化县传得沸沸扬扬，成为广大群众茶余饭后的笑料。

刑侦大队内暗流涌动，不少人已知道了其中的弯弯绕。大家嘴上不说，心里大多是同情和支持周杰的。

"周杰，给。"杨丽走到周杰办公桌前扔过去一个苹果。她以这种方式表达对周杰的认可和支持。

"杨丽，偏心了吧。"于大强、张涛、宋伟等人看到后共同起哄。

"苹果还堵不上你们的嘴啊。"杨丽没好气地给他们每人扔了一个苹果。

"我们就知道，杨丽是我们大家的杨丽。"众人又是一阵嬉笑。

十四、副校长的磨难

周杰没有笑，他拿着苹果放在鼻子前闻了闻，又轻轻放在了办公桌上。他想起了那双眼睛，那是藏在玻璃镜片后的一双眼睛。那双眼睛看到他时有躲闪、有慌乱。尽管是一闪而过，但逃不过刑警的眼睛。周杰是在谢伟高婚礼上看到那双眼睛的，四目相对，略感意外，又都在情理之中。

周杰会永远记住那双眼睛，以及那双眼睛的主人金松海。

周杰没有停止复仇的步伐。他把所有的空余时间都投入复仇之中。只是这次他改变了策略和方式。他不费吹灰之力就弄清了金松海开的是一辆黑色的雷克萨斯 250 轿车。这款车目前在金化县公务员和一些有身份的人中比较受欢迎。它全进口，车价适中，30 多万，操控性好，开出去有面子，不显山露水，不像奔驰、宝马那么招摇过市，引人注目。这款车很符合金松海副校长的身份。

暗中观察一段时间后，周杰发现，金松海在中午时分，时不时会驾车去一个地方。中午没有应酬，是休息时间，他为什么会经常去那个地方？

那是一个临时停车库，只能停两三辆车，不远处有一个篮球场，离最近的居民小区有 400 多米距离。

周杰决定一探究竟。

又是一个中午，周杰驾车赶到停车库附近，发现雷克萨斯 250 轿车已停在车库内，轿车发动机没有熄火，排气管往外排着淡淡的青烟，车库门降到一半，没有关严。

周杰蹑手蹑脚地凑近停车库，只听从车内不时传来男女的嬉笑声。周杰一时什么都明白了，心想他可真会挑地方。

周杰的嘴角露出轻蔑的冷笑。

个把小时后，雷克萨斯 250 轿车倒车驶离车库，车窗上贴了黑色的膜，周杰看不清车内女子的脸。

等雷克萨斯 250 轿车开远了，周杰也驾车离去。

周杰了解到金松海的妻子叫戚秋兰，在县总工会工作。他决定先与戚秋兰沟通一下，听听她的意见。

周杰给戚秋兰打了电话，自报家门，说有事与她商量。戚秋兰答应了，两人定于中午 12 时 30 分在邮政街咖啡厅碰头。

周杰提早十分钟到了咖啡厅，要了一杯拿铁。戚秋兰准时到达。

戚秋兰 37 岁，短发，圆脸，双眼皮，皮肤白皙，身材匀称，说不上漂亮，但属于耐看那种。

"您来一杯什么？"周杰问道。

"美式。"戚秋兰也不客气。

"秋兰同志，很冒昧把您约出来，有个事想与您说一下。"周杰略带歉意地说。

"周警官，有什么事你直说吧。"戚秋兰直来直去地说道。

"第一中学副校长金松海是您丈夫吧？"周杰面色平静地问。

"是的。他怎么啦？出事啦？你们在查他？"戚秋兰着急地问，看得出，她是一个急性子。

"没有。他没事，看把您急的。"周杰想戚秋兰可能误会了，以为她丈夫干了违法犯罪的事，公安机关向她打听情况。

"你们夫妻关系怎样？"周杰拐弯抹角地问道。

"还行。说不上好，但也说不上坏。"戚秋兰丈二和尚摸不着头脑，越发不淡定了。

"他在外面有女人了，您知道吗？"周杰定睛望着她。

"什么？他在外偷女人了？周警官，你说的是真的吗？"戚秋兰睁大眼睛不信地问。

"是的。我没有骗你。他欺骗了你。"周杰肯定地对她点点头。

"金松海你这个挨千刀的，胆敢在外偷人，看老娘不剪了你的破玩意儿。"戚秋兰怒不可遏地说。很显然，戚秋兰是个暴脾气，一点就着。

"他们在什么地方鬼混？"戚秋兰冷静下来后问道。

"在一个偏僻的车库内。"周杰打开手机地图，找出大体位置，指给戚秋兰看。

"周警官，那小三是谁？"戚秋兰像醒过来了，忙问抢她老公的女子是谁。

"这个还不知道。不过，如果你想知道，下次他们再幽会时，我叫上你，你自己去看好了。"周杰说。

"说定了，周警官。下次你叫我。我要撕烂这对狗男女。"戚秋兰信誓旦旦而又怒气冲天地说。

星期五中午，太阳悬挂在高空，毒辣的阳光晒得人皮肤生疼，街上的人们匆匆而过。

周杰发现金松海有所动作，迅速通知了戚秋兰。

戚秋兰叫上两个闺蜜往那个地方赶去。周杰比戚秋兰她们先到一步。

"就在那辆车上。"周杰指了指雷克萨斯250轿车。

戚秋兰看见熟悉的轿车那个气啊，想到老公在车上与其他女人肉搏，戚秋兰感到从未有过的屈辱、郁闷和悲悯，她的肺都快被气炸了。

戚秋兰三步并作两步地向车库扑去，她的两个闺蜜紧赶慢赶地跟在她身后。

在打开车门的一刹那，戚秋兰真切地听到了男人浓重的呼吸声和女人的呻吟声。

"叫你们偷人，叫你们偷人!"望着两堆白花花的肉体，戚秋兰从身上掏出剪刀，不管三七二十一向他们身上刺去。

"哎哟，妈啊!"被刺中屁股的金松海立刻鬼哭狼嚎起来。

他转过身来，看到戚秋兰瞪着血红的双眼，高举剪刀，又要向他刺来，吓得魂飞魄散，举起双手求饶："秋兰，你行行好，放下剪刀，是我不好，我再也不敢了。"

"叫你快活，叫你快活。现在求饶，迟了，早干什么去了。"戚秋兰挥舞着剪刀恶狠狠地说。

"秋兰，快把剪刀放下，要死人的。"金松海哭丧着脸哀求道。

车门的另一边，戚秋兰的两个闺蜜将小三拖下车来，一人揪住她的头发，另一人抡起手，连续扇了她几个耳光，一边扇一边骂："打死你这个臭婊子，打死你这个不要脸的。"

小三一手抱头，一手遮掩，拼命躲闪，左右不是，狼狈不堪。

两个闺蜜打累了，将小三扔在一边不管。小三急忙穿好衣服，落荒而逃。

"姑奶奶，你快住手，出人命了。"金松海的手往屁股上一摸，见满手是血，吓得魂不附体。

血从金松海雪白圆润的屁股上一滴滴往下流，金松海面如土色，不知是吓的还是疼的。那样子既可恨又可笑。

戚秋兰见金松海跪地求饶，气出了，也不计较了。她将剪刀往地上一掷，向她的两个闺蜜一挥手，三人扬长而去。

周杰在远处看了一出好戏。

此事在县城迅速传得满城风雨。

"第一中学副校长与学校一个女教师搞车震，被他的老婆逮个正着，把他打得皮开肉绽，连呼救命。"

"两人在车上寻欢，他的老婆从天而降，吓得小三裸体而逃。"

"听说他的老婆也真是疯了，挥动剪刀乱刺，不怕出人命啊。"

"怕什么，我以后如果碰到这种事，白刀子进，红刀子出，一样刺人。"

人们想象力丰富，议论纷纷，各种说法都有。

经有关部门调查，处理结果很快下来：金松海道德败坏，潜规则下属，与多人通奸，屡教不改，影响恶劣，危害严重，决定撤销其第一中学副校长职务，并开除公职。

戚秋兰行凶伤人，予以治安拘留五天。

十五、麻袋里的人

三九酒吧 203 包厢。谢伟高、金松海、方德辉三人一边喝酒，一边密谋。

"松海兄、德辉老弟，奇耻大辱，家门不幸啊，不给周杰这小子一个狠狠的教训，实在难解我心头之恨。"谢伟高咬牙切齿地说。

"伟高，我又何尝不是，而且我连工作都丢了，妻离子散，家破人亡啊。我恨不得杀了这个可恶的家伙。"金松海醉眼蒙眬地说。

"两位老兄，这条子可恶，我和另两个兄弟就是他办进去的。三年牢饭，切肤之痛。这事交给我去办。你们说，是断了他的手，卸了他的腿，还是要了他的命?"方德辉冷冷地说。

不得不说，方德辉自打从监狱出来后，变得更加胆大妄为，阴险毒辣。

"德辉，给他一点教训就可以了，不要把自己也搭进去。还有，他下一个报复的对象很可能就是你，你要多加小心。"谢伟高嘱咐道。

"有种他就来吧，我才不怕他。"方德辉信誓旦旦地说。

三个人的脑袋凑在一起，嘀咕了一阵。

次日，方德辉叫上葛文刚、刘文武一起具体策划报复周杰之事。三人原来就是朋友，又经过三年在监狱里共同服刑，更是成了难兄难弟。三人从监狱出来后，方德辉通过谢丰利的运作，到兰江集团上班，并被任命为保安部副经理，年收入比原来当公务员时高了一大截。刘文武在其父亲帮助下，也到了县奔腾公司工作，工资和待遇都不错。只有葛文刚还在家里吃闲饭。

"文刚，你不用上班，辛苦你这几天摸清姓周的活动情况，再敲定我们的行动。"方德辉俨然一副老大的派头。

"交给我，没问题。"葛文刚应声道。

"给你。"方德辉说完甩给葛文刚一个信封，里面是一沓钱。

这几天，周杰下班后就去了解方德辉的行踪，他已搞清方德辉在兰江集团上班。但方德辉出行小心,途中经常环顾四周,好像知道有人在跟踪他似的。

螳螂捕蝉,黄雀在后。周杰不知道,就在他跟踪方德辉时,葛文刚也在远远地跟着他。

鉴于周杰在跟踪方德辉,谢伟高提议开了一个手机视频会议,参加视频会议的有谢伟高、金松海、方德辉、葛文刚、刘文武五人,他们商定了报复周杰的计划。

星期五晚上 10 时许,周杰在单位加完班,骑一辆电动自行车回家。县城的夜晚比较冷清,街上车辆和行人稀少,只有路灯透着昏暗的光。周杰全神贯注地骑着电动车,到了浣沙路,再过两个路口就到家了。突然电动自行车被一根绳索绊了一下,周杰猝不及防,连人带车重重地摔倒在地。未等周杰反应过来,就有三个人把他按在地上,捆住双手,搜身,收走手机后将他塞进一只麻袋,并捆上袋口,抬到一辆车内。

汽车行驶了约十分钟,来到了一个居民小区。方德辉跳下车,指挥其中一人扛起麻袋进入 202 室。这是一个四居室,房子是谢伟高提供的。

那人将周杰扛进其中一个小房间,将他重重地摔在地上。周杰被摔得不轻,痛苦不堪。

方德辉、葛文刚、刘文武及方德辉叫来的三个小混混对着麻袋一顿拳打脚踢,边打边骂:"你这个死条子,叫你使坏,叫你报复,胆敢与我们作对,不是自己找死吗?现在滋味怎么样,好受吗?这次是警告你。下次如果还不识相就要了你的命。"

方德辉、葛文刚、刘文武只使劲地打,却不敢出声,生怕被周杰听出来。

周杰在麻袋里拼命用两手护住头部，避免头部受伤。

六人修理了一会儿周杰后，就到另一个房间去喝酒吃菜。按照计划，方德辉等人将周杰带到 202 房间后，接下来一切听从谢伟高的指令。

周杰等人走开后，用捆着的双手艰难地从左衣领边沿抽出一把刀片，咬在嘴上，将捆着双手的绳子割开，又用手拿刀片将麻袋口割开，小心翼翼地从麻袋里钻出，轻手轻脚走到门后。

在衣领里藏刀片是蔡队副教他的，也成为刑侦大队侦查员的一个习惯。

他听到方德辉等人在喝酒说话。但从房间出去要经过客厅，可能会被他们发现。周杰走近窗户，看到窗户外下方有窗沿，可能是用于放空调外机的，边上墙角有一根下水管，可以通到楼下。他正想开窗逃走，忽然听到房外有脚步声，连忙躲到门后。

进来的是方德辉，他不放心，来看看周杰怎样了。他走进房内，看到麻袋是空的，正在惊诧之间，周杰突然从门后闪出，一记下勾拳击中方德辉的下颌，又一记右勾拳打中方德辉的太阳穴。方德辉来不及哼一声就倒在了地上。

周杰快速用绳子将方德辉双手捆绑住，又用毛巾将他的嘴堵上，然后将其装进麻袋，并捆住袋口，放在地上。

做完这一切，他打开窗户，爬出窗外，从外面关上窗户。这时他听到又有人进门，急忙低下头。

进来的是谢伟高、金松海、葛文刚、刘文武及三个小混混。

谢伟高见房间里没有方德辉就退了出去。金松海、葛文刚和刘文武跟了出去。

"方德辉呢?"谢伟高小声问。

"他刚才还在呢，我们以为他又来教训周杰了。"葛文刚压低声音说。

"我以为他去接你们了。"刘文武说。

"我们上来时没碰到他。"谢伟高阴沉地说。

"他知道你们要来，会不会又去买酒和菜了?"葛文刚补充说。

谢伟高等人重新走进房间。谢伟高走近麻袋，狠狠地朝麻袋踢了一脚。众人见谢伟高动了手，都争先恐后地向麻袋招呼，又是好一阵修理。

麻袋里的人不断地左右滚动，并发出"哟哟"的声音。听到麻袋里的人传出的声音，打手们更兴奋了，打得也更加起劲。

慢慢地，麻袋里的人滚动的速度明显慢了下来。谢伟高见状，抬了抬手。众人都停了下来。

周杰偷偷向屋里看了一眼，看清几人后又连忙低下头，顺着下水管滑到一楼，消失在夜色中。

众人打累了。谢伟高示意将麻袋打开。他和金松海、葛文刚、刘文武退了出去。

三个小混混将麻袋打开后，发现麻袋里的人竟是方德辉，一个个大惊失色。

"怎么是你，方老大?"小混混惊呼。

谢伟高听到房内声音有异，急忙进屋，看到的却是鼻青脸肿、奄奄一息的方德辉，他不由得一屁股瘫坐到地上。

无辜殴打警务人员，谢伟高、金松海、葛文刚、刘文武等八人分别被行政拘留 15 天。

星期天，阴雨绵绵。周杰打着伞，手捧一束鲜花来到江楚楚墓前。他将鲜花放下，注视着江楚楚的照片说："楚楚，我来看你了，那三个畜生得到了惩罚。但我不知道这是不是他们应有的惩罚。你为什么那么傻？你有过不去的坎应该对我说，也许我可以帮你，我不可信任吗？我想不通。你在那边还好吗？你如有需要我办的事，就托梦给我，我一定会全力以赴。我会经常来看你的。"

第三章　女儿失踪

一、镇长摊上事了

盛夏的金化气候多变，中午还是烈阳高挂，阳光刺得人的皮肤生疼。转眼间，乌云密布，雷声隆隆，随着一道光电闪过，大雨倾盆而下。

雨过天晴，天气仍然闷热。

晚上，于大强、张涛、杨丽、周杰、宋伟、钱利伟、徐进军、许前胜、徐法医到蔡队副家打牙祭。

"嫂子，你辛苦!"大家进门后纷纷与蔡队副老婆姜立娇打招呼。

"欢迎大家来家里玩。"姜立娇系着蓝色的围裙笑迎道。

姜立娇，38 岁，瘦高个儿，瓜子脸，一双大眼睛仿佛会说话。她是县移动公司的中层干部，收入比蔡队副多得多。今天她轮休。

人们常好奇地问，为什么公安的家属们，女的都很漂亮，男的都很英俊，而公安民警们却长得普普通通? 这个问题谁也回答不了，但却是事实。

杨丽和周杰将大家买的两箱水果放在客厅边上。

"叔叔、阿姨们好。"蔡队副的女儿蔡诺珊从她的房间里走出来，懂事地主动称呼大家。她刚才在房间里做作业。

"诺珊，这么高了，真是女大十八变，越来越漂亮了。"杨丽摸着蔡诺珊的头，爱怜地说。

"谢谢杨阿姨，杨阿姨才是真正的美女。"蔡诺珊天真地说。

蔡诺珊今年 11 岁，在城关二小读四年级。刑侦大队诸多侦查员是看着蔡诺珊长大的。

他们时常来蔡队副家蹭饭，所以与蔡诺珊自然亲。

菜虽然都是家常菜，但大家吃得落胃、满意。吃什么不重要，重要的是与什么人一起吃。

吃完饭，姜立娇收起碗筷，蔡诺珊自觉进房间做作业去了。

"近段时间以来，队里事情多，得罪不少人，包括一些领导干部，大家要提起精神，小心点，别被人抓住把柄。打铁还要自身硬。不要厌我话多。"蔡队副啰里啰唆地说。

"记住了，我们会小心的。"大家七嘴八舌地表态。

金化县连续下了几天雷阵雨，雨量大，几条河流水位猛升。特别是沙溪镇，因奔达公司挖沙船乱挖乱采，致使河床加高，流水不畅，淹了不少农作物，附近老百姓成群结队到镇政府告状，要求奔达公司停止挖沙。

该镇新任镇长黄英豪接到群众反映后，火冒三丈，在劝退告状的群众以后，带领镇纪委书记邢泰开、镇武装部部长王立宏前往奔达公司。

在黄镇长火急火燎离开办公室时，镇党群办主任杜芳芳小心提醒他："黄镇长，奔达公司不一般，您小心惹祸。"

黄镇长不以为然。他身高一米九二,长得像个篮球运动员,是特种部队团级干部转业的,办事雷厉风行,性格刚正不阿。

黄镇长一行赶到奔达公司。看门的保安不认识黄镇长,问他有什么事。

"找你们公司领导,叫他出来。"黄镇长急不可耐地说。

"你们有预约吗?我们公司老总不是你们想见就能见的。"保安的态度很不友好。

"我们是镇政府的,这是黄镇长。"纪委书记邢泰开解释道。

"是镇长也不行,要预约,这是规矩。"保安并不买账。

"让开!"黄镇长见一个保安也狗眼看人低,火气腾地上来了,他一把推开保安,直闯总经理室。

奔达公司总经理室里,秘书小霞正坐在总经理张海岩大腿上与他一起欣赏一本时尚杂志。

黄镇长怒气冲冲,推门而入。

张海岩见来人门也不敲,直闯而来,心里很不爽,他轻轻拍了拍秘书的屁股,秘书知趣地起身离去。

"是奔达公司总经理吗?"黄镇长强压心中的不快,平静地问道。

"我是张海岩。你们是?"张海岩扬起头,不屑地问。

"我们是镇政府的,我是镇长黄英豪。"黄英豪自报家门。

"黄镇长亲自上门,有什么事吗?"张海岩仍一副居高临下的派头。

"你们公司的挖沙船在铁沙河乱挖乱采,破坏了河床和河岸,违反了挖沙规定,影响了铁沙河两岸的庄稼,我要求你们立即停止采挖,等候处理。"黄镇长斩钉截铁地说。

"笑话。我们公司有正规的采挖证。在采挖许可的范围内采挖河沙，任何人不能干预我们公司的正常活动。停止挖沙，不可能。"张海岩一口拒绝。说完，他端起茶杯喝了一口水。

端水送客，这是人人都懂的道理。

"我代表镇政府再次明确要求奔达公司停止挖沙，如果你们公司一意孤行，所有后果你们自负。"黄英豪正言厉色道。

"保安，将他们送出去。"张海岩直接叫保安赶人。

"这个奔达公司哪儿来的底气？这还是在我们镇的地盘上。"黄英豪在回镇政府的车上，想起奔达公司老总的嘴脸，气不打一处来，百思不得其解。

"听说这个公司在省、市、县都有人脉，有背景，所以它比一般的公司都牛。奔达公司每年交纳的税要占我们镇财政收入的22%。"纪委书记邢泰开插话道。

"它再牛也不能损害人民的利益，不能超越法律啊。我就不信这个邪。"黄英豪厉声道。

黄英豪回到办公室，叫镇工办主任拿来奔达公司每年的财务报表。他惊奇地发现，奔达公司每年营业额有三个亿，交给镇政府的税只有区区的600多万。搞基建的人都知道，挖沙利润很高，这个公司的钱去哪里了？黄英豪决定查查奔达公司的账。

晚上，黄英豪有两个战友来看他，他在镇上一家饭店请战友吃饭。

战友相见分外亲，酒过三巡，三人正在兴头上，突然，包厢门被人粗暴地踢开了。

进来的是张海岩，带了11个保安，有几个保安手里拿着橡皮警棍。很显然他是来砸场子的。

下午，黄英豪硬闯奔达公司，晚上，张海岩就来踢包房，在张海岩看来，这是互有往来，对等。张海岩信奉仇不隔夜。

"黄镇长，好雅兴，我来给你助助兴。"张海岩叼着香烟冷冷地说。

"我不找你，你倒找上门来了，有胆量。"黄英豪轻蔑地一笑说。

"死到临头还嘴硬。不过我这人讲仁义，明人不做暗事，只要咱们井水不犯河水，你做你的镇长，我挖我的河沙，这事就算过了。怎么样？"张海岩将一只脚踩到一把椅子上嚣张地说。

"不可能。阻止你们挖沙，是我对全镇几万老百姓负责。只要我还是沙溪镇的镇长，就不能任由你们奔达公司胡来。把你的脚放下，成何体统！"黄英豪站起来挺起胸膛说。

"那你是敬酒不吃吃罚酒。给我上！"张海岩将烟头狠狠往地上一摔说。

11 个保安早已按捺不住，有的挥动着橡皮棍，有的手握拳头，纷纷向黄英豪三个人冲过去。

"慢着！"突然黄英豪一声喝令。保安们都站住了。

"这里地方小，你们人多，施展不开，而且我们双方一旦打起来，肯定要损坏店里的物品。如果你们同意，我们到饭店外面干一仗，不知你们意下如何？"黄英豪不紧不慢地说。

"啰唆。谁怕谁啊？"张海岩从鼻孔里哼了一声，就迈步朝门外走去。

张海岩嘴上这么说，心里却想：包厢小，人多没有优势，橡皮棍也用不上，在饭店外面打，就没有劣势了，是你们自己找死。

不过他哪里知道，黄英豪三人是从特种部队出来的，并且都是军官，受过严格的擒拿格斗训练。会拳脚的人最怕地方小，躲不过，踢不开，没有用武之地。

一群人到了饭店外面，保安们趁黄英豪三人立足未稳，就三五一伙围攻起他们，谁知还未等近他们身，就一个个都鼻青脸肿地倒在地上，发出鬼哭狼嚎的叫声。

张海岩怒不可遏，大骂："一群饭桶！"

好汉不吃眼前亏，他转身想逃，黄英豪眼疾手快，紧跑几步，飞起一脚，将张海岩踢了一个四脚朝天。

一群人拥着张海岩狼狈而去。

黄英豪三人回到包厢继续坐下来喝酒。

一小时后，黄英豪三人酒足饭饱，打算离去。这时一辆警车闪着警灯，拉着警报，疾速而至。跳下警车的是蔡队副、徐法医、于大强和周杰。

"是谁报的警？"蔡队副大声问。

"不是我们报的警，刚才有几个小混混来捣乱，被我们打跑了。"黄英豪红着脸回答。晚上三人没少喝。

"你是？"蔡队副问。

"我是镇长黄英豪。你们是？"黄英豪不认识这几个警察。

"黄镇长，我们是县公安局刑侦大队的，我姓蔡。"蔡队副自我介绍说。

"这是我们刑侦大队蔡副大队长。"于大强在一旁插话道。

"黄镇长，公安局110报警服务台接到群众报案，有人在沙溪镇群益饭店打架，打伤了不少人，打人的是镇长。本来这种警情，沙溪镇派出所出警就可以了，鉴于打人的是镇领导，派出所不便处理，就交给我们刑侦大队了。"蔡队副解释道。

"真是恶人先告状,明明是奔达公司负责人带领十多个保安来找我们的麻烦,并动手打人,却说是我们打人。"黄英豪无奈地摇摇头说。

出警前,顾天雄大队长交代蔡队副说:"郭副大队长身体不好,生病住院了,辛苦你跑一趟。奔达集团是县里的支柱企业,县领导很关注。沙溪镇的奔达公司是奔达集团的重要子公司,你们去一定要处理好。"

在出警路上,蔡队副又接到顾天雄的电话,告诉他王跃武县长专门嘱咐铁建达局长,要切实保护好企业家的人身和财产安全。

蔡队副知道奔达公司的背景后,感到此事处理起来很棘手。

"黄镇长,还要麻烦你跟我们到所里去一趟,那两个是你的朋友吧,也请一起去一下。"蔡队副一副不好意思的样子。

"跟你们走,我们配合。"黄英豪没有为难刑侦大队的人。

周杰去调看群益饭店的视频监控。徐法医与 110 指挥中心联系,询问那些受伤的人在什么地方。110 指挥中心稍后回答:在镇卫生院。

沙溪镇派出所。蔡队副请派出所民警配合,分别对黄英豪三人做笔录。

于大强给黄英豪倒了一杯水递给他。

"黄镇长,请你说一下事情经过吧。"蔡队副微笑着说。

于是黄英豪将事情的来龙去脉以及晚上的经过说了一遍。

"蔡队长,这群人真是无法无天。我和其他镇干部赶到奔达公司,要求他们停止挖沙,是为了铁沙河两岸的老百姓,是依法行政。结果他们连我这个镇长都敢打,可见平时他们是怎么对老百姓的,这是典型的黑社会啊。"黄英豪感叹道。

"黄镇长，可是报警的群众说你是仗势欺人，殴打他人。"蔡队副道。

"蔡队长，是他们找上门来的，他们人多势众，拿着橡皮棍，而我们只有三人，你见过三个人去殴打十几个人的吗？在他们的围殴下，我们能无动于衷，任人宰割吗？我们是被逼自卫，是正当防卫。"黄英豪据理力争。

蔡队副看了另两人的笔录，他们对晚上冲突经过的叙述基本是一致的。

群益饭店门前的监控画面与黄英豪的说法也相符。蔡队副相信黄英豪的说法。

蔡队副对黄英豪三人说他们可以走了，同时提醒他："奔达公司的背景不一般，你要小心一些。"

"谢谢蔡队长。你们放我们走了，你们也要小心。"黄英豪苦笑着说。

蔡队副、于大强、徐法医和周杰又赶到镇卫生院，了解受伤者的情况。

受伤的人除了四人脸上有血外，其余人伤势均无大碍。黄英豪三人不愧是从特种部队出来的，他们只是使保安们暂时失去抵抗能力，却没让他们伤得很严重。

受伤较重的四人，一个眼角出血，一个鼻子出血，两个口腔出血。其中一个口腔出血的是刘文武，他是奔达公司保安部的小组长。

"怎么哪里都有你？"蔡队副看了一眼刘文武说。周杰也冷冷地看了看刘文武。

"碰到你们准没有好事。"刘文武气恼地说。

徐法医对这几个人的伤势进行了仔细的检查。

张海岩哭丧着脸，一副痛苦状。其实他受伤最轻，只是皮外伤。

随后蔡队副将这些人也全部带到派出所，一个个做笔录。

"蔡队长，那几个人穷凶极恶，将我们往死里打，特别是黄镇长，他会武术，仗着自己是镇长，打我们老百姓时咬牙切齿。共产党里怎么有这种干部？你们一定要依法处理，严惩黄镇长，可要给我们做主啊。"张海岩装出一副可怜相央求道。

"张总，依法办事是我们公安机关的活动准则，维护公平正义是我们刑侦部门的基本职责。你们放心，根据事实，依据法律，我们不会放过一个坏人，也不会冤枉一个好人。"蔡队副公事公办地说。

处理完警情，蔡队副等人回到局里已是凌晨 1 时许。

"那些受伤的人伤势怎么样？"蔡队副问徐法医。法医是专家，说话权威。

"从检查情况来看，这些人都是轻微伤，没有一个构成轻伤的。"徐法医说。

没有轻伤，这就意味着这起警情不需要进入司法程序，最多是治安调解。如果是一般治安纠纷，打人的出医疗费；如果双方都受了伤，医疗费自理。

按蔡队副的想法，这起纠纷，虽然是奔达公司一方多人受伤，但事出有因，是奔达公司的人上门挑事。因此，医疗费应该由奔达公司的人自理。

当晚，蔡队副将事情处理结果及下步处理意见向顾天雄大队长作了汇报。顾天雄不置可否。

次日，当张海岩得知，不仅打人的黄英豪三人没事，自己这边被打的人全部医疗费还要自理时，不禁火冒三丈。真是偷鸡不成蚀把米，赔了夫人又折兵。这口气他咽不下，他对黄英豪和蔡来阳恨之入骨，发誓要报复。

二、黑夜里的冷枪

雨接连不断地下着，似乎故意与张海岩作对。挖沙船停一天就会损失十多万。

"挖，出了事我负责。"张海岩吩咐手下。

三艘挖砂船在铁沙河重新作业，细细的沙子被装到一只只驳壳船上。

附近的村民获悉后，拿着锄头、铁铲、木棍、扁担等工具纷纷赶到河边阻拦，要求挖沙船停止挖沙。挖沙工与村民双方剑拔弩张，群体性事件一触即发。

黄英豪镇长接到报告后，带领镇派出所所长慎思伟和九名民警赶到现场维持秩序。然而他们还是来得迟了，其中一些村民与一只挖沙船的员工发生了冲突，混战中三名村民落水。

"有人落水了，快救人。"人群中有人惊呼。

大家赶紧救人。但由于连日下雨，河水猛涨，水位高，水流急，救人并不容易。

落水的人中有两位村民水性好，他们奋力向下游的岸边游去，在岸边人员的帮助下获救。而另一人下落不明。

三艘挖沙船很快被拖到岸边。愤怒的村民将那艘致人落水的挖沙船砸了个稀巴烂。幸亏有民警保护，挖沙船上的工人才免于被村民暴打。

下午，落水村民的尸体在五公里外的河床上被发现。落水村民名叫费守岗，21 岁，高中刚毕业，准备考大学，家里有父母，还有一个读初中的妹妹。

镇党委研究决定，奔达公司无限期停业整顿。经过镇派出所调查，致村民落水的奔达公司挖沙工郑铁蛋被刑事拘留。

由镇长黄英豪和派出所所长慎思伟牵头，镇里给死者费守岗的家属请了律师，负责与奔达公司商谈赔偿事宜。

根据沙溪镇农民的收入、生活水平和费守岗承担的赡养义务，初步确定赔偿金额为 92.3 万。

在赔偿问题上，奔达公司没有过于纠结，比较爽快地答应了。

屋漏偏逢连夜雨，张海岩的心情坏到极点。公司停业，船只被砸，员工被拘，大额赔偿，每一条都像一把锋利的匕首，刺向张海岩的心脏，他的心在滴血。

他不想坐以待毙，他要复仇。他将公司保安部经理严江峰叫到办公室。

这是一个 30 多岁的男人，长得高大威猛，一双三角眼与他满脸的横肉显得很不协调，给人一种阴险凶残的感觉。

"张总，你找我。"严江峰堆着笑说，笑得比哭还难看。

"江峰，最近公司不顺啊，可以说霉运连连。有一个人，专门与公司作对，是公司的克星。这个人不除，不给他一点颜色瞧瞧，我们就暗无天日，没有好日子过。"张海岩杀气腾腾地说。

"张总，这个人是谁啊？你交给我，我保证有他好果子吃。"严江峰拍着胸脯说。

"他就是新来的镇长黄英豪。你有这个胆量吗？"张海岩侧目而视，看严江峰的第一反应。

"勿说是一个小小的镇长，就是县长、市长，只要张总一声令下，我保准将他办得妥妥的。"严江峰面不改色地说。

"你准备怎么办他？"张海岩很不放心地问。

"这个，这个……张总还是不要知道得好。"严江峰想了想，老成地回答。

"不管你怎么办，但你要记着，三个原则：不能办死，不能办无，不能办砸。"张海岩恶狠狠地说。

严江峰回到办公室，就叫来了刘文武。

"文武，你刚来公司不久，公司对你怎么样？"严江峰板着脸说。

"严经理，我现在的工资是原来单位给的两倍，而且还有奖金，公司对我的厚爱没得说。"刘文武由衷地说。

"你知道公司对你的好就行。可是现在公司遇到了难处，有一个人处处针对公司，严重影响公司的经营，如果照这样发展下去，公司可能倒闭，我们都将失业。"严江峰夸大其词地说。

"严经理，你要我做什么就直说吧。我一定照办。"刘文武坚定地说。

"也不是什么大事，你只要教训他一下就行。这个人是镇长黄英豪，你只能打伤他的腿或者他的手，不能把他打死。你有这个胆量吗？"严江峰瞪着三角眼说。

"严经理，不管怎么说，我也是从里面出来的，不要说打伤，就是打死，我也不会眨一下眼。"刘文武表忠心地说。

"好，是我的好兄弟。"严江峰说完递给刘文武一支手枪。

夜漆黑漆黑，月亮躲进了云层。零散的路灯发出淡淡的光。

晚上的沙溪镇很少有行人。黄英豪沿着铁沙河慢跑，这是他从部队转业后坚持锻炼身体的习惯，只要有时间，他每天都会跑五公里。

黄英豪摆开双臂奋力地朝前奔跑。黑暗处有一支黑洞洞的枪管瞄准了他的背影。而他却浑然不知。

一个长相普通、身材修长的家伙，露出狰狞的面容，朝黄英豪的背影狠狠地按下了扳机。

"呼、呼。"随着两声清脆的枪声，黄英豪一头栽倒在地。

黑衣人飞快地消失在黑夜里。

黄英豪腿部中弹。他以惊人的毅力，从手臂上取出绑着的手机，打了 110 和 120。

俞龙亭、顾天雄、蔡队副、张涛、许前胜、徐法医、于大强、周杰、宋伟、钱利伟赶到现场时已是晚上 10 时多，现场已被沙溪镇派出所的民警保护起来。

这是一起持枪杀人案，又涉及一个镇的镇长，县公安局俞龙亭副局长和刑侦大队顾大队长亲自到了现场。

在现场附近发现了两枚弹壳、三个烟头、一个烟盒，以及几个可疑鞋印，蔡队副、张涛、徐法医小心翼翼地将这些痕迹物证一一提取，放进尼龙袋里。

黄英豪镇长的大腿中了一枪，万幸没有打中动脉，经手术，脱离了生命危险。

遗留在现场的弹壳是五四式子弹壳，根据枪弹痕迹判别，发现是从两年前本省微州市万业县娄起派出所一个民警在出警巡逻时丢失的五四式手枪射出，枪内有五发子弹。当时丢枪的民警受到记大过处分。

万业县离金化县有 190 公里。

遗留在现场的可疑鞋印共有五个，既有步幅，也有步态，由于不久前下过雨，地面较松，鞋印有立体感。鞋印长 39 厘米，是旅游鞋印。

根据鞋印判断，嫌疑人身高一米七〇左右，体重 160 斤左右。

烟盒和烟头是本省生产的利民牌香烟。

据黄英豪镇长反映，朝他打黑枪的十有八九是奔达公司的人。他有两个理由，一是他来沙溪镇不久，除了奔达公司，他没有与什么人结下如此仇恨；二是他近来接连不断地与奔达公司的人发生冲突。

围绕黄英豪镇长，以奔达公司为重点，深入开展侦查。徐法医和许前胜带着烟盒和烟头回公安局做 DNA 检测了。公安局其余的同志全部住在沙溪镇，包括俞副局长和顾大队长。

俞副局长决定，专案组成员进驻奔达公司。这一天，召开了奔达公司全体人员会议，600 多人聚集在公司大会堂内，俞副局长在会上讲话。他说："最近发生在沙溪镇的持枪行凶案，性质恶劣，危害严重，是全县第一号大案。可以明确告诉大家的是，这个开枪的犯罪嫌疑人员就在你们奔达公司内，就在你们中间。希望大家提供线索，积极举报，也希望犯罪嫌疑人主动投案自首，争取从宽处理。我们的目标非常明确：不破此案，决不收兵。"

台下一阵骚动，"就在你们中间"这句话刺激了台下的人，大家你看看我，我看看你，面面相觑。

俞副局长接着说："我在这里宣布，凡是奔达公司的人，不管是董事长、总经理，还是普通员工，我们都要调查。第一批接受调查的是年龄 20 岁至 45 岁，身高一米七〇以上的人。希望大家配合公安机关工作。"

台下又是一阵骚动。经过排查筛选，第一批符合上述条件的公司员工有 293 人。这是一个工作量极大的工作，为了推进排查进度，蔡队副要求，这些人在平坦的泥地上，每人走一趟，于大强和周杰对每人留下的鞋印、步幅、步态全部拍照固定。蔡队副和张涛、钱利伟则选择性地提取鞋印、步幅和步态。同时提取每个人的提取头发进行 DNA 鉴定。

三、女儿的作文

吃完晚饭，蔡队副突然接到几个同事的电话，大家在电话里纷纷赞扬他有个懂事的女儿，他女儿写的作文《我爸爸是一个警察》非常感人。作文被发在公安局家属群里。蔡队副急忙打开公安局家属群。只见女儿写的作文被拍成照片，字迹工整，许多句子下面有红圈圈，估计是老师圈的。作文写道：

> 我的爸爸是一名警察。爸爸有高高的个子，长着一双炯炯有神的眼睛，笑的时候眼角布满了皱纹。
>
> 爸爸是一个工作狂。不是加班就是值班，不是值班就是开会，不是开会就是出差。
>
> 爸爸的工作很苦，也很危险，经常三天两头、没日没夜在单位加班到深夜，然后拖着疲惫的身子回家。所以，他长了好多白发。
>
> 爸爸很少有时间陪我。那天，我和往常一样，打电话问他回家吗。他的回答还是单位有事要加班。可是我

已经三天没见爸爸了，我哭着喊着对爸爸说："要见你一面就这么难吗？"妈妈也哭了。爸爸沉默不说话。

爸爸真的超级忙，上个礼拜，水车模型的材料买好了，可是爸爸又破案去了，听妈妈说这次爸爸出去有危险，犯罪分子有手枪，我为爸爸感到担心。我等啊等啊，转眼又是一个星期过去了，他还是没有回来，我急得像热锅上的蚂蚁——团团转。看来水车模型没有戏了，我的心里又失落、又沮丧、又担心、又害怕。

唉。爸爸，你再不陪我，我就长大了。

女儿的作文在公安局家属群里引起了强烈的反响。有人将它发到了互联网上，瞬间在本地论坛引起了轰动。一些留言也非常感人：

看着看着眼泪已经流下来了。最美永远在基层。

很感人，可爱的女儿，你爸爸是好样的。

看完好感动。

向工作在一线的警务人员致以崇高的敬意！

泪奔啊。同为警察，我深知其中的酸甜苦辣，我妻子也是警察，我们几乎没有一个周末一起来陪自己的孩子，要么我有事，要么她加班，有时候甚至是小孩一个人在家。再不陪，她真的长大了。

真的好心痛，为了家国，多少警察牺牲了自己的时间和利益，牺牲了亲情，流汗又流血，可是却不被一些人理解。

心里好沉重，向奔波在基层一线的人民警察致敬！

向伟大的人民警察致敬！

蔡队副看着女儿的作文和大家的评论，眼泪止不住无声地流下来。

他觉得对不起女儿，对不起妻子，对不起这个家。如果女儿在身边，他想紧紧地抱一抱女儿，轻轻地对她说：女儿，爸爸爱你！你是爸爸的好女儿！

擦干眼泪，他对张涛、钱利伟、于大强和周杰说："走，晚上加班，加快对奔达公司员工的鉴别。"

周杰和于大强见蔡队副眼圈红红的，就上前一人挽住蔡队副一只胳膊，同时用另一只手向他竖起大拇指。他们都看到了他女儿写的作文。

"诺珊，好样的。"张涛握紧拳头说。

"谢谢兄弟们。"蔡队副激动地说。他还沉浸在思念女儿的心绪里。

四、步幅步态的秘密

在奔达公司第一批 293 个对象中，经过他们初步核对、筛选，发现有六个对象比较可疑。其中五个是保安部的。保安部共有员工 28 人，全部在第一批对象里面，是重点核查人员。

第一号对象，严江峰，保安部经理，39 岁，身高一米八一，鞋子长 42 厘米，现场鞋印长 39 厘米，步幅、步态与现场鞋印比较接近。

第二号对象，刘文武，保安部小组长，29 岁，身高一米八二，鞋子长 43 厘米，步幅、步态与现场鞋印相接近。

第三号对象，王国能，总经理办公室副主任，32 岁，身高一米七一，鞋子长 39 厘米，步幅、步态与现场鞋印有一些差距。

第四、第五、第六号对象，都是保安部员工，年龄均不到 30
岁，鞋子长 39～40 厘米，步幅、步态各异，与现场鞋印不是十分
吻合。

提取六个人的毛发，经 DNA 检验，与现场提取的烟盒和烟头
上的唾液不一致。

DNA 检验结果表明，如果现场提取的烟盒和烟头与犯罪嫌疑
人有关，那么，上述六名对象与本案无关。说简单点，就是上述
六名对象不是本案犯罪嫌疑人。而从现场烟盒、烟头发现地点以
及新鲜程度看，应该是犯罪嫌疑人丢弃的，与犯罪嫌疑人有关。

按理说，上述六名对象应该可以排除了。但蔡队副总觉得哪
里不对。可到底是哪里不对，他也说不上来。因为从步幅、步态
看，严江峰和刘文武都比较接近。

步幅、步态与指纹、掌纹、DNA、鞋印、袜印一样，是认定
犯罪嫌疑人的铁证。但是，本案犯罪嫌疑人的 DNA 与步幅、步态
出现了矛盾。按照证据的效力顺序，DNA 要优先于步幅、步态。

案发第八天，副县长兼公安局局长铁建达到沙溪镇听取案件
侦破工作的汇报。

顾大队长代表刑侦大队作全面汇报：侦查工作分三条线作战，
一是以奔达公司为重点，由刑侦大队负责；二是以城关镇为范围
开展摸排，由城关派出所负责；三是与万业县娄起派出所丢枪案
进行并案侦查，由刑侦大队负责。

经过连续几天奋战，排除了几十名对象，对一些重点对象还
在核查中。

蔡队副对奔达公司的六名重点对象的侦查鉴别工作作了具体
补充，并说了下一步的打算。

铁建达在听了汇报后阴着脸说："沙溪镇持枪行凶案发生后，在社会上产生恶劣影响，社会各界要求公安机关快速破案。县委、县政府领导也十分关注，指示要不惜一切代价，迅速捉拿犯罪嫌疑人，及时消除治安隐患。时间已过去了一星期有余，案件没有取得突破性进展，希望大家抓紧时间、集中精力，加快办案速度，加大鉴别力度，努力向党和人民交一份合格答卷。"说完，铁建达狠狠地抽了一口烟。

从他的话语中可以听出，他对第一阶段的侦查工作是不满意的，对大家连日来的工作是持否定态度的。

铁建达清了清嗓子接着说："对奔达公司的调查要快，不能老是在人家公司里打转，时间长了，对企业的影响不好。奔达集团的税收占全县税收总收入的三分之一，大家一定要有大局意识，从经济建设的大局，从全县的大局出发，来考虑问题，来决定我们的工作措施。"

铁建达说完就走了。

俞龙亭、顾天雄、蔡队副感到压力很大。

"俞局、顾大，我觉得我们还是按照原来的侦查计划开展工作，我准备对一号和二号对象作进一步的侦查。"蔡队副提出了自己的想法。

"你有具体措施吗？"俞龙亭盯着蔡队副问道。

"有。我准备叫他们两人按照不同的节奏来回走动，我想可能会有收获。"蔡队副很有信心地说。

蔡队副在步幅、步态上的研究和造诣在全省，乃至全国都有影响。他相信自己的实力和水平。

"好，你大胆干，我支持你。"俞龙亭果断地说。

蔡队副、张涛、于大强、周杰迅速赶到奔达公司，叫来严江峰和刘文武。

"两位大经理，请你们配合一下，穿上旅游鞋，按照慢走、快走、平走三种速度在石灰上分别走三趟。"蔡队副平静地说。

"你们有完没完，搞什么名堂？还要我们走几趟？你们这是存心折磨我们啊。"严江峰叽叽歪歪地说。

"如果我不走呢？"刘文武挑衅地说。

"严江峰、刘文武，配合公安机关调查是每个公民应尽的义务。要你们再走一次，自然有要你们走的道理和理由。不然是我们吃饱了撑的，没事找事？"蔡队副沉声道。

"你说，是什么道理和理由？"严江峰对要他再走一次耿耿于怀，歪着脖子说。

"是不是你心虚了？"蔡队副步步紧逼地说。

"我心虚什么？是你们做事不地道，想一出是一出。你们无所事事，难道我们也没事？真是见了鬼。"严江峰大大咧咧地骂道。

"严江峰，警告你，老实配合。如果不配合，我们会强制执行。不要逼我们。"蔡队副严厉地斥责道。

严江峰、刘文武见蔡队副动了真格，像泄了气的皮球——瘪了。他们不得不按照蔡队副的要求在石灰上来回走，一直走到蔡队副满意为止。

"这几天，没有我们的允许，你们不能离开沙溪镇。"蔡队副严肃地对严江峰和刘文武说。

"为什么？难道我们失去自由了？我们是犯罪分子？"严江峰大为不满地说。

"没有这么多为什么。你们如果想省事，就听我的。"蔡队副霸气地回应道。

严江峰和刘文武灰溜溜地走了。

严江峰随即来到张海岩办公室。

"张总，看来情况不妙，他们怀疑我们了。"严江峰垂头丧气地说。

"沉住气，不要慌。怎么回事?"张海岩安慰道。

"那个姓蔡的副队长，盯上我和刘文武了，要我俩不停地在石灰上走，快走、慢走、平常走，走得我们心惊肉跳。"严江峰做贼心虚地说。

"走路有什么可怕的。他们这是吓唬你们。"张海岩给严江峰打气道。

"张总，不对。看他们严肃认真的态度和小心谨慎的做法，绝对不是吓唬那么简单，应该是有所指。是不是叫刘文武出去避避?"严江峰无精打采地问。

"出去避避也好。"张海岩同意了。

张海岩从办公室保险柜里拿出二十万现金交给严江峰说:"十万给刘文武，悄悄走。有机会再弄他们一家伙，使他们不得安稳，没有好日子过。把枪收拾好了。"张海岩不忘嘱咐道。

"嗯嗯，张总，您的话我记住了，我们不会让他们舒心的。特别是那个姓蔡的副队长，专门跟公司作对，我恨死他了。"严江峰接过现金，双眼露出凶狠的目光。

蔡队副、张涛、钱利伟、于大强、周杰将严江峰、刘文武在石灰上的鞋印、步幅、步态全部拍照固定、提取，小心翼翼地搬到派出所，连夜进行比对。

对步幅、步态的比对，比对指纹、脚印等的比对要复杂得多，比对人员也辛苦得多。要不断地假设，不断地观察，不断地实践，要躺在地上进行反复试验。

经过整整一个晚上的比对，蔡队副认定遗留在现场的步幅、步态系刘文武所留。

"蔡队副，现场遗留的鞋印是39厘米，而刘文武的鞋印是43厘米，这如何解释？"周杰不解地问。

"这正是我要说明的。你们注意到没有，现场鞋印虽然是39厘米，但这个鞋印的前掌非常着力，跟一般鞋印的前掌着力点完全不同。这正是大脚穿小鞋的特征。犯罪嫌疑人可以用大脚穿小鞋，或者是小脚穿大鞋，无论是小脚穿大鞋还是大脚穿小鞋，都会留下不同的特征。相比鞋印，他的步幅、步态却是改变不了的，那是他多年养成的习惯，不管他怎么伪装，都难以消除。与一个人的字体一样，无论他用左手还是用右手书写，故意伪装，都一定能认定是他的字体，是他所写。"蔡队副娓娓道来。

蔡队副即刻向俞副局长和顾大队长作了汇报。

"立即抓捕刘文武，鉴于刘文武手中有枪，请局特警大队为主，刑侦大队配合。"俞副局长下了命令。

"是。"顾大队长和蔡队副领命而去。

兵分两路：一路去公司，一路去刘文武的家里。当荷枪实弹的民警冲进奔达公司时，刘文武已不知去向。同样，在他的家里也没有找到人。

显然，刘文武已闻风而逃。

迅速封锁火车站、汽车站、高速公路收费站等交通关口，也一无所获。

调取火车站、汽车站的监控视频，同样没有发现刘文武的踪迹。

刘文武在沙溪镇蒸发了。

黄英豪镇长听到打他黑枪的是奔达公司保安部刘文武,恨得牙痒痒。

"一定是奔达公司总经理张海岩指使的,刘文武就是张海岩养的一条狗。"黄英豪镇长肯定地对身边人说。

即使用脚趾头想,黄英豪镇长说的话也不会错,但司法机关办案是要讲证据的。

公安机关对刘文武发出了通缉令。

五、女儿不见了

一波未平,一波又起。

三天后,蔡队副的女儿蔡诺珊在放学回家的路上被一个人抱上一辆汽车带走了。

时间是下午 4 时 20 分左右,地点在天兴街,离学校有 1400 多米。

据同蔡诺珊一起回家的同学邓艺蕊反映,她俩放学后一起走路回家,她们平时走的都是这条路。她俩说说笑笑走到天兴街 43 号东方图文商店附近时,有一辆白色面包车在她们身旁停下,从车上下来一个 30 多岁的男青年,迅速将蔡诺珊抱上车,关门,然后一溜烟地开走了。蔡诺珊被抱起时,拼命挣扎,但没有用。

由于事发突然,小姑娘没有看清车辆的车牌和车型,只记得是辆白色的面包车。

经访问过路的群众和附近的商店业主,也没有发现有价值的线索。

经调看附近的监控视频，这里恰好是监控死角，看来这人是有备而来，做了精心准备。

进一步扩大监控视频范围，在郊区找到了被抛弃的没有牌照的白色面包车。车内空无一人。

沿线监控视频记录开这辆车的是一个戴墨镜和口罩的人，根本无法辨认是谁。

从下午4时20分至晚上9时30分，蔡诺珊失踪后，五个多小时过去了，犯罪嫌疑人没有进一步的动作。

是绑架吗？绑匪肯定是要赎金的。但绑匪却没有来电话。

是劫持吗？犯罪嫌疑人同样会提出各种条件。依然没有。

案件毫无线索，蔡队副心急如焚。蔡队副老婆姜立娇更是哭成泪人一个。

刑侦大队几个人也是心情沉重。

"他妈的，欺负到刑侦大队头上来了，哪个狗日的吃了熊心豹子胆，胆敢挑衅我们。"于大强第一个爆了粗口。

"绑架？不大像。蔡队副又不是富豪。比蔡队副有钱的人多了去了。"

"劫持？也不像。有什么情况要与蔡队副或者刑侦大队，再则公安机关谈条件？也没有啊。"

"报复？这可能性就大了，蔡队副在刑侦大队这么长时间了，经他的手处理了多少人啊。"大家七嘴八舌地议论开了。

如果是报复，那范围说大也大，说不大也不大。说大，蔡队副确实处理了不少人。说不大，总归是与蔡队副有关的人。

第二天，县公安局成立了以俞龙亭副局长为组长的专案组，顾天雄大队长为副组长。

在第一次专案组会议上，俞龙亭副局长提出了三条侦查措施：

一是把侦查蔡诺珊的下落与追捕刘文武结合起来。因为刘文武枪击黄英豪镇长是蔡队副认定的。刘文武有报复蔡队副的动机和条件。

二是调查奔达公司相关人员。近期，蔡队副和刑侦大队的人与奔达公司总经理等人接触过，有过一些摩擦，要警惕有人报复。

三是摸排近年来蔡队副处理过的重点人员。

六、邪恶的人性

于大强和周杰来到奔达公司调查。奔达公司从总经理到员工都不予配合，一问三不知，而且态度很不友好。

刘文武就像在人间蒸发一样，消失得无影无踪，对他的追捕难以下手。

侦查和追捕工作遇到了困难。

对蔡副队长处理过的人，主要排查近来，特别是今年以来从监狱和看守所释放回来的人员。

有两个对象引起了专案组民警的注意。

一个对象名叫朱进海，37 岁。七年前，因家中造房子与邻居发生矛盾并大打出手，朱进海感到吃了亏，便伺机报复。有一次，他看到邻居在家，就用炸药将邻居炸成重伤。现场是蔡队副带人去看的，对犯罪嫌疑人的认定，以及到他家里搜查都是蔡队副领的头。朱进海被判七年，两个月前从监狱释放。

另一个对象名叫郁有根，39 岁。郁有根家有四兄妹，他是老三，老四郁有德，比郁有根小三岁，兄弟俩感情很好。郁有德外出打工，被一辆车撞成重伤，肇事车辆逃逸，郁有德生命垂危，急需动手术，可家里钱不够。无奈之下，郁有根上公共汽车扒窃，被当事人发现，情急之下，他用匕首将当事人捅伤。公安机关接报后，是蔡队副处理的，郁有根被判三年有期徒刑，一个月前释放。郁有德当时因救治无效，在医院死亡。据了解，郁有根性格自私、孤僻、极端，做事不计后果。

于大强和周杰负责调查朱进海。当于大强和周杰走进朱进海家里时，朱进海正一个人在家里看电视。

"朱进海，我们是公安局刑侦大队的，有个事需要向你了解一下，希望你配合。"于大强开门见山地说。

"什么事？"朱进海很不情愿地说。

"你是什么时候回来的？"于大强问。

"大约两个月前。"朱进海耷拉着眼皮回答。

"找到工作了吗？"于大强循序渐进地问。

"像我这样的人能找到工作吗？"朱进海冷冷地回答。

"那也不一定。前天下午你在干什么？"于大强切入了正题。

"前天下午？让我想想。"朱进海抱着脑袋，一副想事的神态。过了一会儿，他说："噢，我想起来了，前天下午，我在帮亲戚搬家。"

"从几点到几点？"于大强追问道。

"从下午1时到6时，后来迟了，晚饭也是在亲戚家吃的。"朱进海想了想后回答。

"你亲戚叫什么名字？他能给你做证吗？"于大强面无表情地问。

"他叫范家儒,是宏图化工厂的工人,他可以为我做证。"朱进海信誓旦旦地说。

"有他的电话号码吗?"于大强淡淡地问。

"有,我给你。"朱进海找出他亲戚的电话号码交给于大强。

"希望你说的都是实话。"于大强离开时不忘叮嘱道。

"我说的句句都是实话。"朱进海低声回答。

宋伟和钱利伟调查的是郁有根。郁有根没有房子,与他的父母同住。他父母住在章山新村 46 号,这一片基本上是拆迁安置房,以两室一厅居多。

管理章山新村的户籍警是城关派出所的陈东强,据陈东强介绍,一个星期前,郁有根到派出所报了到。他当时还教育郁有根要重新做人。

陈东强陪同宋伟和钱利伟到了郁有根家,郁有根不在家,他母亲一个人在家里。

"这两位同志是县公安局的,找郁有根了解一点事。"陈东强对他母亲说。

"他不在,出去了。"郁有根母亲 60 多岁,身子骨挺硬朗,说话口齿清楚。

"他去哪里了?"钱利伟和气地问道。

"谁知道他去哪里了,离开家也不告诉一声。"郁有根母亲的话流露出对儿子的不满。

"他是什么时候离开的?"钱利伟平和地问。

"是前天中午出去的,一直没有回来过。"郁有根母亲唠唠叨叨地说。

"是与他父亲一起走的吗?"宋伟在旁边插了一句。

"不是，是他一个人出去的。老头子刚刚出去买菜了。"郁有根母亲看了宋伟一眼。

"郁有根有没有说去干什么了?"钱利伟和颜悦色地问。

"他没有说。从里面出来后，他的话变少了，平时与我们没有几句话，看他心情不好，我们也不去打扰他。"郁有根母亲叹了口气说。

"他回来后与谁走得比较近?"钱利伟和善地问。

"没有见他与谁有来往，也没有人来家里找过他，他都是一个人进进出出。"郁有根母亲眨了眨眼睛回答。

"公安同志，你们一个劲地问郁有根的情况，是不是他又出事了?"郁有根母亲突然担心地反问道。

"没事，没事。"钱利伟赶紧否定。

"如果郁有根回家，请你立即通知我或者陈警官。这是我的电话号码。"钱利伟从笔记本上撕下一页纸，写上一个电话号码交给郁有根母亲。

宋伟、钱利伟两人从郁有根家回到刑侦大队后，立即将情况向顾大队长和蔡队副作了汇报。

"郁有根有作案时间和作案动机，情况可疑。我们觉得应该对他进行深入侦查。"宋伟汇报后说。

"运用大数据技术手段迅速锁定郁有根。"顾大队长果断下达了指令。

技术中队是蔡队副分管的。钱利伟即刻打开电脑，上机操作，在有关部门的配合下，很快确定了郁有根的活动轨迹。

"郁有根在城郊。"钱利伟报告。

"宋伟、钱利伟，你们马上赶过去，找到他，弄清他案发时在什么地方。"顾大队长对宋伟和钱利伟大声道。

宋伟和钱利伟在城郊紫鑫巷 31 号一个出租房内找到了郁有根。

郁有根正要离开房子出去。

"郁有根,我们有事找你。"钱利伟叫住了郁有根。

郁有根一惊。显然他没想到这里竟然有人会叫他。

"你们是?"郁有根若无其事地问。

"我们是公安局的。"钱利伟盯着他说。

郁有根沉默不语。

"郁有根,看你关门正要离开,准备去哪儿?"钱利伟问道。

"我准备回家。"郁有根瓮声瓮气地回答。

"这个房是谁的?"

"是我租的。"

"你在家里不是可以住吗?"

"与父母住在一起不方便。"

"你这房子是什么时候租的?"

"一个星期前。"

"前天下午你在干什么?"

"没干什么。"

"你在哪里?"

"没去哪里。"

"你的意思是就在这房子里?"

郁有根点点头。

"房子里还有其他人吗?"

"没有,就我一个。"

"你的意思是前天下午的活动没有人可以为你做证?"

郁有根又点点头。

这是一个约 30 平方米的房子。摆设很简单,一张床、一个床头柜、一个立柜、一张桌子、三把椅子,靠北有一个水槽,旁边有一个煤气灶和电饭煲。

在钱利伟与郁有根交谈之时,宋伟仔细查看房间的角角落落。

在床下发现了半支铅笔,宋伟小心地将它放进一个尼龙袋里。

在靠近床头柜的一把椅子上发现了几根长头发,宋伟又谨慎地将头发收集到尼龙袋里。

宋伟将钱利伟拉到一边,小声地耳语了几句。钱利伟点了点头。

宋伟走到外间打电话去了。宋伟是给顾大队长打电话,向他汇报了他们与郁有根谈话以及在郁有根房间里发现可疑物品的情况,建议顾大队长派人来把物品带走去检验。

顾大队长同意了宋伟的请求,并提醒他们把郁有根留住。

十多分钟后,于大强和周杰过来了,他们俩替换宋伟。宋伟回去将半支铅笔和头发进行检验。

做头发 DNA 检测的时间比较长,不会很快出结果。但经对半支铅笔进行检验,在铅笔下方提取到半枚指纹。经比对是蔡诺珊所留。

比对是由蔡队副亲自做的。为什么会有蔡诺珊的指纹,这是一个偶然因素。

蔡队副在家里有个规矩,每天晚上 7 时 30 分以后,家里就不能看电视了,蔡队副要研究业务。有一次,蔡队副在捺黑色的指纹时,蔡诺珊好奇,趁蔡队副不注意,将一双小手按在漆黑的墨汁里后，又将小手按在一张白纸上，留下一双完整的指纹和掌纹。蔡队副发现后，微笑着说了女儿几句，蔡诺珊吐了吐舌头，逃走了。见女儿小小的指纹和掌纹清晰可爱，蔡队副就将它们保存了起来。谁知这次竟用上了。

郁有根马上被带回刑侦大队。

还未等 DNA 检验结果出来，在凌厉的审讯攻势下，郁有根就交代了作案经过。他交代说：小女孩是他劫持的，那天下午，他将小女孩劫持到房子后，将她绑在椅子上，给她嘴巴堵上毛巾，就出门去买食物和察看将她杀死后埋到什么地方。但是等他回来后却发现小女孩不见了，为此他郁闷了好几天。

至于作案动机，用他的话说，想让你们也尝尝失去亲人的滋味。

郁有根的话真假难辨。

七、致命报复

三天后。有村民报警，在郊区一池塘内发现一具女尸。听说是小女孩的尸体，刑侦大队众人的心马上提到了嗓子眼儿。

俞龙亭、顾天雄、蔡队副、于大强、周杰、徐法医、张涛等人迅速赶到现场。尸体正是蔡队副的女儿蔡诺珊。所有人的心都沉到了谷底。尸体已呈腐败状，说明已在水里泡了几天。

池塘离公路近 100 米，在公路上就能轻易看到，这是一条从金化通往市里的主要公路，来往车辆较多，说明犯罪嫌疑人对这一带的情况很熟悉。

经认真细致的勘查，在池塘边的田里发现了几只鞋印，鞋印比较大，其中两只鞋印间有步幅，对这种鞋印和步幅，张涛、周杰感到比较熟悉。蔡队副强忍悲痛，也来查看。

"是刘文武的鞋印。"虽然还没有经过认真的比对，但蔡队副在心里已有了答案。

经将现场鞋印与刘文武的鞋印比对，认定同一。毫无疑问，刘文武是杀害蔡诺珊的凶手。

刘文武完全有杀害蔡诺珊的动机。他第一次犯强奸罪是蔡队副审讯的，是蔡队副将他送进监狱的。他参与殴打周杰，是蔡队副办的材料，使他第二次进了拘留所。他向黄英豪镇长打黑枪是蔡队副认定的，促使他亡命天涯。

至于作案经过，大致可以推断：那天他到学校门口等候蔡诺珊，不料被郁有根抢了先，然后他跟踪郁有根到了其住处，后来郁有根出去了，他进屋，发现被绑着的蔡诺珊。他不知郁有根绑蔡诺珊是为了什么，是绑架？是劫持？还是为了强奸？他不管郁有根为了什么，为报复蔡队副，他便将蔡诺珊带走，残忍杀死后抛尸于池塘。

蔡诺珊的遗体被找到。

蔡队副仿佛一下子苍老了几岁。

对刘文武的追捕加大了力度，但是，几经周折，没有实质性进展。

第四章　妻子离婚

一、入党无门

秋高气爽，风轻云淡。秋天不知不觉来到了身边。

县公安局大院里，一排梧桐树的黄叶像一只只蝴蝶在空中飞舞，只有两棵松树和几棵茶花树的叶子是青的。

秋天是收获的时刻，是丰收的季节。有人喜悦有人愁。

刑侦大队。于大强脸色铁青，满面愤怒。

刑侦大队党支部会议刚刚结束。这次会议的主题是讨论通过新入党的同志。

于大强是刑侦大队侦查中队党小组小组长。在提名预备党员名单时，侦查中队的党员一致认为，周杰同志一年前进入侦查中队后，处处以党员的标准严格要求自己，积极向党组织靠拢，定期汇报思想认识，爱岗敬业，认真钻研业务，虚心好学，团结同志；特别是在侦查破案、缉捕逃犯时，冲锋在前，不畏艰难困苦，不怕流血牺牲，表现突出，基本符合一个预备党员的条件。

于大强觉得大家的眼睛是雪亮的，周杰不论是在侦查中队，还是在整个刑侦大队，都是比较优秀的。因此，他根据党小组同志们的意见，将周杰作为侦查中队唯一的预备党员人选报告给党支部。

但是，几天后，于大强得到支部的反馈：鉴于周杰同志虽然工作努力，积极主动，但他在政治上还不够成熟，有时做事不够稳重，情绪不够稳定，容易感情用事，支委的意见是继续对周杰同志进行考察，待条件真正成熟时再予以发展。

这些理由，听起来冠冕堂皇，煞有其事。但于大强清楚，所谓政治上不够成熟，就是不听有的领导的话。公安机关是纪律部队，按理说应该听领导的话，但有的领导不依法办事，该抓的不抓，该放的不放，如果什么事都听领导的话，个别领导拉关系、讲面子、送人情，严格执法、依法办事就是一句空话。

所谓做事不够稳重，容易感情用事，无非就是在县委副书记兼政法委书记儿子嫖娼的案件上，让领导非常难堪，心里十分愤怒，从而得罪了领导。

这些理由，在于大强看来却都反映了周杰坚持公平正义，坚持法律面前人人平等，不畏权贵，不怕报复，严格依法办案的优秀品行。

因此，于大强对支部领导的决定感到十分失望。刑侦大队党支部的工作，主要是教导员应芬红在负责。于大强对教导员没有多少好印象，总觉得她说一套，做一套，说的比做的漂亮。大队长顾天雄也不管，支部的事放任教导员摆弄。至于蔡队副，于大强知道他是个好人，肯定会帮周杰说话，但他在支委会没有多少发言权。

于大强虽然心里很不痛快，却无可奈何。官大一级压死人，他想让你入就让你入，他不想让你入，随便找个理由你就不能入。

使于大强更加气愤的是，支部大会通过的两个预备党员，一个是情报中队的沈凯，一个是技术中队的方鹏，这两个人一个油腔滑调，一个老实敦厚，无论在哪个方面，周杰都要甩他们几条大街。但事实就是他俩入党了，而周杰还在党外。

所以，支部大会结束后，于大强非常生气。

他在走廊里大着嗓门说："下次如果周杰还不能入党，我们侦查中队就没人入党了。"

于大强显然说的是气话，刑侦大队很多人都听到了，一些大队领导也听到了，但没有人说他。

回到办公室，于大强拍了拍周杰的肩膀，给了他一个安慰的眼神。

周杰反而觉得无所谓，不入就不入呗。依法办事是他的准则，做一个正直的人是他的座右铭。个别领导要修理他，他也只有认了。以后还是要好好工作，他就不信自己永远入不了党。

"没关系，接着来。"周杰冲于大强感激地一笑。

二、宾馆恶战

下班后，周杰回到家。母亲杨芳菲在厨房忙着烧饭做菜。父亲在客厅里看电视。

"杰儿回来了。"父亲周云东与周杰打了声招呼。

"爸，我先回房间了。吃饭叫我。"周杰微笑着对父亲说。

不一会儿，周云东喊："杰儿，吃饭了。"

一家三口在餐厅吃饭，其乐融融。

周云东喜欢喝几杯，他酒量不大，但每晚都要来一点。周杰不喜欢喝酒，而且公安部下达禁酒令后，工作日也不允许喝酒了。

周杰吃饭速度很快，十分钟不到，就吃完了。而他的父亲还在喝酒。

"爸妈，你们慢吃。"周杰放下碗筷，正想站起来，他的手机响了。

周杰一看是杨丽的电话，接通后笑着说："杨姐，有什么指示？"

"周杰，有重大情况，顾大通知，刑侦大队全体人员立即赶到队里。"杨丽顾不上与周杰开玩笑，就传达了大队领导的指令。

"是。立即赶回。"周杰确认了一遍。

"爸妈，队里有事，我回队里了。"周杰对父母亲说。

"杰儿，小心。"母亲杨芳菲叮咛道。

儿子的安全是杨芳菲最挂心的。

周杰驱车返回刑侦大队，大家也陆陆续续赶来了。

顾大队长手拿两张纸，那是市公安局下达的传真通知，是普通传真。

这份传真是市公安局转发省公安厅的。省公安厅则是转发自公安部的。

传真内容：

今天凌晨，东江省新昌市发生一起严重暴力案件。两名犯罪嫌疑人杀死新昌市两名正在执勤的武警，抢走"五四"式手枪两支、半自动步枪两支、子弹若干后逃跑。

请全省公安机关，特别是与新昌市接壤的北昌市、苏泰市公安机关立即设卡堵截，围堵犯罪嫌疑人。在工作中要注意自身安全。发现情况请立即报告省公安厅。

"晚上，大家接到指令后反应快速，迅速全员到岗，没有一人缺席。为大家点赞，希望继续保持。案情大家都清楚了，我不再重复。下面我布置一下任务。"顾大队长清了清嗓子说，"局里给我们刑侦大队下达了三个任务：一是与特警、交警、治安一起，对从新昌市过来的一条高速、一条国道、两条省道，这四条道路共设立四个卡点，我们金化县是第二道卡。与新昌直接接壤的庆河县是第一道卡。

"每个卡点四个警种共八人，每个警种两人，具体任务是交警负责拦车，特警负责警戒，刑侦和治安负责检查。

"二是统一编入局里警力，对车站码头、宾馆旅店等公共场所进行清查。

"三是留十个同志作为局里的机动力量。

"警力分配如下：侦查中队作为机动力量，情报中队参加设卡堵截，技术中队编入清查队伍。大家对各自的任务明确吗？"

"明白。"大家回答。

"大队共有防弹背心十件，设卡检查的八名同志每人一件。清查和机动队伍各一件。各中队长要把各自的队伍带好。特别要注意自身安全，并将枪支弹药管理好。大队领导参加各自的分管队伍，并切实负起责任来。"顾大队长又强调道。

布置完任务，顾大队长在办公室悄悄地对蔡队副说："你近来家里事情多，不要去现场了，就在队里统一指挥吧。"

"我没事，我与技术中队的同志一起参加清查工作。"蔡队副自从女儿去世后，一直很悲伤，但他强打精神，坚持上班。队里的同志看了都很心痛。

与庆河县交界的四条交通要道开始了设卡。民警们荷枪实弹，细致盘查过往的车辆和行人。

现场的气氛瞬间紧张起来。

与此同时，民警对城区各公共场所进行清查。

夜渐渐深了，深秋的凉意不断袭来。设卡和清查的民警不敢有丝毫大意，他们高度戒备，全神贯注。因为歹徒手上有枪，稍有疏忽，就可能造成严重后果。

晚 11 时 34 分，城郊接合部。城郊派出所民警许再勇、徐力，辅警唐平永、蒋刚走进了群利宾馆。

这是一幢五层小楼。民警从一楼开始检查。当他们敲开 304 房间时，发现有三个年轻人正和衣而睡。

"你们是哪里人？"许再勇问道。

"东三市的。"一个有一绺黄头发的高个子瓮声瓮气地回答。

"来金化县干什么？"许再勇又问。

"我们不是来金化县，我们是路过。"仍是高个子回答。

"睡觉为什么不脱衣服？"许再勇的声音变得严厉起来。

"晚上天气凉。"高个子的回答有些迟疑。

"请把包打开，接受检查。"许再勇命令道。

"要开你们自己开。"高个子不情愿地嘀咕道。

徐力拿过包，当他拉开包的拉链时，发现包里有不少子弹。

"当心。他们是——"徐力的话还没有说完，高个子从怀里掏出手枪朝徐力开了两枪。徐力应声倒下。

许再勇从腰间摸枪已经来不及了。他朝高个子猛扑过去，然而，还是迟了，矮个子歹徒从侧面向他开了一枪，高个子迎面朝他开了一枪。许再勇倒在血泊中。

辅警唐平永和蒋刚转身向门外躲藏时，三名犯罪嫌疑人同时向他们开枪。两名辅警接连倒下。

民警和辅警在这次遭遇战中大意了，因为他们看到 304 房间登记的是三个人，而公安厅通报中犯罪嫌疑人是两个人。所以，他们在检查时，没有分工，也没有人担任警戒，以致造成严重伤亡。

三名犯罪嫌疑人从群利宾馆仓皇出逃来到马路上，看见一辆出租车，高个子扬手一招，出租车在三人旁边停下。未等司机把车停稳，矮个子歹徒一把打开驾驶座车门，将司机拉下车，三人快速上车，扬长而去。

目瞪口呆的司机反应过来后，急忙向公安机关报了警。

三、副大队长腿部中弹

县公安局铁建达局长接到报告后，指令机动力量和清查民警立即朝群利宾馆方向追击。

蔡队副带领张涛、许前胜、徐法医等人驱车朝群利宾馆方向进发。

郭强副大队长率领于大强、周杰、宋伟、钱利伟、徐进军等人从局里赶往出事现场。

蔡队副等人到达群利宾馆时，犯罪嫌疑人早已驾车不知去向。

被抢出租车司机等在原地，他向蔡队副指了指歹徒逃跑的方向。

蔡队副等人循着歹徒逃跑的路线追击。约追了一个小时后，到达了横田乡古石村。蔡队副发现前方 300 米处，隐隐约约停着一辆出租车。

"关掉发动机和车灯。"蔡队副让其他人在车上待命，自己带领张涛、许前胜，从侧面迂回，向前搜索。

四周静悄悄的，没有一丝声响。

公路两旁是旱田。距离出租车40米时，身材高大的蔡队副灵巧地翻身跃上了公路，贴着冷冷的水泥路面，匍匐着从车尾进入车子底下，张涛和许前胜举枪在一侧掩护。

过了一会儿，不见动静。蔡队副从出租车的左侧起身，右手持"五四"式手枪，左手猛地拉开驾驶室车门，发现车内的人早已离去。

借助微弱的手电光，蔡队副仔细搜寻歹徒留下的痕迹，在出租车后面的座位上，发现了一只半自动步枪的弹夹和12发子弹。

打开汽车引擎盖，摸上去发动机还带着余温。经检查油箱，发现没有油了。看来三名歹徒是因为出租车没有油了才无奈弃车而去。

不远处是横田乡汽车站。蔡队副向局指挥部作了汇报。

不一会儿，郭强副大队长带领于大强、周杰、宋伟、钱利伟、徐进军等人赶到。双方人员共有13人。

在汽车站的候车室，两个大队领导召集相关人员作了碰头，大家分析后认为，歹徒人生地疏，弃车而逃，不可能逃远，很可能还在横田附近，建议指挥部动员横田乡古石村及附近村庄的群众，发现歹徒立即报告，并敢于同犯罪嫌疑人作斗争。

三名歹徒劫车未成，料定自己的行踪已经暴露。为了躲避公安机关的围捕，三人商定，想办法再搞一辆汽车，趁天未亮冲出去。

三名歹徒在夜色的掩护下，又回到横田乡。

凌晨 2 时 20 分，黎明前的黑暗。

"老大，前面有灯光。" 在前面探路的矮个子歹徒压低声音说。

"大家散开，摸上去。" 高个子恶狠狠地说。

"门口有两辆车。" 矮个子歹徒暗喜地说。

"干掉他们。" 高个子吩咐其他两个同伙。

此刻，汽车站候车室里，大家正在聚精会神地研究案情，却不知危险正悄悄临近。

在外面担任警戒任务的周杰，不时用双眼搜寻四周的每一个角落。

突然，不远处闪过几道黑影。

"是谁?" 周杰脱口而出。

"突突突"。话音未落，对面扫过来一串子弹。

或许是本能，周杰在询问是谁的同时，身体已向前扑去。半自动步枪子弹贴着他的头皮飞过。

"呼呼呼"。借着良好的身体素质和心理意志，周杰扑在地上时扣动了扳机。

"喔哟。" 有人惨叫。

周杰的子弹击中了高个子歹徒的左肩。

"不好，有情况。" 屋里的人立即拉黑了房间里的两盏灯。

郭强发现门外还亮着一盏灯，一个箭步冲出去拉黑了灯，扔掉拉断的半截灯线，拔枪贴墙搜索。

猛然，他发现厕所里有黑影晃动，几乎同时，歹徒也发现了他，抢先扫过来一串子弹，子弹 "嗖" 地从他身边掠过。此时从另一个方向又射来几枚子弹。郭强忽然感到鞋里都是 "水"，他意识到自己 "中弹挂彩" 了。

说时迟，那时快，"呼呼呼"，郭强朝着黑影连开两枪，刚扣动第三枪，就重重地倒下了。

"喔哟，妈的。"随着一声惨叫，矮个子歹徒的左耳被打飞了一半。

于大强和宋伟冒险将郭强抢救进屋内，这才发现郭强双腿五处中弹，血流如注，呼吸微弱。大家用皮带帮他绑住大腿止血。

蔡队副再次向县局指挥部报告在横田发生的情况。指挥部指示："歹徒在暗处，你们天亮前，就地埋伏，查控罪犯，不要让他们逃出包围圈。"

"是，坚决执行。"蔡队副回答。

郭强因失血过多已处于昏迷状态。当务之急是必须立即送郭强去医院抢救。

但三名歹徒在外面封锁汽车站，处于有利地形。从车站到站外停车点有 150 米距离，冲过去非常危险。

战友的生命高于一切，冒死也要闯，别无选择！蔡队副想到这里，用眼睛快速扫视了一下大家，看到大家一个个坚毅的目光，他的心里涌起一阵感动。

他动情地说："郭副大队长，伤势严重，生命垂危，必须立即送医院抢救。可是，三名歹徒在外面，持枪对我们虎视眈眈。但我们不能为了自己，而眼睁睁看着战友在我们面前死去。所以，我决定，于大强、周杰在前面开路，钱利伟、宋伟背郭副大队长，我在最后压阵，其余同志在屋里掩护。开始行动！"

所有人员将手枪子弹压满弹匣。

于大强、周杰一左一右，弯腰提枪走在前面。宋伟背起郭副大队长，钱利伟在旁边扶着。蔡队副举枪走在后面。

几个人屏住呼吸，一步一步向停车点走去。

当离汽车 30 米时，歹徒发现了他们，一梭子子弹打过来。

蔡队副、于大强、周杰全部迅速卧倒，举枪朝歹徒方向连续开枪射击。

在屋里的同志依托墙角、窗户和门边，同时向歹徒开枪。一时枪声大作。

歹徒被镇住了。

宋伟和钱利伟不敢怠慢，不顾枪声往前走。走到汽车前，钱利伟打开车门，与宋伟一起将郭副大队长放到车里。随即，钱利伟从副驾驶位移到驾驶位，飞快地发动汽车向医院开去。

汽车内仪表水温迅速升高，原来刚才歹徒的子弹击中了汽车水箱。

钱利伟顾不了这些，以最快的速度将车开到县第一人民医院。早已等候的医生将郭副大队长送到手术室抢救。

蔡队副、于大强、周杰三人扑在地上，好久不见歹徒动静。他们慢慢起身，摸索着返回汽车站。大家见他们安全回来，不约而同松了一口气。

四、八二无后坐力炮的怒火

东方出现了鱼肚白，天渐渐亮了。

蔡队副带领于大强、周杰等八人向村里走去，一名辅警开车跟在后面。

在村口，他们遇见了一个慌里慌张的年轻人。

年轻人约二十五六岁，头发乱糟糟的，衣衫不整，神色慌张。

他跑过来对蔡队副说："你们是公安局的人吧?"

"我们是。你有什么情况?"蔡队副微笑着对年轻人说。

"刚才有三个人走进我的杂货店,他们手里有枪,两个人身上有血,好像受伤了。"年轻人语速很快地讲述着。

"小伙子,不要急,慢慢讲。"蔡队副一听,发现了三名歹徒,他的神情严肃起来。

"他们三个人,一高一矮一瘦。高个子问我这里是什么地方,我说是古石村。矮个子说有吃的吗。我拿出饼干、面包和矿泉水给他们吃。瘦子问我这里有银行吗。我说村里没有,不远处横田乡里有。他们吃饱后,见他们说什么我就做什么,挺配合的,高个子就又对我说,你这店白天一定要开吗。我说,开不开由我说了算,不开也没事的。听我这么说,高个子又问,你想发财吗。我急忙回答,当然想啦。高个子接着说,那好,晚上我们几个人去抢银行,抢来的钱分你四分之一,但你不准去报告,如果你报警,我们就杀了你全家。我连忙说不去报警。高个子最后叫我出门后把门反锁,晚上再回去把锁打开。我一出店门,看见你们几个人,后面跟着一辆警车,就跑过来报告了。"年轻人一口气把话说完。

"你说他们有枪,是什么枪?"蔡队副知道此时来不得半点马虎,要把情况弄清楚。

"两支长的,还有手枪。"年轻人比画着说。

"你说他们身上有血,受伤了,伤势怎么样?"蔡队副进一步问道。

"矮个子耳朵有血,高个子手腕有血,他们向我要了一些棉布,包扎伤口。"年轻人回忆道。

"你叫什么名字？在村里做什么？"蔡队副的语调平和了许多。

"我叫瞿先初，是古石村村民，在村口开一家杂货店。"年轻人的情绪已恢复了正常。

"瞿先初，好样的，我代表公安机关谢谢你。"蔡队副真诚地说。

蔡队副随即拿出手机向局指挥部报告。铁建达局长指示："迅速包围杂货店，封锁村口，注意自身安全，等待大部队的到来。"

一个小时后，20 名全副武装的特警到了，一大批民警也先后赶到。两个小时后，省公安厅副厅长聂亚虎、市公安局副局长王生力及刑侦专家到达现场，同时到达的还有市武警支队支队长何保军、参谋长盛万胜和 50 名武警。

特警和武警到达后，对杂货店进行了全面包围，狙击手占领了制高点。

聂副厅长决定，现场由武警参谋长盛万胜统一指挥，一切听盛参谋长的指令。

盛参谋长首先派出武警侦查人员抵近侦查。两个武警从屋后蹑手蹑脚靠近杂货店，将耳朵紧贴墙面，侧耳细听。侦查人员听到屋里有说话声，是外地口音。

侦查人员向盛参谋长作了报告。

"屋里的人听着，你们已经被包围了，放下武器，举手投降是你们唯一的出路。给你们十分钟时间考虑。"盛参谋长用高音喇叭喊话。

现场一片沉默，静得连针掉到地上也听得见。

十分钟很快过去了，杂货店内毫无动静。

"枪炮手准备，放。"盛参谋长下达指令。

一名武警将八二无后坐力炮扛在右肩上，扳动了扳机。

"轰"的一声，一发炮弹出膛，将杂货店的墙打出一个大窟窿。

"轰"，又一发炮弹在杂货店里面爆炸。

借着杂货店墙面扬起的一片烟尘，几名武警战士从墙角向大窟窿靠近。

"突突突"。屋里的歹徒开枪还击。

战士们将手榴弹从大窟窿往屋里掷。

一颗、两颗、三颗，整整往里丢了27颗手榴弹。

尘土散去后，现场又是死一般的沉寂。

两名战士奉命进屋搜索。

"三名歹徒已被全部击毙。"一个战士出来大声报告。

武警战士们将三名歹徒的尸体从屋里拖到屋外。

"胜利了，胜利了！"大家纵情欢呼。

经查，高个子名叫杜平勇，东江省北高市新晋县人，为东江省北高市武警支队通讯连退伍士兵。矮个子名叫刁德贵，北高市新晋县华本乡农民。瘦子叫林才进，北高市新晋县华本乡农民，是矮个子的表哥。他们因个人问题得不到解决而敌视现实，铤而走险，报复社会。

经抢救，郭强副大队长脱离了生命危险，三天后醒了过来。

一个月后，围歼杜平勇等三名严重暴力犯罪分子表彰大会在金化县人民大会堂隆重举行。

郭强副大队长被授予二级英模荣誉称号，周杰荣立一等功，于大强、宋伟、钱利伟荣立二等功，蔡队副、张涛等荣立三等功，武警、特警等一大批公安、武警官兵立功受奖。

蔡队副本来是二等功人选，因名额有限，他主动把二等功名额让给了其他同志。

刑侦大队多人立功，郭强副大队长又转危为安，因此，队内这几日气氛喜气洋洋，人人脸上都挂着灿烂的笑容。

五、蔡队副离婚

然而，没过几天，周杰听到了一则令人吃惊的消息：蔡队副离婚了。

周杰不相信，蔡队副多好的人啊，有责任心，对家庭负责，不搞乱七八糟的事，与其他女同志交往注意分寸；对社会负责，正直善良，公正执法；有事业心，一心扑在工作上，爱岗敬业，精益求精，是一个难得的痕迹物证检验专家和刑侦管理人才。

蔡队副老婆姜立娇也是温柔的人，美丽，贤惠，工作好，对人和气。他们每次去蔡队副家，姜立娇都热情接待，烧菜做饭，无可挑剔。

他俩是队里公认的模范夫妻。如果他们两人也会离婚，那社会上有多少夫妻会离婚啊！

周杰问于大强："蔡队副离婚是真的吗？"

于大强点点头："我也听说了，队里人都在说这个事。"

周杰不解地问："为什么？"

于大强摇摇头："我也不知道。太令人感到意外了。"

周杰又去问杨丽："杨姐，你知道蔡队副为什么离婚吗？"

杨丽忧郁地说："我想不到蔡队副和嫂子会离婚。我在想自己以后还要结婚吗？"

傍晚，下班后，张涛叫上于大强、周杰、宋伟、钱利伟、许前胜到他们常去的庆庆饭店吃饭。他们随意点了几个菜，喝着茶水和饮料。

"你们一定很想知道蔡队副为什么离婚吧？"张涛开口道。

众人点点头。

张涛不卖关子，开口说道："这次离婚是蔡队副老婆姜立娇提出来的，蔡队副不想离婚，但姜立娇一心要离。蔡队副没办法，只能同意。按照蔡队副的说法，是还她自由。姜立娇之所以铁了心想离，是因为她对蔡队副有三大不满。"

众人静静地听着，他们都想知道姜立娇到底对蔡队副有哪三大不满。

张涛喝了口茶水缓缓道来：

一是长期加班加点，出差在外，难以顾家。根据蔡队副去年一年的工作统计，加班 280 天，即全年有三分之二的时间是在加班；出差 134 天，即约有三分之一的时间出差在外。

周杰、于大强和宋伟认可蔡队副加班、出差的事实和数据，但不认可这一条离婚的理由。因为加班多、出差多是全国公安刑侦部门普遍的情况，难道就因为加班、出差多，全国刑侦已婚的同志都要离婚？

二是大男子主义思想严重，在家里说一不二，对妻子不够体贴关心。比如，有时候蔡队副老婆身体不好，要去医院看病，希望蔡队副能陪她去，但是却刚好遇到队里有案件，蔡队副出差了，她认为这是蔡队副不关心她，她在他心里不重要，没地位。

对这个问题，周杰有自己的想法，他不否认确实有的刑警为了表现自己，给领导和组织留下一个好印象，在老婆或者女朋友生病期间，明明可以由其他同志承担替代的任务，也一定要自己亲自去完成。周杰很看不起这样的人。

周杰给自己定了一条原则，如果是必须自己承担，旁人无可替代的任务，他会毫不犹豫地去工作，否则，他会请假去照顾亲友。

至于蔡队副对他老婆究竟属于哪种情况，周杰不清楚。

又比如，每天晚上 7 时 30 分后，蔡队副为了自己要学习研究工作，而不允许家人看电视和电脑，不许发出响声这一点，大家都认为蔡队副做得有点过了。

三是女儿的去世，对她打击特别大，可以说是压倒他们婚姻的最后一根稻草。她认为是蔡队副害死了他们的女儿。不是蔡队副，她的女儿就不会死。

听到这一条，众人沉默了，他们的心被深深地刺痛了。蔡队副的女儿确实是因为蔡队副而死，是犯罪嫌疑人为报复蔡队副所致。那么蔡队副又是为了谁呢？有哪一个父亲不希望自己的女儿快乐地成长，好好地活着？女儿的死，有哪一个父亲能承受得了？

蔡队副的所作所为还不是为了这个国家和这个社会，为了广大老百姓？

的确是清官难断家务事，家家有本难念的经。

六、愧对家人

这段时间以来，蔡队副心情沉重，压抑、难受、内疚，五味杂陈。

女儿蔡诺珊的死，使蔡队副真正感受到什么叫天塌了，吃不下任何东西，整夜整夜地睡不着，只要闭上眼睛，眼前都是女儿的身影。他无数次地想，如果能用自己的死替代女儿的死，那将是上帝对自己的恩赐。女儿走了，带走了他的快乐，带走了他的全部希望。

女儿的死是自己的原因，是自己造成的。如果他不是警察，女儿就不会死。如果他不当刑警，女儿也不会死。对女儿来说，他是罪人。对老婆、对这个家来说，他同样是罪人。他不可饶恕，他罪该万死。

既然女儿走了，他想好好地对待妻子。以后，只有与妻子相依为命了。

他与妻子是经人介绍认识的。妻子年轻时很漂亮，但最吸引他的是她的温柔。

从他们恋爱开始，他就从心里认定，往后的日子里，妻子和孩子的生命比他的生命更重要，他会拼尽全力，拼死保护他们。然而他食言了。

对妻子，他更多的是内疚。有两件事他深深地记在脑海中。

第一件事是妻子快生女儿时，金化县横溪镇郑家村发生一起特大杀人案件。

犯罪嫌疑人郑程进与被害人孙光根原本是邻居。孙家横行十里八村多年，因家里不仅有人当村长，男性成员也非常多，平时欺负村民的事情更是没少做。

郑程进一家是后迁入郑家村的，而且还跟孙光根家成了邻居。郑程进搬进新家不久，孙家也开始建新房。

很快郑程进发现孙家人盖的房子不仅过界占了自家地方，还特别挡光，把自己家中的阳光挡了个严严实实。

作为家里唯一的男人，郑程进硬着头皮去找孙光根一家理论，没想到孙家人却明确表示，你爱咋咋地，有招想去，没招哪里凉快哪里去。

郑程进知道惹不起对方，于是决定隐忍，可是他却没想到柿子专挑软的捏，孙家看他老实好欺负马上变本加厉。

之后，孙家人经常会跳过不高的栅栏到郑家菜地摘菜吃。

郑程进老婆去制止，却不想孙家人转身装了一桶粪泼到了郑家的院子里，院子里晾晒的衣服都被弄脏了。

郑程进忍无可忍，要跟孙家人拼命，对方才收敛一些，不再刻意找他家麻烦。

之后郑程进觉得家里安稳后就外出打工了，可他前脚刚走，孙家就又开始往郑家泼粪，郑程进老婆和母亲忍无可忍，去孙家讨公道。

结果对方直接开打，面对结实健硕的好几个大汉，郑程进的老婆怎么可能是他们的对手，很快就被打倒在地，衣服都被撕破了。

看到儿媳受辱，郑程进母亲拿起擀面杖冲上去想要护儿媳。可她万万想不到孙家人根本没对年迈的她手下留情，一脚将她踢倒，还使劲地踹她的腿。当婆媳两人被打得奄奄一息时，有好心的围观村民出面劝退了孙家人，郑程进的老娘和媳妇这才得救。

之后在好心人的帮助下，两人被送到镇上的医院，经过检查，郑程进媳妇除了皮外伤并无大碍，而他母亲的腿却被打断了。

郑家媳妇悲愤交加地把电话打给了老公："母亲被打得卧床不起，我也被打得遍体鳞伤，你赶紧回来吧，不然我们就要被欺负死了。"

　　郑程进听后火冒三丈。他连夜坐火车回家,看到母亲和老婆的惨状后,怒从心头起,恶向胆边生,跑到厨房拎起菜刀就往外走。

　　妻子看到他双眼通红就知道要出大事,急忙在背后抱住他,说啥也不让他出去。可她一个弱女子又怎么可能拦住一个愤怒的老爷们?郑程进双臂一用力就把老婆甩到一旁,随后几个箭步窜到孙家门口。

　　此时,孙家屋里传出欢声笑语好不热闹,看到他们一家人的样子,郑程进气不打一处来,他更愤怒了,一脚踹开房门。

　　屋里的孙家兄弟先是一愣,随后就不屑地笑了。他们人多势众,觉得郑程进掀不起风浪。孙家人根本不相信老实巴交的郑程进敢持刀杀人。

　　正是这两个错误的预判最终导致了悲剧的发生。孙家老大转身指着郑程进的脑门开骂,让他滚出去,可接下来的一幕让他肠子都悔青了。

　　郑程进二话不说对着孙家老大直接下了手,孙家老大惨叫一声摔倒在地。孙家人这才明白大难临头了,于是纷纷冲向门外。

　　孙家老二平时最霸道,凶神恶煞,话不投机就动手打人,这时也尿了。他想夺门而逃,可已经失去理智的郑程进对着他的后脑勺就是一刀,孙家老二也应声倒下。

　　孙家老三见势不妙,"扑通"一声跪在地上,连声求饶。杀红了眼的郑程进不顾孙家老三的苦苦哀求,照着他的前胸就是两刀,孙家老三哼也没哼就倒在血泊中。

　　此时的郑程进就像一个杀人机器一样,对着孙家人一顿乱砍。

　　随着孙家传出撕心裂肺的求救声,很快周围就聚集了很多看热闹的村民，大家赶紧报了警，并口头劝阻郑程进要冷静。

或许是村民和妻子的声音让郑程进恢复了一些理智，所以他并没有对孙家的孩子下手。

他慢慢清醒过来，扔掉刀，就向村外逃去。

郑程进共杀死孙家四人，重伤三人。

这起案件在金化县引起了强烈的反响。

不仅因为该案杀死、伤害人数多，也因为犯罪嫌疑人是在被逼无奈的情况下激情报复杀人。

特别是犯罪嫌疑人在杀人现场边杀人边喊叫："羞辱我老婆，把我妈腿打断，我要你全家偿命!"

他的遭遇引起了不少人的同情。

但是，情归情，法归法，法不容情。

金化县公安局组织了三个追捕组进行追捕。

蔡队副受命带领一个追捕组到西北追捕。

凑巧的是，在这节骨眼上，蔡队副的老婆临产了，而且是难产。蔡队副走后第七天，姜立娇费了九牛二虎之力才生下了女儿，可以说在鬼门关上走了一圈又回来了。

蔡队副带领追捕组历尽艰辛，终于在靠近吉尔吉斯斯坦共和国边境抓获了准备越境的郑程进。

当蔡队副押着郑程进回到金化县时，他的女儿已经出生 28天，快满月了。

虽然姜立娇什么也没说，但蔡队副却自责不已。

第二件事是姜立娇曾在一次体检时，查出左乳房内有一个硬块，医生怀疑是恶性的。

不巧的是，这时金化县发生了一起轰动全国的案件。

　　起初，是一起普通的人员失踪事件。10 月 5 日，一个 50 多岁的男子刘国力带着自己的大女儿来到城关派出所报案，说自己的妻子魏丽利无故失踪了。根据刘国力的描述，在 10 月 4 日晚上，刘国力半夜醒来的时候妻子还在旁边，可当他五点再醒来的时候就发现自己的妻子不见了。

　　当天他的妻子穿的是一条酒红色的吊带裙，除此之外她的证件、手机等东西都没带走。本来他也没觉得有什么问题，可直到傍晚妻子都没回来，担心妻子会遭遇不测，他就来报了警。

　　派出所接到报案后立马对魏丽利展开搜寻。魏丽利的家在金化三得北苑小区，该小区设施齐全，面积不算大，各个位置都安装了摄像头。

　　也就是说，只要魏丽利出现在小区内，总会被监控拍到。

　　可现实往往就是那么戏剧性，派出所民警翻遍了所有监控录像，除了看到魏丽利失踪之前与小女儿一同乘坐电梯回家的片段，就再也找不到她的任何足迹了。

　　民警扩大了搜寻范围，可魏丽利的公司表示她已经好几天没来上班了，亲朋好友也都说没有见过她。一个大活人就这样凭空消失了？

　　生要见人，死要见尸。

　　民警带着警犬将整个小区搜索了一遍，甚至连绿化带也没放过，小区就那么大，可找了好几遍愣是没找出任何可能藏人的地方。

　　魏丽利的大女儿因为母亲已经好几天没回家，为了能更快地找到母亲，联系了几家媒体，想着发动网络的力量，一起帮她找母亲。

这样一来，这事在网络上掀起了轩然大波，事情搞大了。

刑侦大队是在这时介入的。

蔡队副带着张涛、许前胜、徐法医、于大强、周杰、宋伟、钱利伟等人来到魏丽利家。

蔡队副、于大强、周杰找刘国力谈话。

刘国力说自己的妻子当天是穿着一条吊带裙半夜出门的，而且什么都没带，还说自己的妻子不可能一个人出去，因为她的智商低。

按照他的说法不禁让人想到魏丽利是去见什么人了，而且这个人还不是普通人。这个人应该对魏丽利很重要，或许两人的关系还不简单。

蔡队副、于大强、周杰在刘国力、魏丽利夫妻居住的房间里，确实看到正如刘国力所说的那样，魏丽利并没有拿走自己的手机。

侦查人员随即对刘国力和魏丽利展开了全面侦查。

经查，刘国力和魏丽利是一对半路夫妻。刘国力是金化县三北乡里山村人，在家中排行老二。因从小家里就特别穷，所以长大后刘国力就去当兵了，24 岁那年退伍后，遇到了年轻美貌的魏丽利。两人是彼此的初恋。

两人谈了一段刻骨铭心的恋爱，但当感情不错的他们打算结婚时，却遭到了魏丽利母亲的强烈反对，两个人只好遗憾收场，后来又各自步入了婚姻。

婚后刘国力曾到上海等地卖过鱼粉，后来又辗转回到了金化。

那时候他缺钱，想着找个熟人借钱，想来想去就想到了自己的初恋魏丽利。魏丽利接到刘国力的电话时非常惊讶，随即借给了刘国力一笔钱。

　　魏丽利当时正在一家公司当保洁员，两人相见后，当年相恋时的美好突然涌上心头，一来二去，两人竟然又好上了。

　　那时两人都有各自的家庭，刘国力有一个儿子，魏丽利有一个女儿，可爱情会让人变得疯狂。

　　为了离婚，刘国力经常打骂自己的老婆。后来两人都顺利离了婚，然后结成了夫妻，在婚后还生了一个女儿。

　　侦查在深入，网上的评论也炸了锅。有人分析说，既然两人那么相爱，不惜抛弃家庭都要在一起，那么自己的爱妻不见了一定会很着急。但从刘国力接受媒体采访的视频来看，他的表情始终很平静，没有一丝难过或者着急的感觉，很不正常。还有人说，刘国力这个男人看着就不像一个好人，魏丽利的失踪跟他脱不了关系。

　　随着网上的评论和关注越来越多，侦查人员承受的压力也越来越大。

　　那段时间，蔡队副、于大强、周杰、宋伟、钱利伟、张涛、许前胜等人从来没有在凌晨2时前睡过觉。

　　这一天，于大强和周杰在走访魏丽利家的邻居时，住在魏丽利家楼下的一个邻居反映说，有一天夜里，他上厕所时发现楼上一直有冲水的声音。

　　于大强和周杰将这个情况向蔡队副作了汇报。蔡队副立即带领他俩查看刘国力家的水表，并到县自来水公司进行核查，发现刘国力家有一个晚上用水量达两吨，非常反常。

　　蔡队副迅速联系县环卫所派了几辆吸粪车将小区的化粪池吸干，然后对里面的东西进行冲洗、筛选。徐法医在里面发现了疑似人体组织的东西，经过验证，这些组织属于死者魏丽利。魏丽利的老公刘国力有重大作案嫌疑。

蔡队副立即将检验情况向俞龙亭副局长作了报告。案情被逐级上报。

刘国力当天在家中被捉拿归案。

开始，刘国力矢口否认是自己杀了妻子。在侦查人员的政策攻心和有力证据下，刘国力的心理防线终于被击破，承认了犯罪事实。

原来是因魏丽利的房子拆迁后又分得了两套房，而刘国力发现两套房子的房本写的都是魏丽利一个人的名字，为此他心生不满。

刘国力的儿子到了结婚的年纪，他向魏丽利提议，将大的那套房子转到他儿子名下，但这个提议被魏丽利给否决了。

之后，两人因为房子的问题有过多次争吵。事发那天是小女儿的生日，两人陪着女儿过完生日就早早睡了。到了半夜，见妻子熟睡，忍无可忍的刘国力拿着枕头捂死了妻子，然后将她拖到厕所进行分尸，再用绞肉机将妻子的尸体搅碎后冲进了下水道。

至于女儿为什么没听到异响，他说他给女儿吃了安眠药。

至此，这起引起全国人民关注的重大恶性案件在金化县公安机关的精心组织部署下，被成功破获。

破案期间，姜立娇在县人民医院做了左乳房肿块切除手术。姜立娇在县人民医院住了一个多月。只有在做手术那天，蔡队副睁着熬得通红的双眼去医院陪了老婆一天，其余时间都扑在案件侦破上。

这起震惊全国的大案破获后，刑侦大队的队员们卸下了担子，满心喜悦。

而蔡队副除暂时释放了压力外，只感到对妻子深深的内疚。他的内疚来自两个方面。

一是他认为妻子患重病，他本应抽出时间，在医院多照顾、陪伴妻子，无论在精神上还是物质上给妻子提供更多更好的保障，然而他却没有做到。

二是他觉得妻子这种病，应该在省城的大医院做手术，成功的概率会大得多，也安全得多。他本来是想请假陪妻子到省城医院的。但就在这时发生了这起大案，他分管技术，没有人能代替得了，而分管侦查的郭副大队长还躺在病床上，顾大队长要去党校学习三个月，他是真的不好意思向组织开口，只有愧对妻子了。

七、最后的晚餐

蔡队副家位于城东，在一个普通的居民小区，房子是三室两厅，127平方米。

这天晚上，姜立娇做了几个菜。夫妻两人相对而坐。

"来阳，我真的累了，所以你不要怨我。"姜立娇缓缓地先开了口。

"我不怨你，我只会怨自己。"蔡队副低着头说，像做了错事的小学生。

夫妻俩的语气都比较平静，但看得出，他们都在努力克制着自己。

"来阳，你有你的理想，你有你的事业，我都理解。可是我们的婚姻没有给我带来幸福，只给我带来了痛苦，这真的是悲剧。"姜立娇伤感地说。

"立娇，是我不好，做得不对，辜负了你，对不起你和女儿。我不是一个合格的丈夫，更不是一个合格的父亲。"蔡队副忏悔道。

"来阳，这是我给你烧的最后一顿饭，也是我们夫妻俩最后的一次晚餐。吃完饭我就走了，你以后好自为之吧。"姜立娇用手梳理了一下头发说。

"从今以后，虽然我们不是夫妻了，但你有任何事情需要我做的，随时都可以叫我。"蔡队副真诚地说。

最唯美的爱情也掺杂着悲伤，最凄美的故事也会有结局，当婚姻持续亮起红灯，离别是该有的一个结局。

婚姻既是一份承诺，也是一种责任，它不需要过分的新鲜，不过当爱褪尽了，婚姻也就走到了尽头。

可蔡队副不甘心啊。他的爱没有褪尽，甚至可以说没有褪色，他爱他的女儿，他爱他的妻子，他爱这个国家，他爱这个社会。

但是，女儿走了，如今妻子也走了，蔡队副感到从未有过的孤独和凄凉。

第五章 死里逃生

一、公关部美女经理被杀

快入冬了，天阴沉沉的，偶尔吹过的西北风刮得人的脸生疼。

江南冬天的冷是北方人根本想象不到更受不了的。

田野上是一片割了秋庄稼后留下的半截子残草，暮气沉沉。

上班时刻，蔡队副的手机响了。

"蔡队副，刚刚指挥中心接到群众报警，在北山水库大坝下发现一具女尸。俞副局长指示刑侦大队派人过去。"电话里传来局指挥中心值班指挥长崔杭生的声音。

"知道了。"蔡队副回答。顾大队长还在县党校学习，刑侦大队在业务上是蔡队副当家。

"杨丽，通知第一组出现场。"蔡队副吩咐道。

"明白。"杨丽冲蔡队副做了一个鬼脸。

北山水库离城关 13 公里，是一个较大的水库，城关的水都由北山水库供应。

蔡队副、于大强、周杰、宋伟、张涛、钱利伟、徐法医等人迅速赶到现场。

城关派出所所长李军、副所长肖民辉已在先前到达。

女尸位于大坝右侧山坡上,与一条土石公路相距 18 米。女尸身高 172 厘米,衣着完整,上穿白色衣服,下穿黑色紧身裤,脚穿棕色皮鞋;脖子上有戴项链的痕迹,但不见项链;手腕上有手表印,同样不见手表。现场没有发现死者的手机。

显然这里不是第一现场,是抛尸现场。

法医鉴定:死者系被人扼颈窒息而死。从胃内容物分析系饭后四小时被害。死者处女膜破裂,应该被犯罪嫌疑人侵害过。

现场没有发现有价值的痕迹物证。只在死者右手食指指甲里发现提取到一点白色的东西,经化验,含有毒品海洛因成分。但在死者体内未检出任何毒品的成分,就是说死者不吸毒,平时也不接触任何毒品。

女尸面目清秀,神态安详。虽然已经死亡,却遮掩不住她生前的光彩照人和绝美容颜。

城关派出所李所和肖所都认识被害人,她是金化县兰江集团公关部经理尤曼莉,今年 27 岁,北大毕业,在金化有"第一美女"和"第一才女"之称。

说起她的美丽,颇有"回眸一笑百媚生,六宫粉黛无颜色"的意境。在县城流传着一个段子:

有一次,县长王跃武到兰江集团视察,兰江集团董事长、总经理和副总经理列队欢迎,尤曼莉作为公关部经理站在欢迎队伍最后面。

王县长与公司领导一一握手,当握到最后一人尤曼莉时,他被尤曼莉的美丽惊到了,握着她的手不知放下,目不转睛地盯着她看,也不说话,一时竟不知道他来公司为何事了。据说足足握了有一分钟。最后，公司董事长实在看不下去了，怕这样下去有损县长的形象，就上前拉起王县长的手往公司休息室走去。

此事一时在金化县广为流传。

兰江集团是金化县数一数二的企业，主营金属冶炼、铁矿石和石化气进出口。

尤曼莉是省会惠州市人，她是兰江集团从优秀大学生中作为人才引进的。

根据现场情况分析，案件性质是情杀、财杀，以及因毒品问题引发的杀人都有可能。破案难度大。

侦查工作自然是围绕被害人尤曼莉展开，分三条线：

一是进行外围调查，查清尤曼莉的基本情况，特别是案发前后的活动情况；

二是进行重点调查，查清与尤曼莉交往的人员；

三是进行技术侦查，查清尤曼莉的活动轨迹。

二、最后的消失地

于大强和周杰走访了兰江集团公关部相关人员。大家一致反映，尤曼莉热爱生活，聪敏大方，待人热情，为人正派，爱岗敬业，乐于助人，是一个好姑娘。

公关部副经理贺国平对于大强和周杰说："昨天是星期三，下午5时30分，尤曼莉准时下班，没见她有什么异常。"

"公司内部谁与尤曼莉走得比较近，或者谁对她比较好？"于大强两手在胸前交叉着说。

"要说我们公关部里谁与尤曼莉关系最好，非瞿彤彤莫属，她俩是闺蜜。至于在公司里，应该是公司副总赵勇平时对尤曼莉最关心，听说在追求尤曼莉。"贺国平知无不言。

公关部职员瞿彤彤则反映："尤曼莉早有男朋友了，他们是大学同学，她男朋友目前在北大读博士。"

"昨天，尤曼莉有反常行为吗？"于大强手上拿一支签字笔不停地旋转着。

"昨天，尤曼莉挺正常的呀。昨晚我们还在河方街回味楼饭店一起吃饭。"瞿彤彤眨了眨眼睛回答，"不过她说晚上要到公司办公室加班。我不明白她为什么要加班，也不好意思问她，谁都有秘密。大约 7 时 30 分我们在饭店分开各自走了。"

"尤曼莉有没有说要与谁一起加班？或者是她要去见谁？"于大强的神经兴奋起来。

一直埋头记笔录的周杰也抬起头来，看着瞿彤彤。

"她没说啊。她说加班时，看不出她是兴奋还是无奈，好像是公司真的有什么事需要她加班似的。"瞿彤彤努力回忆道。

"你们公司经常要加班吗？"

"有时要加班，但频率不高，不像互联网公司。我们公司管理人员基本上是朝九晚五。当然，下属工厂的工人除外。"瞿彤彤解释道。

"据说赵勇副总经理在追求尤曼莉，有没有这回事？"于大强漫不经心地问。

"听尤曼莉说起过，说赵副总经常给她发短信，也时不时邀请她吃饭，还送她礼物。赵副总虽然仪表堂堂，年少有为，但他是有妇之夫，还有一个 9 岁的儿子。赵副总追她，无非是想和她上床，让她做他的情人。何况她已有男朋友。所以，她对赵副总是敬而远之。"说起赵副总的八卦，瞿彤彤的话就变得滔滔不绝。

"赵副总这人怎样？"于大强似乎很感兴趣地问。

"不怎样，花花公子一个。仗着他父亲是市里的领导，家底殷实，见到年轻漂亮的姑娘就迈不动腿，见一个爱一个，恨不得让她们都成为他的老婆。"瞿彤彤鄙视地说。

对尤曼莉交往人员的调查由宋伟和许前胜负责。尤曼莉来金化县兰江集团两年多，她的工作范围较广，但生活圈子不大，她最大的一块工作量是陪公司领导应酬。

集团公司董事长兼总经理邢斌豪、集团常务副总经理应成高以及副总经理赵勇喜欢带尤曼莉出席各种公司活动。

邢斌豪，53 岁，中等个子，戴一副黑框眼镜，表面看上去十分儒雅，但为人城府极深，在金化县是一个通天人物，在省、市也有丰富的人脉资源。

应成高，体形瘦高，略有驼背，不苟言笑。

兰江集团每年营收甚大，但利润逐年下降，特别是近年来钢铁价格的下降，对兰江集团影响很大。员工人数也逐年减少。

经查尤曼莉近日的活动轨迹，她最后轨迹的消失时间是 12 月 2 日晚 11 时 53 分，就是昨天晚上深夜，消失地点在兰江集团公司仓库附近。

各种侦查情况源源不断地汇总到蔡队副这里。

难道她轨迹消失的时间就是她生命结束的时间？根据胃内容物，法医判断其死亡时间是饭后约四小时，与瞿彤彤提供的情况——晚 7 时 30 分离开饭店，到 11 时 53 分被害是相符的。

兰江集团仓库。蔡队副深深地记住了这几个字。

蔡队副不敢怠慢，决定到兰江集团具体看一看。他通知于大强等人在兰江集团总部等他。

"蔡队长，辛苦了。"兰江集团常务副总应成高和安保部经理傅政平在公司大门口迎接。

"不辛苦，是命苦。"蔡队副自嘲地说。

"蔡队长有事请尽管吩咐，我们一定配合。"应成高谦虚地说。

"应常务，你有事去忙好了，我们在公司里转一转，有傅经理陪着就行了。"蔡队副低调地说。

"那也好。恭敬不如从命。蔡队长和众警官有事尽管说。"应成高打了声招呼就走了。

"蔡队长，你们想到哪里转转?"傅政平脸上堆着笑说。

"你陪我们到冶炼车间和成品仓库看看吧。"蔡队副随意地说。

冶炼车间人声鼎沸，刚刚出炉的火红的钢水在慢慢流动，恰似一条条红彩绸在舞动，场面非常壮观、美丽。

刑警们没有心情欣赏这壮观的景象。他们在观察着四周，寻找可疑的地方。

在冶炼车间转了一圈后，他们来到了成品仓库。这是尤曼莉轨迹消失的地方，是刑警们查看的重点，只是为了转移视线，他们先看了冶炼车间。

成品仓库硕大，每个仓库约有四个篮球场大小，共有五个，呈一字排开。每个仓库之间间隔五米。

其中三个仓库堆着各种型号的钢材，一个仓库堆放着焦炭，还有一个仓库堆满了各种设备。

蔡队副等人在五个仓库里都看了看，走了一遍。

从集团公司大门监控发现，尤曼莉昨晚是开着她的那辆白色高尔夫轿车进公司的，时间是晚上 7 时 54 分。而这辆车开出公司大门的时间是次日凌晨 1 时 13 分。

昨晚在公司里上班的人不少。冶炼车间、焦炭车间都是 24 小时不断人的。

在高尔夫轿车前后进出公司的车辆也不少。

白色高尔夫轿车今天上午在城关北门附近被发现，与北山水库是同一个方向，却是不同的两条路。

在城关马路上有视频监控，但驾驶高尔夫的人戴着帽子和口罩，无法看清其面貌，很显然犯罪嫌疑人是有备而来。

出了城关就没有了监控。

兰江集团除了大门和五个仓库里有监控，其他地方都没有。

三、侦查陷入泥潭

美女被杀，一时在金化县特别是兰江集团内部传得沸沸扬扬。

冶金车间，中午休息时刻，一群人围在一起。

"听说公关部尤曼莉经理是被人强奸后杀死的，是强奸杀人。"有人议论。

"完全有可能。尤经理这么漂亮。"马上有人附和。

"争风吃醋也有可能，如果能得到像尤经理这样的尤物，即使变成鬼也风流。"一个青年员工感叹道。

"据说尤经理的项链、手表、手机都是上等货，随便一样都很值钱，谋财害命有没有可能?"一个上了年纪的职工说。

"听说杀人越货的是兰江集团内部的人。刚刚公安局的人到我们车间和焦炭车间看过了。"有人小声地说。

"成品仓库也去了。希望公安局的人早点把案件破了，把杀人犯揪出来，不然，杀人犯就在我们身边，想想都可怕。"有人心事重重地嘀咕道。

这些人议论起来像模像样，颇有公安局侦查员的风范。不看他们的服装和表情，人们还以为他们在开案件分析会呢。

"情杀、财杀、毒杀，兰江集团、成品仓库。"这几个关键词不停地在蔡队副脑海里翻腾。

在刚刚结束的案件分析会上，有几点大家的意见是一致的。

第一，杀人地点在兰江集团内部的可能性很大。

第二，情杀、财杀都有可能，毒杀也不能排除。

第三，杀人犯罪嫌疑人系男性，手劲大，对兰江集团内部和城关镇地形比较熟悉。

第四，下一步重点围绕兰江集团开展侦查。采取五条侦查措施：

一是继续寻找第一现场。

二是排查可疑人员。

三是从毒品入手，寻找犯罪线索。

四是开展技术侦查。

五是针对尤曼莉的项链、手表和手机展开布控。

侦查工作全面展开。

监控显示，昨晚尤曼莉的高尔夫轿车出公司大门后，随后离开公司的是一辆黑色皇冠车，比高尔夫迟了五分钟。

经查，黑色皇冠的主人是公司销售部主持工作的副经理李科平：男，39 岁，身高一米七八，体格强壮，喜欢篮球和游泳。

于大强和周杰找到了李科平。

"李经理，你昨晚在公司加班吗？"

"在公司加班。"

"加班做什么?"

"与澳大利亚和南美的几个客户商谈铁矿石进出口的事。"

"商谈进出口的事一定要在公司里说吗?"

"那倒不用。在公司里谈是因为要用电脑和传真。"

"用电子邮件不行吗?"

"可以用电子邮件,但公司规定,凡是涉及商业秘密,与国外客户谈生意,一律要用公司的电脑和传真。"

"是你一个人加班吗?"

"不,还有其他人,我们销售部的罗菲菲也在。"

"你们在加班时有没有发现异常的情况?"

"异常情况?"李科平不解地问。

"就是有没有看到或者听到异常的情况和声音。"周杰解释道。

"没有。"李科平摇了摇头。

"你们是什么时候离开公司的?"

"大约是凌晨 1 时多吧。"

"离开公司以后,你去哪里了?"

"因为已到深夜,我怕罗菲菲一个人打车不安全,就开车将罗菲菲送到家后,我再回的家。"李科平自始至终说话语气平缓,脸色平静。

罗菲菲,女,31 岁,身材高挑火辣,前凸后翘,面似桃花,单眼皮下的眼睛忽闪忽闪的,有一种特别的风韵。岁月没有在她的脸上留下明显的痕迹,如果不说,谁也不会相信她是一个 5 岁孩子的母亲。

面对于大强和周杰的提问,罗菲菲十分镇静,回答自然。她印证了李科平的说法。

然而,据保安毕亚泰反映,李科平和罗菲菲隔三岔五就一起到公司加班,两人的关系很不正常。

在销售部,对李科平和罗菲菲早有风言风语。

于大强和周杰对两人的男女关系毫无兴趣,他们只关心案情。

尤曼莉手机通话记录的最后两个电话,一个是公司副总赵勇打的,时间是 12 月 2 日晚 8 时 45 分,也就是尤曼莉与瞿彤彤分开一个小时以后。

赵勇被请进了金化县公安局办案区询问室。

"赵副总,昨天下午下班后,你去了哪里?"于大强问话,周杰记录。

"哦,昨天下班后,我参加了几个朋友的聚会。"赵勇懒洋洋地回答。被请进公安局,他心里很不舒服。

"在哪里聚会?一起的有哪些人?"于大强并不在乎赵勇的态度。

"在烟草餐厅,是新开业的,菜的档次和味道都不错。参加的有县烟草局局长何水华、县水利农林局局长毛靖光、江南化工集团董事长郑德良、盐业公司总经理聂鹏飞、彬彬公司总经理叶习华。"赵勇炫耀地说,神情扬扬自得,仿佛在告诉于大强和周杰,看我结识的都是些有身份的人。

"从烟草餐厅出来后又去哪里了?"于大强并不理会赵勇的态度变化。

"我和郑董、聂总、叶总喝得高兴,大家在兴头上,结果四人又去了三七酒吧,继续喝酒。"赵勇如是回答。

"你们喝到什么时候离开酒吧的?"于大强又问。

"大概快 12 点了吧。"赵勇抬头望了望天花板，想了想说。

"这中间你有没有与谁联系过?"于大强漫不经心地问道。

"与谁联系? 没有。"赵勇疑惑地回答。

"仔细想想。"于大强提醒说。

"与谁联系? 为什么要联系? 没有。"赵勇肯定地点了点头。

"与尤曼莉联系过吗?"于大强直接点拨道。

"尤曼莉?"赵勇浑身一震，随后仿佛恍然大悟地说，"喝酒误事啊。酒喝多了，许多事都想不起来，记不得了。与尤曼莉联系过，是我主动给她打的电话。"

"你找她什么事?"于大强冷冷地说。

"昨天晚上，我本来是想约尤曼莉一起吃晚饭的，可她说已有约了。所以在酒吧我打电话给她，想请她一起到酒吧再喝几杯，结果她又拒绝了。"赵勇泄气地说。

"没说别的事?"于大强紧盯着他又问了一句。

"就是请她一起来酒吧坐坐。谁知她不识抬举，不给我面子。"赵勇没好气地说。

打给尤曼莉的另一个电话号码是 139××××3378，时间是 12 月 2 日晚 10 时 57 分。但这个电话机主没有登记。不知是移动服务商的问题，还是高官不登记的问题。如果是移动服务商的问题，是黑卡，那问题就严重了；如果是高官的特权，虽然问题同样严重，但比黑卡的情况好多了。

这个电话太可疑了。这个时间给尤曼莉打电话太不正常了，而这个电话的拨打时间是与尤曼莉离世时间最接近的。

移动方面回复很快，这是一张黑卡。这是意料之中的事，运气不会这么好。

侦查工作困难重重。

四、省公安厅来人

案发第三天，俞龙亭副局长接到了市海关缉私局侦查处副处长郝长新的电话。郝长新与俞龙亭也是警校同学。郝长新告诉俞龙亭，市海关缉私局在海上缉私时，查扣了两只走私船，查获走私铁矿石 20 万吨。这些走私的铁矿石与兰江集团有关。郝长新希望金化公安机关予以配合。俞龙亭自然答应。同时告诉郝长新，最近兰江集团公关部女经理尤曼莉被杀，县局刑侦大队的一些同志就在兰江集团驻点侦查，可以配合缉私局的同志。

郝长新副处长带领缉私局侦查处七名民警连夜赶到。

次日上午，俞龙亭副局长亲自陪同，将他们带到兰江集团。兰江集团董事长兼总经理邢斌豪、常务副总经理应成高已在集团会议室等候多时。

俞龙亭为郝长新副处长作了介绍。

邢斌豪董事长和应成高笑着说："欢迎郝处长到公司指导工作。"但他们的笑容十分尴尬。

"邢董、应总，我奉命到你们公司调查，希望你们积极配合。我们准备找一些人问话，这些人近来不能出差。我们要查近三年来你们公司的账，你们要将账本全部交出。有问题吗？"郝长新严肃地说。

"没问题，没问题。"邢斌豪连忙表态，生怕表态晚了引起郝长新的不快。

缉私局的同志立即进入工作状态。

俞龙亭与郝长新告别。

转眼一个星期过去了。杀人案件没有取得突破性的进展。走私案件基本调查清楚。

兰江集团原来是国企，后来改为国有控股企业。

近年来，随着国际钢铁市场的疲软，国外反华势力对国内企业的封锁和抵制，国内冶金企业举步维艰，日子难过。

兰江集团领导班子为了企业的生存和利益，集体决定铤而走险，进行铁矿石走私犯罪活动。

三年来，兰江集团共从澳大利亚走私铁矿石 240 万吨，总价值约 2 个亿，偷税 3400 多万元。

兰江集团董事长兼总经理邢斌豪、负责进出口业务的副总经理赵勇、销售部副经理李科平被刑事拘留。

12 月 24 日，西方的平安夜。金化的大街上和饭店里有一些圣诞老人的装饰，或多或少有一点节日的气氛。中国人虽然不注重外国人的节日，但一些年轻人还是喜欢过洋节。

于大强和周杰被通知从兰江集团回到刑侦大队开会。当他俩走进刑侦大队会议室时，发现大队侦查中队、情报中队的同志基本都到了，会议室的中心位置坐着几个陌生的面孔，气度不凡。

俞龙亭副局长首先介绍了那几个人：省公安厅禁毒总队总队长郑明基、副总队长左敏，一支队支队长陈方立，综合室主任陆燕艳。

郑明基，50 来岁，国字脸，仪表堂堂，双目炯炯有神，有一种大机关出来的气质，一看就是一个当官的人。此刻，他脸色严峻，扫视着到会的每一个人，不怒自威。

左敏，近 40 岁，戴一副金边眼镜，眼睛不大，长得普普通通，像一个文弱书生。就是这样一个毫不起眼的人，在禁毒界却赫赫有名。他曾乔装打扮，深入贩毒犯罪团伙内部，里应外合，摧毁了多个贩毒犯罪团伙，侦破了多起重大毒品犯罪案件。

陈方立，30 岁，毕业于中国刑事警察学院，在禁毒战线摸爬滚打多年，干得风生水起，战果累累。

陆燕艳，28 岁，省公安厅最年轻的综合室主任。她不但人长得漂亮，而且能文能武，性格豪爽，深得厅领导器重，不少警种都抢着要她。

省公安厅禁毒总队一行人为什么来到刑侦大队？是因为在一些地方公安机关设有禁毒大队，也有一些地方由刑侦大队兼并禁毒职能，金化县禁毒工作由刑侦大队负责。

"同志们，省公安厅禁毒总队带来了公安部最新的情报线索，事关我们金化县。下面先请禁毒总队左敏副总队长通报公安部的情报。"俞龙亭副局长作了开场白。

左敏副总队长站起来一字一句地说："据情报，近来，国际贩毒集团从东南沿海走私或者武装偷运，将大量毒品入境东江省，再运送到全国各地，或者转送到相关国家。公安部分析认为，毒品走私和运送入境主要有两个渠道。一是将毒品混杂在普通货物中走私入境。二是将毒品带至公海，再由走私分子用小船将毒品运抵口岸入境。省厅接到公安部的通报后，高度重视，聂亚虎副厅长召集省厅禁毒总队和刑侦总队的领导专门研究分析。结合掌握的情况，省厅认为，毒品入境的两种渠道中，通过金化县再转送出去的可能性很大。贩毒团伙已在金化县建立了一条毒品进出的秘密通道。当然，具体情况，公安部和省公安厅都不清楚，需要通过深入的侦查才能理出头绪，搞清情况。"

"同志们，刚才，左敏副总队长通报了公安部的情报及省厅的初步设想。下面请郑明基总队长作指示。"俞龙亭副局长脸色凝重地说。

"同志们，我没有指示。"郑明基总队长没有站起来，他坐在座位上挺了挺腰平静地说，"公安部的情报很有针对性，必须引起我们高度的重视和关注。从公安部和省厅的情报来看，贩毒集团或者是贩毒团伙已经在金化县建立了一条运送毒品的秘密通道。这是一件十分严重的事件。从现在开始，我们要上下一心，协同一致，开展缜密侦查，要采取打进去、拉出来的手段，对这条情报线索进行核实和鉴别，力争掌握内幕，查缉毒品，摧毁通道，将贩毒犯罪团伙一网打尽。"

"同志们，郑总队长和左副总队长的讲话，为我们下一步的工作指明了方向，为以后的侦查工作定了基本调子。我们要深刻领会，坚决执行，严格落实。散会后请蔡队副留一下，我们再具体商量。"俞龙亭副局长主持的会议往往言简意赅，从不拖泥带水，深得大家认可。

俞龙亭副局长先送省厅禁毒总队的领导去宾馆休息。然后他返回公安局。蔡队副闻声走进俞龙亭的办公室。

"蔡队副，对毒品犯罪下一步的侦查工作你有什么想法？"俞龙亭招呼蔡队副在他的办公桌前坐下。

"俞局长，对建立毒品运送秘密通道一事，以前我们一无所知。公安部情报里说，国际贩毒集团的第一种渠道是将毒品混杂在普通货物里走私入境。联系我们金化县，一些企业是出口产品多，进口产品少，其中兰江集团大量进口铁矿石，而且走私数量惊人，尤其是在尤曼莉的食指指甲里有海洛因的成分，所以，兰江集团要好好查一查。至于是拉出来还是打进去,我倾向先采取打进去的方法。"蔡队副说到这里停住了,他想听听俞副局长的意见。

"打进去,我同意。你看派谁合适?"俞龙亭征询地看着蔡队副。

"从斗争经验和打进去的匹配度看,于大强合适,但于大强在局里多年,城关镇很多人都认识他。最重要的是,他以什么身份打进去?没有合适的身份,他是打不进去的。所以,我想是不是让周杰进去,周杰反应灵敏,是院校派,熟悉业务,几年来,他的进步很快,人也成熟不少。他的身份可以伪装,上次没让他入党,最近再安排一次,仍旧不让他入党,他以在公安机关已没有前途为由,提出辞职,伺机到兰江集团应聘。你看这样行不行?"蔡队副说出了他的想法和打算。

"你想得周全,我看可以试一试。你征求一下周杰的意见。如果他同意,就这么干。对他的身份,保密是第一位的。局里除了我们两个人加上他,不能让第四个人知道。对他说,也不能告诉父母。这是纪律,也是对他负责。"俞龙亭嘱咐道。

蔡队副点点头。

蔡队副回到办公室,把周杰叫了过来。

"蔡队副找我有事?"周杰尊敬地说。

"周杰,有一项重要的任务要交给你去完成。"蔡队副面色庄重地说。

蔡队副从没有用这种表情对周杰说过话,周杰感到很诧异。

"蔡队副,什么任务你说吧。"周杰尽量用平静的语气说道。

"公安部情报里说,国际贩毒集团将大量毒品从我省沿海走私入境，俞局长和我分析后认为兰江集团十分可疑。毒品很有可能被混杂在铁矿石中走私入境。局里决定派人打入兰江集团内部。我向俞局长推荐了你。不知你愿不愿意？"蔡队副试探着问道。

"只要是局里决定，我愿意。"周杰毫不犹豫地回答。

蔡队副从周杰的眼神里看到了坚毅。他知道这个小伙子的回答是发自内心的。他打心眼里喜欢周杰。

"如果要打进去，你就要辞职。当然，这是暂时的，等完成任务就回归警队。"蔡队副怜爱地说。

"一切听从组织的安排，坚决服从局队领导的指令。"说完这话，一股庄严和神圣感涌遍了周杰的全身。

随即，蔡队副上前，在周杰的耳边轻轻地说了几句，周杰会意地点点头。

五、辞职

不久，刑侦大队再次召开支部大会，讨论通过两名预备党员。周杰所在的刑侦一中队没有人选。新被批准入党的是两名女警，一名是技术中队去年才从学校毕业，参加工作还不到一年的崔妮；另一名是情报中队的孙英，她刚从局办公室调过来。

会上，于大强的脸色十分难看，一中队的同志也一个个都拉着脸。他们一言不发，用沉默表示他们的不满。当然，在举手表决时，他们都举起了手，对两个入党的同志他们没有意见。他们只是为周杰感到不公，对支部领导的偏心不满。

散会后，于大强回到办公室。

"这叫什么事？周杰是一等功获得者，局里非党员中还有获一等功的吗？有二等功的吗？还让人活吗？"于大强大声嚷嚷道。他此时愤怒到了极点，根本顾不上产生什么影响。

"是的嘛。太不公平，太过分了。"宋伟愤愤不平地附和道。

"这活没法干了。我想辞职。"于大强喘着粗气说。

于大强说要辞职，兄弟们都吃惊地看着他，愤怒归愤怒，生气归生气，但要辞职出乎大家的意料。

"说什么呢？"这时周杰笑眯眯地说话了。兄弟们为他打抱不平，他从内心感到温暖，也非常感谢大家，到底是一起出生入死的兄弟。

"没有入党有什么了不起的，不就是继续接受组织考验嘛，说明我的表现还没有达到组织的要求，没有被党组织认可。退一万步说，如果说要辞职也是我提出辞职，跟你于大强有什么关系？"今天周杰的话像一个中队领导说的，显示出与他实际年龄不相符的成熟和老练。

"你能受，我可受不了这窝囊气。"于大强怒气未消地说。

"好了，我知道你是为我说话，为我出头，我心里有数。听说队里马上要进行干部调整，你很有希望被提拔为中队长，我以后还要靠你罩着。不要发牢骚了，对你影响不好，不要为了我的事而影响你的升职。"周杰真诚地说。

"我就是看不惯个别人的所作所为。说一套，做一套，当面一套，背后一套，什么人啊。"于大强不屑一顾地说。

听了周杰的话，于大强的气消了一大半，他的情绪慢慢平静下来。

下午下班后，周杰回到家，一家三口其乐融融地吃了晚饭后，周杰认真地说："爸妈，我有事与您们商量。"

"什么事啊？这么认真严肃。"母亲杨芳菲放下手中的碗，解下腰中围裙说。

"爸妈，我要从公安局辞职。"周杰瞪着眼睛说。

"什么？你要从公安局辞职？为什么啊？"周杰父母听了后大吃一惊。

"不为什么。您们也知道，为了楚楚的事，我得罪了县委副书记兼政法委书记谢丰利，也得罪了局里的主要领导，他们就事事处处针对我，给我穿小鞋。最近，队里连续两次发展党员，都没有我的份，说明我在公安局里已没有前途了，与其在公安局里坐一辈子冷板凳，不如早点辞职另谋出路。"周杰直白地说。

周云东、杨芳菲面面相觑，虽然他们心中有一百个不愿意，但这是事实，儿子说得也有道理。

"你想好了，决定了？"周云东平静地问周杰。

"我想好了，决定了。"周杰坚定地回答。

"辞职后去哪里，你想过吗？"周云东又问。

"还没想好，工作总能找得到。"周杰笑了笑说。

"既然你已决定了，我们尊重你的意见。不过，儿子，不要担心，如果找不到工作，爸妈养你，没有什么大不了的事。"知子莫若父，了解周杰的心意后，周云东斩钉截铁地说。

"爸妈，请您们放心，你们的儿子一定不会失业，我会挣很多的钱，赚钱的事我负责，我还要给您们养老送终呢。"周杰调皮地说。嘴上开着玩笑，他心里却很感动。这就是父母，这就是亲情，血浓于水啊。

"刑侦大队周杰辞职了。"这消息在公安局内部、在县级党政部门特别是政法机关之间传开后，不亚于响起一声惊雷，一时上了县域热搜。

"有志气,有担当,令人钦佩!"了解内情的人感叹道。

"公安局多好的单位啊,还要辞职,真是身在福中不知福。"更多的人是叹惜。

"周杰真的辞职了。"于大强一声叹息,无言以对。

蔡队副给周杰配发了新的手机和号码,这个号码只能与蔡队副和俞龙亭联系,也只有他们三个人知道。

对于周杰怎么到兰江集团应聘,俞龙亭与蔡队副商量过,形成了一致的意见:先休息一星期左右,鉴于兰江集团的工资和福利在金化县是比较好的,到时由蔡队副与兰江集团领导联系,给周杰谋求一个相应的职位。

辞职后,周杰就待在家里,看看电视,看看书,听听音乐。他不能去公安局,也不与蔡队副和俞副局长联系,这是他们之间约定好的,没有重大情况,他们相互之间不联系,一切为了安全。

六、应聘兰江集团

十天后,蔡队副给兰江集团常务副总经理应成高打了一个电话。

"难得呀,蔡队长怎么想起给我打电话?"应成高近来心情不错。自从集团董事长兼总经理邢斌豪和副总经理赵勇等人出事被司法机关采取刑事强制措施后,应成高因祸得福,主持了集团的工作。

"无事不登三宝殿,今天有一事相求,还请应总帮忙。"蔡队副开诚布公地说。

"蔡队长还有事要我办，真是稀奇，如我能办的一定义不容辞。"应成高答应得很爽快。

"就是我们队里的周杰，你可能也认识，因为一些事情没有按照领导的意思办，与个别领导关系紧张，在队里工作不大痛快，就辞职了。你们集团待遇条件不错，不知要不要人？"蔡队副婉转地说。

"我以为什么事，就这个小事呀，周杰这个小青年我认识，很聪敏，也很会办事。不要说你蔡队长开口，就算你不说，像周杰这样的人才，我们集团也是多多益善。不知他有什么想法，如果他愿意，我任命他为安保部副经理，年薪肯定比你们公安局高。"应成高不仅立即答应了，而且还提拔周杰当集团中层副职，这是蔡队副没有想到的。

"那最好不过，我替周杰谢谢应总。"蔡队副装出喜出望外的样子。

"小事一桩，不足挂齿。"应成高大度地说。

蔡队副放下电话，向俞龙亭副局长作了汇报，随后告诉周杰第二天到兰江集团报到。

第二天上午，周杰先到兰江集团人力资源部办理了入职手续，然后到了安保部。

兰江集团安保部共有安保力量90人，分四个保安中队，每个中队20人，分别是集团总部中队、冶金车间中队、焦炭车间中队、轧钢车间中队，另有机动保安以及安保部领导共十人。

安保部经理傅政平，39岁，身高一米七六，不胖不瘦，平头，看上去精明强干。他说话干脆，办事利索，一言一行颇具军人的气质和风格，但他与军人不搭界，既不是军校毕业，也不是军人退伍。据说，他的父亲是个老军人，在家里实行军事化管理。

"周杰，我们以后就是在一口锅里吃饭的兄弟，希望我俩在共事时坦诚相见，肝胆相照，有福同享，有难同当。"傅政平从办公桌后面站起走出来同周杰握手说。

"傅经理，我刚来公司，什么都不懂，还请你多多关照。"周杰用力握着傅政平的手客气地说。

"这是什么话。兄弟之间不要客气。我这个人喜欢直来直去，最反感什么事都藏着掖着，时间长了，你就了解了。如你有什么不清楚，或有什么拿不定主意的问我就好了。"傅政平豪爽地说。

"我一定请教傅经理。"周杰感激地说。

周杰对傅政平的第一印象不错。

千万不能被外貌和第一印象所蒙骗。周杰忽然想起警察学院心理学老师的话。

安保部副经理方德辉，这人是周杰的"老熟人"了。此人曾经是他亲手抓捕的罪犯，现在他们虽然同为副经理，但是先进山门为大，他排在周杰前面。

"周警官，欢迎欢迎。真是不打不相识，想不到我们会成为同事。"方德辉阴阳怪气地说。

"以后还请方副经理多多关照。"周杰拱了拱手说。

到兰江集团的第二天晚上，周杰请傅经理、方副经理和四个中队长吃饭。吃饭地点安排在东湖大院，这里环境优美，正面临湖。

周杰想与傅经理、方副经理和几个中队长搞好关系。晚上他特意带上了两瓶珍藏的 60 度五粮液。

"谢谢傅经理和各位赏光，我先干为敬。"一上来周杰就敬了大家一杯。

然后从傅经理开始，他依次敬了各人一杯。

"好，爽快，像个男人。我敬你。"傅政平端起酒杯迅速回敬。

"谢谢傅经理。"周杰又喝了一个满杯。

"周副经理，从今以后，我们就是一条战壕里的战友，晚上我舍命陪君子，连敬你三杯。"方德辉煞有其事地说。

"够爽！方副经理讲义气，我也豁出去了，干！"说完两人连碰三杯。

大家你来我往，气氛越来越好。

"周副经理，初次相见，你人不错。以后有什么事你尽管吩咐好了。"说话的是焦炭中队中队长黄敬定。

"有事我们多商量、多交流。"周杰谦虚地说。周杰的策略是在最短时间内拉近与安保部骨干的距离，搞好关系，为己所用。

"周副经理，公安局不是很好吗，你干吗来公司呀？你们手中拿的是枪，那是真家伙，不像我们手中的警棍，实际上就是烧火棍。"冶金中队中队长江水岗的舌头已有点大，说话有些前言不搭后语。

"水岗，你有所不知，在公安局干有痛快的时候，也有烦恼的时候。你认为要抓的人，领导说要放，你认为不能抓的人，领导说要抓。这样你说憋屈不憋屈？与领导搞不好关系，他就处处给你小鞋穿。公安机关与军队差不多，是个纪律部队，是个准军事机关，领导的话就是命令，得罪了领导就没有好果子吃。这还不是最要紧的，在公安机关你知道最要命的是什么吗？"周杰说到这里停了下来，问正听得津津有味的江水岗。

"不知道。"江水岗摇了摇头。

"在公安机关你必须是中共党员，其他党员都不行，而且也不能入其他党派。在其他单位，民主党派，或者是无党派人士可能受重用，但在公安机关你想也别想。在公安机关只有加入中国共产党才能得到提拔，中共党员是提拔的必备条件。你们可能不知道，我在公安局刑侦大队本来有两次机会可以入党，但有的领导故意跟我过不去，就是不让我入党。在我们刑侦大队，参加工作比我迟的，年龄比我小的，进队时间比我晚的，他们都入党了，我却没有。你们说，这样我留在公安机关还有前途吗？还有意思吗？"周杰悲愤地结束了他的讲话。

"真是岂有此理。所谓天下乌鸦一般黑，当官的都不是好东西。兄弟，你来兰江集团就对了。不说其他，在兰江年薪可观，吃穿不愁，只要我们兄弟同心，其利断金。"傅政平拍了一下桌子，高亢激昂地说。

"对，对，傅经理说得对。我们欢迎周副经理。"方副经理和几个中队长异口同声地说。

酒是一种好东西。通过喝酒聊天，周杰很快与傅经理、方副经理和中队长们打成了一片。

傅政平叫周杰具体分管冶金中队和焦炭中队。

到兰江集团第三天，周杰去拜访集团常务副总经理应成高。

周杰轻轻敲了敲应成高办公室的门。

"进。"里面传来一个没有感情色彩的声音。

周杰推开门，恭敬地叫了一声："应总，您好！"

应成高看到是周杰，露出一丝笑容："是周杰呀，请坐。"

"应总，前天我来看您，您不在，可能出去了。这次我能进集团，全靠您的关心。谢谢您。"周杰没坐，站在应成高办公桌前真诚地说。

"周杰，坐，不要拘束。你刚来，先熟悉一下公司的环境。今后有很多事要你去做。"几天前，周杰随公安局的人来公司，应成高对他们尊敬有加，现在周杰已是公司的人，成为他的部下，见周杰对他毕恭毕敬，应成高感觉很好，说话也客气了些。

"应总，您只管吩咐，我一定尽力做好。"周杰差一点儿给应成高一个敬礼。对领导交办的事，周杰表态敬礼已成为习惯。

"周杰，听蔡队长说，你与个别领导有矛盾，主要是些什么矛盾啊?"应成高关心地问。

"应总，具体我也说不清，总之就是不听话呗。"周杰想起与蔡队副一起商量好的话。

"是谁跟你过不去?"应成高不兜圈子了，直接问道。

"局里是哪个领导我不知道。我只与同学谢伟高有矛盾，而谢伟高是县委副书记兼政法委书记谢丰利的儿子。"周杰如实说。

"哦，是这么回事。"应成高恍然大悟地说，"周杰，你既然来到了公司，就什么也不要想，安心工作。"

"是，应总。"周杰感激地说。

七、生死考验

周杰回到办公室，傅政平就把他叫过去，神色严峻地说："销售部和冶金车间要派人去北昌市接一批重要设备，其中最重要的是结晶器，是炼钢必用品，因为结晶器中有放射源-铯。为了确保路途安全，由你带领冶金中队江水岗中队长及两名保安负责沿路安保工作。"

"请傅经理放心，我一定完成任务。"周杰说。

接货车队下午就出发，一辆十吨平板车、一辆面包车。保安小王、销售部小李坐在平板车驾驶室内，周杰、江水岗、冶金车间副主任邝义安、技术员胡永涛坐在面包车上。平板车跟在面包车后面。

这是周杰到新单位后的第一次出差，他十分认真小心。中饭后，他上网查了一下铯的属性。

百度介绍：铯-137，放射性同位素，中毒，银白色，质软，遇水爆炸。人体摄入量小于 0.25Gy 属于安全范围，超过此值会导致造血系统、神经系统损伤，非正常生育乃至绝育。人体摄入量超过 6Gy，能够致人死亡。平时应该储存在铅容器内，操作时应穿专业防护服及防护罩。

所以，在出发前，周杰告诫平板车司机开车一定要全神贯注，不能有丝毫分心和懈怠，确保将货物安全运到目的地。

在北昌市冶金装备公司将五台结晶器、六台一体化连铸机，以及其他设备装上平板车上已是下午 5 时。眼见天色已晚，一行人连忙往回赶。

鉴于这次货物的特殊性，周杰要求车速不能过快，保持匀速行驶，不能超过每小时 60 公里。

面包车在前，平板车在后，两辆车一前一后稳稳地行驶在北昌至金化的高速路上。

当货运车队行驶至离金化 40 公里时，突然相对方向的一辆半挂车像一匹脱缰的野马冲过中间隔离带，朝平板车猛冲过来。平板车司机发现时往右急打方向盘避让，然而已经来不及了，半挂车重重地撞上平板车，将平板车拱翻在地。半挂车满载的是一箱箱矿泉水，瞬间，一箱箱矿泉水受惯性所致倾倒在结晶器和连铸机上，一些矿泉水瓶破裂，水不停地流向结晶器。

在平板车前面带路的面包车发现险情时，靠右紧急刹车。

周杰飞快地跳下车，跑到平板车边一看，不由倒吸一口冷气，他被眼前的情形惊呆了。结晶器有没有破损？如果结晶器被撞破，放射源-铯外露，遇到矿泉水就会引起爆炸，那会产生怎样的后果？周杰的汗毛一根根竖了起来。周杰不敢想下去。只见他毫不犹豫地跳上平板车，抓起一箱箱矿泉水就往空地上扔。

保安中队长江水岗见状勇敢地加入抢救行动。保安小王、销售部小李、平板车和面包车驾驶员也奋不顾身地将压在平板车上的矿泉水搬走。

冶金车间副主任邝义安、技术员胡永涛从面包车下来后，看到眼前的情景，第一想法都是赶快离开这里，因为他们知道结晶器遇到水的厉害和后果。但当他们看到周杰等人的英勇行为后，就不好意思逃走了。迟疑了一会儿，他俩也加入到抢险队伍中。

经过众人半个多小时的奋战，终于将压在结晶器上的矿泉水全部清理干净。

技术员胡永涛抓紧时间仔细检查结晶器。五台结晶器除了受到挤压，有些变形外，整体没有破损，放射源-铯没有外露。

谢天谢地，虚惊一场。众人长长地松了一口气。

平板车是不能开了。销售部小李联系运输公司重新安排车辆。

交警接到报警后赶到事故现场处置。

周杰将情况向安保部经理傅政平作了汇报。

一行人将货物拉到兰江集团已是次日凌晨3时。

上午10时，周杰出现在傅政平办公室。

"周杰，你辛苦了。"傅政平从椅子上站起来，热情地与周杰握了握手。

"傅经理，这是我应该做的。"周杰微笑着说。

"我听他们回来的几个人说了，你在处理这次事故时沉着冷静，挺身而出，行为勇敢，避免了一场大的灾难，我会向集团领导给你请功的。"傅政平由衷地说。

"谢谢傅经理的关心和厚爱。其实也没什么，都是我分内的事。"周杰语气平静地说。

"遇事不慌，遇功不要，不愧是公安局里出来的，堪当大任。"傅政平欣赏道。

"傅经理，您太抬举我了。如果您没其他事，我去忙了。"周杰知趣地说。

"你凌晨刚回来，今天你去休息吧。"傅政平关心地说。

"傅经理，我没事。"周杰谢过傅政平，回到自己的办公室。

十分钟后，傅政平来到集团常务副总经理应成高办公室。

"有事？"应成高瞄了一眼傅政平说。

"从这次交通事故看，周杰胆大心细，遇事果敢，是一个难得的人才，此人可以任用。"傅政平不等应成高招呼，自顾自在办公桌前坐下，由此看两人关系非同一般。

"那也只是一次表现，要继续考察。"应成高头也不抬地说，继续看他手上的文件。

"明白。近期，我准备去接一批货，想把周杰也带上，考察考察他。"傅政平请示道。

"以考察为主，接货为辅。遇事小心，小心驶得万年船。"应成高叮嘱道。

"是。"傅政平顺从地说。

八、子弹从胸膛穿过

下午上班后，傅政平将周杰叫到办公室，告诉他明天跟自己出差。

"去哪里？"周杰问。

"微州市吉安县。"

"要几天？"

"一两天吧。"

"开车还是坐车？"

"开车。"

"是，我知道了。"周杰问完这些就不说话了。

至于出差去干什么，同行的还有谁，上司不说，他是不会问的。

少说慎行。周杰始终记着蔡队副嘱咐的话。

第二天一早，周杰跟着傅政平坐上了面包车，这时周杰发现，同行的还有冶金中队中队长江水岗、焦炭中队中队长黄敬定、保安小王。小王负责开车。

出差的全是安保部的人，连司机也不带，周杰觉得奇怪。

方德辉站在办公室窗前，默默地看着面包车离去，他的嘴角露出一丝阴森的冷笑。

吉安县离金化县近 200 公里，以盛产羊毛衫闻名，是个典型的无中生有的县城，因为吉安及附近县市没有一个地方是养羊的。

到吉安时是中午 12 时许，一行人入住吉安宏雄大酒店，要了三个房间，傅政平一间，周杰与江水岗同住，黄敬定与保安小王一间。

五人在大酒店简单吃了午饭，入房休息。

1 时 30 分，傅政平带周杰和江水岗到吉安县保安总公司参观学习。吉安保安总公司总经理郑成才向傅政平一行介绍了公司的基本情况和运行机制，双方作了交流。

下午 4 时许，他们回到了大酒店。但黄敬定和小王还没有回来。

"我们出去走走吧。"江水岗提议道。

"算了吧。如果黄敬定他们回来，傅经理有事，我们不在，不大好。"周杰劝阻道。

江水岗想想也对，于是两人回到房间看电视。

天快黑时，黄敬定和小王回到大酒店。不知他们干什么去了。

五个人仍在大酒店用餐。

"事情办完了，饭后我们就回去。"傅政平面无表情地说。

周杰没吱声。他就是觉得好奇，自己什么事也没做，事情就办完了。不过他知道，不该问的不问。

晚 7 时一刻，天完全黑了。一行五人坐上车，打道回府。

面包车开过吉安汽车站，马上就要上 368 国道了。前面的车速明显慢了下来，是公安人员在设卡检查。

小王摇下车窗玻璃，伸出头往前看了看说："好像是民警在查酒驾。"

"不对。边上有两个民警握着手枪，查酒驾用得着枪吗？"黄敬定警觉地说。

傅政平点了点头说："大家配合公安检查，不要轻举妄动。"

黄敬定乘人不注意，悄悄将一包东西丢向车外马路边的草丛中。

当检查到周杰乘坐的面包车时，民警先用酒精测试仪让小王吹气。

另一位民警看了看面包车车牌后，突然提高声音命令道："车上的人下车接受检查。"

小王第一个下车，接着是江水岗、黄敬定、周杰、傅政平。

"下车的所有人，用手抱住后脑，排成一队依次接受检查。"民警又威严地命令道。

小王将手伸进左胸，他想将藏在里面的一小包东西丢掉。然而，他的手还未伸进口袋，"呼"！一声清脆的枪响划过夜空，小王应声倒下。

"不要！"情急之下，周杰想去制止，他的手离开了抱着的头。

"呼"！又是一声枪响。子弹穿过了周杰的右胸。

周杰轻轻地哼了一声，就倒在血泊中。

突如其来的枪声打破了寂静的夜晚，也惊住了现场所有人。

两声枪响，两条人命。

负责现场设卡的是吉安县公安局副局长朱纲，他立即指挥现场民警将江水岗、傅政平、黄敬定三人控制住；又走到周杰、小王身边，将手伸到两人的鼻孔处，见两人都还有呼吸，就打了120急救电话。

很快，傅政平、江水岗、黄敬定三人被带到公安局。周杰、小王两人被送到吉安县第一人民医院抢救。

当天下午，吉安县公安局接到线报：有一辆运送毒品的车要经过吉安县去金化，并报告了具体的车牌号。

　　这个举报电话是方德辉打的。自从方德辉进入公司安保部后，他就知道集团公司暗中运送毒品的事，他自己也参加过几次，有时候是送，有时候是接。凡是安保部的人单独出差行动的，基本都是运送毒品。如与其他部门一起出差就不好说了。从上午的情况来看，他判断此次出差仍是接毒品。

　　虽然表面上他与周杰打得火热，但从内心里他觉得他们是两路人，是周杰送他进监狱的，是周杰将他套进麻袋被同伙痛打的，他们有不共戴天的深仇大恨，这不是一两顿酒就能抹平的，酒席上的欢声笑语不过是逢场作戏。

　　只要有机会，他就要阴周杰。这次傅政平没有叫他同行，他觉得是天赐良机，如果能同时除掉周杰和傅政平，不仅报了切骨之仇，而且以后安保部都是他的天下了。可谓一举两得，一箭双雕。

　　下午一上班，方德辉先给黄敬定打了一个电话。

　　"敬定，晚上有空吗？几个兄弟一起吃个饭。"方德辉开门见山地说。

　　"方副经理，我人在外地哈，可能赶不回来吃晚饭。"黄敬定高兴地说。

　　"啊呀，这样太遗憾了。不过，如果你来得及，我们等你。迟一点也没关系，我们一起喝两杯。"方德辉热情相邀。

　　"太谢谢老兄了，但时间说不好，你们不用等我。下次我来安排。"黄敬定感激地说。

　　"那晚上再联系。"方德辉说。

　　"好的，好的。"黄敬定说。

　　方德辉放下电话，他分析周杰他们下午或者晚上一定会返回。

于是他拨通了吉安县公安局 110 指挥中心的电话。

有时间、有地点、有车牌，接到这样的举报后，吉安县公安局高度重视，副局长朱纲亲自负责，周密部署，组织刑侦大队、禁毒大队民警设卡堵截。不承想在检查时开了枪，伤了人。

经搜查，只在小王的左胸口袋中找到三克 K 粉。

枪声也惊动了金化县公安局。

当天晚上，俞龙亭副局长和蔡队副就知道了事情的经过。他们为周杰担心、着急，但他们不能前去看望，也不能暴露周杰的身份。

"要不要告诉周杰的父母？"蔡队副着急地问道。

"要告诉也不应由我们去告诉。"俞龙亭副局长坚决地说。

俞龙亭副局长想了一会儿，拿起手机，拨通了吉安县公安局副局长朱纲的电话。

"朱局，我是金化县俞龙亭。"俞龙亭自报家门。作为都是分管刑侦、禁毒的副局长，他们是熟悉的。

"俞局，深夜来电，一定有重要情况，请说。"朱纲因有许多事情要迅速处理，也就没时间寒暄了。

"朱局，听说你们刚经历了一场遭遇战，抓获了我们县兰江集团的几个人，其中一个受伤的周杰，是我们十分重要的专案对象，希望你们千万要救活他。这个人事关专案的成败，而这个专案是公安部督办的，拜托了。"俞龙亭非常诚恳地说。

一个公安局长为犯罪嫌疑人说情，特别是希望救活他，这是常见的，也不难理解，因为这种犯罪嫌疑人往往身背要案，或者知晓重要线索，他一死，线索就断了，案件也就陷入僵局。这是办案单位不想看到的。

"俞局,我知道了,我尽力而为。不过,他右胸挨了一枪,可能凶多吉少,你们要有思想准备。"朱纲实事求是地说。

"谢谢朱局。如果是医疗资源有什么问题,包括医疗专家,我们可以向上申请。"俞龙亭不忘补充一句。

"好的,我们再联系。"朱纲说。

结束与俞龙亭的通话,朱纲立即拨通了县第一人民医院院长方立宪的电话。

"方院长,我是公安局朱纲。那两个受枪伤的人情况怎么样?"朱纲开门见山地问。

"朱局长,两人正在手术室抢救。从目前情况来看,矮个子左胸中弹,出血量很大。高个子子弹从他的右胸穿过,情况略好一些。两人都十分危险。"方立宪回答。

"方院长,请你们务必抢救他们的生命,尤其是那个高个子,我们十分需要他。"朱纲请求道。

"朱局长,救死扶伤是我们医院的基本职责。你放心,我们一定竭尽全力抢救。"方立宪认真地说。

方立宪放下手机,就向手术室走去。虽然他说院方会尽全力抢救,但就具体的医疗资源配置上还是有区别的。毕竟做手术的医生、麻醉师、护士的技术水平是有高低之分的。

手术正在进行中,临时换医生是不可能的,但增派医生和护理力量是可行的。在手术中既可以讨论,也可以搭把手。

方立宪向周杰的抢救室增派了医疗力量。

经过五个小时的抢救,周杰的手术比较成功,但能不能救回来,还要看他的造化。

手术后 24 小时是关键,就看周杰能不能挺过来了。医院给他派了最好的护理人员。

保安小王终究没能抢救过来。他死在了手术台上。

周杰的父亲周云东和母亲杨芳菲第二天赶到了吉安县第一人民医院。看着在重症监护室里生死不明的儿子，他们百感交集。自己的儿子几个月前还是人民警察，现在却被人民警察用枪打伤了。这是怎么回事？回想儿子这几个月的变化，他们心如刀割。

昏迷了整整三天三夜，周杰终于醒了过来。

吉安县公安局对傅政平、黄敬定、江水岗三人分别进行了审讯，但三人对运输毒品之事推得一干二净，说他们是正常出差，是外出学习交流。至于保安小王身上的三克 K 粉，他们一无所知，是小王的个人行为。

经查证，确实如三人所述。

周杰苏醒后，民警对他作了笔录。对民警的提问，周杰有问必答，实话实说。他确实没有什么可以隐瞒的。

周杰的回答与另外三人的说法如出一辙。

吉安县公安局将四人放了。

周杰回家休养。

在休养期间，兰江集团常务副总经理应成高，安保部经理傅政平、副经理方德辉以及安保部几个中队长都去看了他。

"周杰啊，你是因公负伤，安心在家休息，等伤养好了再来公司上班也不迟。"应成高笑容满面地说。

"谢谢应总和傅经理专门登门看望。"周杰感动地说。

"我们来看你是应该的。这是一万元，你买点好吃的，补补身体。"应成高说着拿过傅政平递上的一只信封交给周杰的母亲。

"谢谢应总的关心。"周杰和他的母亲同时说道。

于大强、宋伟、杨丽、张涛、钱利伟、许前胜闻讯后也到周杰家看望。

"这叫什么事啊?" 于大强看到病床上有气无力的周杰,心中怒气难消。

要说于大强到底气谁,他也说不清楚。当然,他气那位高高在上的领导,气局里相关负责人,气周杰的自作主张、轻率辞职,也气吉安公安局开枪的民警,没有弄清情况,胡乱开什么枪?

见于大强既气愤又心痛的样子,周杰 "嘿嘿" 一笑,他为有这样正直、直率的战友而高兴,但他又不能告诉于大强真相。

"你曾经是个警察,而且还是刑警,怎么会犯这种低级错误?在枪口下不听指令,双手挪动,让警察开枪给打了。" 杨丽不可思议地埋怨道。

"是,杨姐说得对。我当时救人心切,听到枪声,脑子一热,做出了应急反应而忘了规矩。" 周杰气息微弱地说。

"好好养伤。以后做事小心点,不要让我们替你担心。" 杨丽责怪道。

"以后我会注意的。" 面对杨丽的责怪,周杰不仅没有丝毫反感,反而觉得心里暖暖的。

蔡队副不方便上门,他给周杰打了个电话。

"蔡队副,这次是我不小心,犯了错。我向组织和你检讨。" 周杰像一个做错事的小学生,在老师面前接受批评。

"这次是个意外,我们事前没有与吉安县进行沟通。吉安县是临时接到线报,紧急处置。但也暴露了你遇事不够冷静、反应不够准确的弱点。要认真接受教训,举一反三。以后遇到类似的紧急情况,一定要更加谨慎。要牢牢记住,安全是第一位的。" 蔡队副语重心长地说道。

"我一定记住您的教诲。"周杰心服口服地说。

九、里应外合

周杰在家里整整休息了三个月。

清明过后，周杰回到公司上班。他先到自己的办公室转了转，见不像是很久没有人上班的样子，看来已有人替他搞了卫生。然后他来到傅政平办公室。

"傅经理，我来上班了。"周杰抢先说。

"周杰，身体全好了吧?"傅政平关爱地说。

"好了。"周杰本来想说基本好了，但听傅经理问全好了吧，他就把基本两字去掉了。

"好了就好。这几天你好好休息，过两天可能有事交给你办。"傅政平笑呵呵地说。

"有事，请傅经理吩咐。"周杰赶紧表态。

"嗯，嗯。"对周杰的态度，傅政平很满意。

晚上，周杰接到了蔡队副的电话。蔡队副告诉周杰，下午，公安部通报称，据可靠情报，境外贩毒团伙最近将向大陆运送一批毒品，数量可观。

周杰告诉蔡队副今天他去公司上班时，傅政平通知他过两天有事。他们说的事会不会与公安部通报的情报有关?

蔡队副认为很有可能。同时蔡队副觉得，通过上次的枪击事件，周杰的表现获得了兰江集团管理层的肯定，应该通过了对他的考察。接下来他很有可能被允许参与公司重要的事务。

"周杰，春夏之交，境内外毒品犯罪集团很有可能搞大动作，我们一定要提高警惕。你有任何消息，一定要提前报告。"蔡队副叮咛道。

"是。"周杰拿着手机挺直了身板。

这天，周杰刚上班，傅政平将他叫到办公室。

"周杰，明天你跟我出一趟海。"傅政平一改常态阴着脸说。

周杰点点头，没有说话。

"海上风大穿严实些。"傅政平的语气平和了些。

周杰又点点头，表示知道了。

"你为什么不问去海上干什么?"傅政平盯着周杰不解地问。

"去海上干什么，能说你早就告诉我了，不能说我问了也是白问。再说我早习惯了。过去在刑侦大队，每次出任务前，如果领导不说具体任务，我们没有一个人会问的。"周杰如实说道。

"喔，是这么回事。"傅政平笑了。

中午，周杰向蔡队副电话报告了明天要跟傅政平出海的情况。

周杰和蔡队副想见面商量，又担心被人跟踪坏了事。

"周杰，这个情况十分重要。傅政平有没有说从哪里出海?"蔡队副急切地问。

"他没说。他就告诉我明天跟他出海，并叫我多穿衣服。至于还有谁一起走，从哪里走，去干什么，他一概没说。"周杰也觉得掌握的情况太少，有诸多不确定因素，事情棘手。

"你不要泄气，明天走，这是时间，出海是地点。知道了时间和地点，就是非常有价值的情报。虽然范围大，但我们可以做很多工作，并且能有的放矢。"蔡队副从周杰说话的语气中听出了周杰的担忧和对自己不能提供更多更确切情报线索的不满，就鼓励他说。

"进兰江公司后，我留意了公司进出口物资，特别是铁矿石进口的路线。公司的铁矿石大多是从澳洲进口的，通过货轮停靠在东港码头卸货。所以，我们的工作部署是不是要以东港沿海为重点？"周杰提议道。

"你的分析有道理。根据公安部通报的情况，一些走私犯罪团伙会在公海上接驳走私物品到小船上再偷偷上岸。我省出海渔船众多，犯罪团伙很有可能租船伪装成出海捕捞的渔船从事犯罪活动。"

"按照你的推测，接下来的问题是，犯罪分子是从我省沿海靠岸，还是从附近的省市沿海靠岸？"周杰提出了自己的想法。

"这的确是个问题。我想如果你们是从我省沿海出海，租用的一定是我省的渔船，那么在我省沿海靠岸的概率大增。因为每条渔船上都有省份和船号，如果我省的渔船从其他省市靠岸就显得十分突出。同理，其他省市的渔船在我省靠岸也非常引人注目，这是犯罪嫌疑人一定要避免的。所以说，你的行踪十分关键，你的手机一定要开着。出海后，尤其是到外海你的手机会没有信号，这不要紧，重要的是你们从哪里下海。"蔡队副具体分析道。

不得不说，蔡队副的分析推测环环紧扣，逻辑性强，很有道理。

"蔡队副，我知道了，我的手机 24 小时开着。还有一个问题，我省海岸线长，海疆辽阔，部署的警力有限，为了能准确地识别我，请你告诉各参战力量的负责同志，左手戴一串佛珠的人是自己的同志。"周杰为了完成任务，不惜暴露自己，不顾自己的安全。

"也好。我会掌握知情面的。"面对周杰的无私和牺牲精神，蔡队副心里很感动。

"你还有要交代的吗?"周杰请示道。

"遇事冷静，处处小心。"蔡队副送给周杰八个字。

"我记住了。"周杰郑重地说。

"这是我俩初步协商的结果。我要向俞龙亭副局长报告。上级公安机关有什么要求和变化，我会及时告诉你的。"蔡队副脸色凝重地说。

蔡队副随即来到俞龙亭副局长办公室，向俞副局长详细汇报了周杰报告的情况以及他俩的初步设想。俞龙亭听取蔡队副的报告后，二话不说就带着蔡队副到了局长铁建达办公室。

"局长，为了完成省公安厅下达的专案任务，我们在做好面上工作的同时，派刑侦大队的周杰打入了兰江集团内部，要向您检讨的是这件事我们事前没有向您报告，至于为什么没有向您报告，是因为这件事有很大的不确定性，所以就……"俞龙亭说到这里话音戛然而止，他的潜台词是万一打入内线失败，局长可置身事外。

"你的好意我心领了，但是你把我归入不仁不义之列了。"铁建达不满地说。

"是，是，我错了。这事您以后再收拾我。现在要向您汇报周杰提供的最新情报。"俞龙亭说完向蔡队副使了个眼色。

蔡队副向铁建达重新报告了一遍周杰提供的情报以及他与俞龙亭的初步设想。随后三人商量下一步的具体行动方案，达成了几条意见:

一是迅速向北昌市公安局、东江省公安厅报告，请省公安厅向公安部报告。

二是县公安局立即成立专案组，由铁建达局长任组长，俞龙亭副局长任副组长，抽调刑侦大队、治安大队相关部门人员开展专案工作。

三是布置沿海的五个派出所，特别是由原边防派出所改制过来的三个派出所，立即加强对辖区船只，尤其是渔船的排查和查控工作，发现有人租船和外来船只要迅速报告。另外，加强对沿海的巡逻。有海上公安巡逻艇的，在近海开展巡查。

四是请北昌市公安局部署金化邻近县市沿海公安机关开展查控，发现可疑船只和可疑人员，立即扣留审查。

五是请公安部协调在东江省的海警部队出动海警船，加强对东港沿海海域的巡逻和检查。

当晚，公安部禁毒局副巡视员佚新建，省公安厅禁毒总队总队长郑明基、副总队长左敏、一支队支队长陈方立，北昌市公安局副局长王生力、禁毒支队支队长苏信桐亲临金化县指导办案。

根据上级公安机关的指示，蔡队副又拨通了周杰的电话，告诉周杰注意三点。

第一，如果发现海警部队、公安机关、渔政部门的船只，要视情在渔船上制造混乱，以引起海警、公安、渔政部门船只的注意。

第二，要尽力保护好毒品，防止犯罪嫌疑人狗急跳墙，向海里丢掷毒品，毁灭罪证，给以后的办案定罪带来麻烦。

第三，既要防止犯罪嫌疑人员铤而走险，行凶伤人，也要机智果断，转移矛盾，保护好自己。

再过几天就是清明节了。

周杰告诉父母公司要他出差。

"快到清明了,其他公司都放假了,你们公司怎么还要你出差?"周云东疑惑地问。

"这你要去问我们的老总。"周杰笑嘻嘻地说。

"去哪里出差?"周云东不大相信地问。

"去北昌市。"周杰随口扯了个谎。

"去多长时间?清明应该赶得回来吧?"周云东很不舍地问道。

"不知道。快的话一两天,慢就不好说了。你们以为我愿意出差啊,公司要我去,我也是没有办法。谁不想在清明节去祭奠死去的亲人?"周杰深情地说。

听周杰这么说,母亲杨芳菲的眼圈红了,她知道周杰是个孝顺孩子。

"早点回来,爸妈等你回来一起给外公外婆扫墓。"杨芳菲红着眼睛说。

"知道了,妈。"周杰强颜欢笑地说。

周杰赶到公司,公司喧闹依旧。

周杰的随身行李很简单,只有一个背包,内装洗漱用品加一件毛衣。

傅政平的行李同样是一个背包,另带两只超大的银白色金属质的航空箱,箱内装满了东西,看上去非常沉。

周杰估计里面应该是现金。

这次出差的是四个人,傅政平、周杰、黄敬定和保安小李。保安小李在部队里当过特种兵,是公司特招的。

保安小李将两只航空箱搬到面包车的后面,他自己坐在车内看管。

　　下午3时，车从公司出发，由保安小李驾驶。车到金化县靠海的一个小山村西皇村时是傍晚5时许。西皇村有五十几户人家，三面环山，只有南面朝海。村里大多是渔民，靠捕鱼为生。

　　傅政平一个人下了车，约莫一刻钟后，傅政平回来了，跟在他后面的是一个50来岁的男人，中等个子，精瘦，脸上的皱纹像刀刻一般，是长年累月风吹日晒导致的。

　　傅政平招呼大家下车，跟着那个男人走。黄敬定和保安小李一人提一只航空箱。

　　走了20多分钟，来到了海边，一个简易的码头边停靠着一只渔船。

　　四人小心翼翼地上了船。船上有四个渔民，各自忙活着。领路的男人是船老大。

　　船是常见的普通渔船，长10多米，200多匹马力。

　　他们上船后，船就开了。船是柴油船，船屁股上冒着青烟，柴油味很重。

　　四人坐在一个较大的舱内。不一会儿，50来岁的男人端来了一些饭菜，是在船上做的。四人随意吃了些。

　　船朝东南方向开去。此时，天已完全黑了。四周一片寂静，只有海浪拍打船舷的声音，枯燥而又单调。

　　一个小时以后，船一上一下强烈摇摆起来，应该到了外海。周杰和黄敬定禁不住船的颠簸，剧烈地呕吐，像要把胃吐出来一般。

　　傅政平和保安小李两人面不改色心不跳，淡定自如。

　　船继续在一片漆黑的漫无边际的大海上行驶。

　　呕吐使周杰浑身难受，吃了晕船药也毫无用处，他已分不清东南西北。

大约又开了六个小时,傅政平从背包里拿出一个卫星电话,按了几个数字。

电话接通。

"张老板,你好!你的船到了什么位置?"傅政平恭敬地说。

"傅先生,我的船已到了指定位置,你们来得太迟了。"电话那头传来一个颐指气使的声音。

"对不起,张老板。请报一下具体位置,我们立即赶过来。"傅政平低三下四地说。

"东经122.33度,北纬31.24度。"电话里又传来一个不太耐烦的声音。

船老大驾驶船舵开足马力朝那个方向驶去。

不一会儿,在船的前方出现了一个亮点,然后亮点越来越大,20分钟后,渔船靠近了一只大船。

大船放下栏杆,傅政平和周杰一起爬上大船,被带到一个宽敞的房间。

"张老板,你好!"傅政平笑着向一个矮小的男人打招呼。

那男人40多岁的样子,梳着大背头,油光锃亮,嘴上叼一支硕大的雪茄烟,架子十足。他的身后是六个人高马大的保镖。

"傅先生,你们终于到了,白白让我们等了40分钟。"矮个子男人不屑地说。他看起来像一个东南亚人,却操着一口熟练的汉语。

"张老板,很抱歉,是我们来迟了。"傅政平谦恭地说。

"东西带来了吗?"矮个子男人轻轻哼了一声。

"带来了。货呢?"傅政平的脸笑成了一朵菊花。

　　男人打了一个响指，一个保镖打开船舱的一个柜子，从里面拿出一只行李箱放到傅政平面前。

　　傅政平从行李箱里拿出一包黄色方形的东西，撕开包装纸，用手沾了一点放到嘴边尝了尝，满意地点点头说："非常纯正。"

　　随后傅政平走出船舱，向渔船做了个手势，从大船上又放下一条绳索，黄敬定和保安小李将两只金属箱一前一后吊了上去。

　　傅政平和周杰将两只箱子搬进船舱。一个保镖打开两只金属箱。

　　小个子男人一看全是现金，双眼放光，连说："OK。"

　　傅政平一个眼神，周杰会意地点头，从地上拿起行李箱。

　　"张老板，合作愉快，后会有期。"傅政平与小个子男人告别道。

　　"合作愉快，大家发财。"小个子男人终于露出一丝笑容。

　　周杰将行李箱用绳索从大船吊下，黄敬定和保安小李在下面接应。

　　两个渔民拿着橡胶防撞护舷在船边，防止大船与渔船碰撞，船老大手握船舵，使渔船与大船保持平衡。另两个渔民站在渔船上看，他们似乎经常干这种事，早已习以为常了。

　　傅政平和周杰重新回到渔船上。傅政平将行李箱藏在渔船暗格内。两个渔民将早已准备好的几箱鱼货放在暗格上面。

　　渔船即刻返航。

　　渔船航行了四五个小时后，东方已渐渐露出鱼肚白。从时间上算，应该快接近海岸线了。

　　傅政平和周杰从船舱走到船头，举目远望。望着望着，他俩同时发现有一条船正向渔船驶来。来船越来越近，他们终于看清，那是一条海警船。

傅政平双眉紧锁。周杰心中暗喜。

"东渔 37056 号渔船注意，请接受检查。"海警船上的高音喇叭突然响起。

渔船顺从地停了下来。两条船靠近后，从海警船上跳过来六个海警官兵。带头的是一个挂着一杠三星的上尉。

"海警同志，你们有什么事？"船老大强装镇定赔着笑问道。

"例行检查，请你们配合。"上尉公事公办地说。

几个海警在船上察看。

"你们是哪个村的？"上尉问。

"我们是北昌市金化县西皇村的。"船老大答。

"你们渔船上的鱼货为什么这么少？"上尉露出怀疑的目光问。

"这次出海运气不好，我们没捕到什么鱼。"船老大用早已想好的理由回答。

"那几个人是干什么的？他们不像是渔民。"上尉指了指傅政平、周杰和黄敬定。

"领导眼光厉害，他们三个从来不知道怎样捕鱼，是来体验捕鱼生活的。"船老大搪塞地回答。

"马上就是清明了，这时出来体验渔民生活，骗谁呢？"上尉十分不屑地看了船老大一眼。

"海警同志，我们趁着公司放假，利用两天时间，确实是来体验渔民生活的。"周杰上前说道，说完他用左手理了理自己的头发。

上尉注意到了他左手腕上戴着的一串佛珠。上尉瞬间什么都明白了。他想起了出发前，海警支队领导对他们各小组负责人说的话:"在嫌疑对象中有一个左手戴佛珠的人是自己的同志。"

"你们是哪个公司的?"上尉不动声色地问。

"我们是金化县兰江集团公司的。我们是国有控股公司。"周杰把"国有"两个字咬得特别重。

海警战士在渔船检查中没有发现可疑物品。

"没有多少鱼货,在清明期间到海上体验生活,鉴于你们疑点重重,请跟我们回港,接受进一步的调查。"上尉下令道。

"海警同志,我们是正当的渔民。你们不能影响我们正常的生产和生活。"船老大还想解释,不料上尉二话不说,就命令战士们将渔船上的所有人带到海警船上,用一根绳索拖着渔船返航。

一个多小时后,海警船安全回到海警军用码头。

事情很快水落石出。专案组成员在渔船暗格的行李箱里搜出毒品海洛因 42 公斤。缴获毒品海洛因数量是今年以来全国第一,是东江省历年之最。

傅政平、黄敬定、保安小李被悉数刑拘。幕后老大兰江集团常务副总经理应成高也被捉拿归案。

经过审讯,四名犯罪嫌疑人对走私毒品犯罪供认不讳。傅政平还交代了公司公关部经理尤曼莉意外发现他们走私贩卖毒品,被他们杀人灭口后抛尸水库旁的犯罪事实。

至此,一个以国有集团公司为掩护,大肆进行毒品、矿石走私的犯罪团伙被连根拔起;一条从公海接驳到岸上,通过北昌到全国的毒品秘密通道被彻底斩断。

公安部向东江省公安厅、北昌市公安局和金化县公安局发来了贺电。

央视对此做了报道。央视评论员指出,兰江集团重大走私毒品、矿石并杀人一案，深刻揭露了资本的实质，资本来到世间，从头到脚，都流着血和肮脏的东西。这完全印证了马克思的那句名言：如果有 10% 的利润，它就保证到处被使用；有 20% 的利润，它就活跃起来；有 50% 的利润，它就铤而走险；为了 100% 的利润，它就敢践踏一切人间法律；有 300% 的利润，它就敢犯任何罪行，甚至冒绞首的危险。不过，肮脏的资本在英勇无畏的公安民警面前露出了它本来的面貌。

一时间周杰成了名人。

方德辉知道事情真相后，牙根咬得咯咯响。

第六章　出生入死

一、汽车在行驶中爆炸

6 月，荷花开了，远远就能闻到一股淡淡的清香，沁人心脾。荷花的色，艳丽而不妖。荷花的香，清幽而淡雅。荷花的姿，苍古而清秀。

周杰十分喜欢荷花，因为它出淤泥而不染。此刻，他正望着公安局前面小湖上成片的荷花而出神。

这段时间是周杰参加工作以来过得最舒心的日子。绷了几个月的神经，在圆满完成任务后，彻底放松下来，他感到从未有过的轻松。在完成任务的那一刻，一种莫名的情绪充满全身，他说不清是一种什么感觉，这种感觉是从来没有过的，比考上警察学院，比分配到公安局，比与心爱的女友在一起，都要好。这就是人们常说的幸福吗？周杰不知道，也说不清。要说打个比方，就像在战争电影里，周杰与战士们一起，经过浴血奋战，生死较量，终于将鲜红的战旗插上敌人的山头，望着漫山遍野冲上来的战士，高呼着我们胜利了，指战员举枪庆祝，战友们紧紧拥抱，喜极而泣。就是那样的感觉。周杰还没有经历过洞房花烛夜和他乡遇故知，所以他不知道那种感觉。但无论如何有这种感觉和体验，他觉得做人值了，这是许多人根本无法体会到的。

周杰的父母知道儿子是因为去当卧底而辞职后，百感交集，对儿子既爱又恨。

母亲用拳头不断地捶打周杰的肩膀，讷讷地说："臭小子，你把我们害苦了。"

"妈，对不起，原谅儿子不能对你和爸说实话。"周杰柔声说。

"好儿子，爸妈为你感到骄傲。"两行泪水从母亲杨芳菲的眼中滚落。

周杰重新回到刑侦大队，大伙高兴极了。

于大强对着周杰的左胸就是一拳，周杰假装受伤状。大家一惊，因为周杰胸部受过伤。

周杰"哈哈"一笑，大家才明白过来，是周杰使坏。欢乐的气氛更浓了。

杨丽过来当着大家的面轻轻地拥抱了他一下："欢迎归队。"

周杰的脸红了："谢谢杨姐。"

张涛、宋伟、钱利伟、许前胜都过来与周杰握手。

周杰前往顾大队长、蔡队副、应教导员办公室报到，大队领导给予了他充分的肯定和鼓励。

接下来的几天，周杰好事不断。

因在侦破兰江集团特大走私毒品、矿石案中表现突出，周杰被公安部荣记一等功，专案组荣立集体一等功。

周杰的入党问题也顺利解决。他终于成为一名光荣的中国共产党预备党员。

次日凌晨 2 时许，刑侦大队众人被局指挥中心的电话叫醒了。群众报警，一辆汽车在郊区金星路发生爆炸，有人员受伤。

警情就是命令。在蔡队副的带领下，张涛、于大强、周杰、宋伟、钱利伟立即乘车向现场出发。

时间回到一个小时前。一辆五菱荣光七座面包车刚刚驶到金星路中段，突然火光一闪，一声巨响，司机和坐在副驾驶室的一个女子被当场炸昏。因为爆炸发生突然，司机的脚还踩在油门上，被炸得支离破碎的面包车在暗夜中横冲直撞。被炸昏的女子突然醒来，看见自己坐着的面包车正朝一辆大货车迎面撞上去，她下意识地一把抓过方向盘，向右一打，躲过了大货车，救了两人的命。面包车跌跌撞撞又向前跑了二百多米，直到撞在一棵大树上才完全停下来。

刑侦大队赶到现场时，天还没有亮。赶紧救人。120 救护车随后赶来，将两名伤者送去医院抢救。

城关派出所所长和民警赶到后，在现场拉起警戒线，防止无关人员进入。

铁建达局长、俞龙亭副局长、顾天雄大队长也火速赶到。

天渐渐亮了。爆炸现场破碎、零乱，并不固定和集中，给现场勘查带来很大的困难。

蔡队副和张涛在现场细致地寻找，反复勘查。他们发现并提取了零碎的电池、被炸飞后落在地上的衣服碎片等。在现场周边不远处，又发现了一些塑料残片。在塑料残片的旁边还有一段不起眼的残线。

由于是爆炸案件，在金化县历史上十分罕见。北昌市公安局刑侦支队副支队长程天虎、痕迹专家许柏勇到现场指导。

"2·25"爆炸案专案组迅速成立。

经查，司机叫胡华明，29 岁，是金化县前缘饭店老板，是五菱荣光面包车的车主。副驾驶坐的女子叫林虹丽，27 岁，是胡华明的未婚妻。

于大强和周杰在现场访问中获悉，胡华明在案发前一天晚上，和未婚妻林虹丽等四个人在一起搓麻将。到次日凌晨 1 时多，其中一个朋友说身体不适，就不搓了。大家起身回家，因为其中一个朋友与他们的出租房住的近，他们就捎带上他。胡华明开车，一路无异。将朋友送到家后，他们开车回家，就在离他们出租房几百米距离时，汽车突然爆炸。

当晚，专案组对案件进行专门研究。

关于案件性质，大家进行了充分的讨论，认为财杀的可能性不大。胡华明开的是一个小饭店，面积不到 100 平方米，住房是租的，开的面包车是低档次的；打麻将的输赢也不大，一个晚上最多 200 元至 300 元。他的经济状况不是很好。

至于是情杀还是仇杀，都有可能。情杀？胡华明原来结过婚，因感情不和而离婚。林虹丽在跟胡华明之前，谈过两个男朋友，均是不欢而散。仇杀？可能是因情而起，也可能是因矛盾纠纷而起。胡华明除了与前妻有矛盾，与他原来的生意伙伴也有纠纷。

作案手段，爆炸杀人是不容置疑的。炸药是黑色炸药，炸量约 0.5 公斤。黑色炸药的威力比 TNT 差许多。如果换成 TNT 炸药，两人肯定性命难保。

引爆方式，包括定时爆炸、遥控爆炸、拉发式爆炸。这是一个比较专业的问题，也直接关系到对诸多问题的认定。

有人提出引爆方式是拉发式的。因为拉发式相对容易，能准确针对特定目标，也不会伤及无辜。现场没有发现遥控或者定时装置。

蔡队副听后摇摇头说："据我判断是遥控爆炸，为什么说是遥控爆炸呢？犯罪嫌疑人投放和引爆应该都在现场完成，要么在那儿等着，要么就开车跟着。现场发现有电池、有塑料片，有一节残线，经我仔细观看，应该是天线。这些东西完全可以成为遥控装置。如果是定时爆炸，在这个时间点，目标可能在，也可能不在，有很大的不确定性。这起案件，犯罪嫌疑人一定是冲着人来的，目标很明确，跟被炸的人有关系，这个人与伤者之间是认识的。这个人熟悉伤者的住地和生活及活动规律，就在爆炸现场守着。而遥控爆炸就是奔着人来的。爆炸时间就是作案时间。可能是犯罪嫌疑人亲自作案，也有可能是雇佣别人作案。这个人不仅懂得电路方面的知识，还懂得无线电技术。"

市公安局刑侦支队痕迹专家许柏勇完全同意蔡队副的分析和判断。

案件范围，鉴于爆炸案件多系熟人作案，就围绕伤者认识的人、周边的人，特别是与伤者有因果关系的人展开侦查。

二、两对男女

经过层层梳理，专案组焦点最终聚集在胡华明的前妻林梦茵身上。

林梦茵，26 岁，身高一米六六，亭亭玉立，粉嫩的瓜子脸上闪着一对黑溜溜的大眼睛，长得非常标致。林梦茵虽然人长得出挑，但家里条件很不好，父母早早下岗，一个妹妹患尿毒症，家里欠了一屁股的债。所以,她嫁给了各方面条件都很一般的胡华明后,心有不甘。

胡华明、林梦茵两人婚后感情不算好,但也不算坏。案发一年前,林梦茵因耐不住寂寞,有了外遇,被胡华明发现后,他开始对林梦茵不是打就是骂,拳打脚踢是家常便饭,后来更发展到性虐待。而胡华明为了报复林梦茵,也在外面找女人,回到家后变本加厉折磨林梦茵。林梦茵不堪忍受,多次提出离婚。两人离婚后,胡华明仍经常回来打骂林梦茵。在两人离婚期间,胡华明开了饭店,林梦茵因一心想要摆脱婚姻,没在家产上做过多纠缠。但离婚后,林梦茵发现自己在财产上吃亏了,又想要这家饭店,胡华明对此嗤之以鼻,叫林梦茵趁早死了心。林梦茵对胡华明恨之入骨,有报复的动机。

专案组据此将林梦茵列为重要对象。

次日上午,于大强和周杰将林梦茵叫到县公安局办案区。

"林梦茵,今天的问话,希望你实事求是地回答,任何的谎言都会对你产生不利,明白吗?"于大强严肃地说。

"明白。"

"胡华明是你前夫,对吗?"

"是的。"

"他被炸伤了,你知道吗?"

"听说了。"

"你们在婚姻存续期间经常吵架,他经常打你,是吗?"

"是的。"

"你希望他死吗?"

"是。不,我不希望他死。"

"到底是希望还是不希望?"

"不希望。"

"你前天晚上在哪里?"

"在家里。"

"一直在家里? 中途有出去过吗?"

"没有。"

"有谁能证明?"

"我父母,我离婚后就跟父母住在一起。"

"你没有重新成家?"

"没有。"

"有男朋友吗?"

"有。"

"介绍一下你男朋友。"

"他叫方德辉,31 岁,兰江集团员工,住在城信路 37 号 13 幢 2 单元 202 室。"

"他前天晚上在干什么?"

"我不知道。"

"你们没通过电话?"

"通过。"

"说了什么?"

"就是互相问候了一下。"林梦茵的话吞吞吐吐起来。

"到底说了什么?"于大强提高了音量。

"他说要去南京一趟。"林梦茵恢复了平静。

"这次事情是不是你做的,你老实坦白,我们会从宽处理的,毕竟人没有死。"于大强开导地说。

"不，不，不是我做的，我对爆炸根本不懂。"林梦茵连忙否认。

"把你的手机拿出来，给我们看一下。"于大强道。

林梦茵不情愿地从口袋里摸出手机，周杰一把拿过来，走出办案区，交给刑侦大队情报信息科的民警处理。

从林梦茵的手机中发现，案发前一天晚上 10 时左右，其与手机号为 131×××× 6327 的人通话 7 分钟，次日凌晨 1 时 11 分，又与这个手机号通话 2 分钟，而这个时间正是爆炸案发生前后。

经查，这个电话号码的机主是林梦茵的男友方德辉。

方德辉很快被带到公安局办案区。方德辉来过公安局办案区几次，他对这里的环境很熟悉，所以当他面对宋伟和钱利伟时很镇静。

"方德辉，林梦茵是你女朋友吧?"宋伟单刀直入地问。

"是的。"方德辉肯定地回答。

"前天晚上你有没有与林梦茵见过面?"宋伟不动声色地问。

"没有。"方德辉很干脆地回答。

"有通过电话吗?"宋伟淡淡地问。

"通过。"方德辉镇定地回答。

"通过几次? 说了什么?"宋伟追问。

"通过两次，就是随意聊了几句。噢，我告诉她近两天我要去南京谈生意。"方德辉想了想后回答。

"林梦茵的前夫胡华明你认识吗?"宋伟转了一个话题。

"不认识。"方德辉不假思索地回答。

"前天晚上，你在干吗?"宋伟的双眼紧盯着方德辉的眼睛，似乎要从方德辉的眼睛中发现什么。

"我与几个朋友在一起打牌。"方德辉的眼神闪烁起来,隐约有一丝不安。这些都没有逃过宋伟的眼睛。

"在什么地方打牌?朋友叫什么名字?"宋伟接着问道。

"在一个朋友家里,朋友名字叫崔文友,住在光明街 69 号。另两个一起打牌的叫陈翔和方铁强。"方德辉面不改色地回答。

"方德辉,你要对你所说的每一名句话负责,你所说的都是实话吗?说谎和作伪证是要负法律责任的。"宋伟厉声说。

"我对我所说的每一句话负责。"方德辉镇静地回答。

"你近期不能离开金化,我们有事会随时找你的。"宋伟强调道。

"明白。"方德辉回答。

钱利伟把做好的笔录让方德辉签字画押。

随后宋伟和钱利伟迅速赶到光明街 69 号,找崔文友核实情况。

令宋伟和钱利伟诧异的是崔文友对此矢口否认,说方德辉所说的纯属子虚乌有。崔文友还提供信息说,方德辉事前交代过他,如果公安局来调查,就说他在他家打牌。

方德辉为什么要说谎?他的嫌疑在增大。

经深入调查,方德辉熟悉雷管炸药。

专案组将方德辉列为重大嫌疑对象。然而,此时方德辉却下落不明,在金化县人间蒸发了。

专案组分析后认为,如果方德辉是犯罪嫌疑人,那么林梦茵很有可能共同参与作案,起码是知情者。

林梦茵再次被带到公安局办案区。

"林梦茵,你上次有不少问题没有说实话。"于大强一上来就指责林梦茵。

"我哪些地方说谎了?"林梦茵不甘示弱地回击。

"你自己说过的不清楚吗?"于大强要牢牢掌握讯问的主动权。

"我不清楚。"林梦茵翻了个白眼说。

"案发前一个晚上,你与你男朋友的通话内容,你说你有没有说谎?"于大强漠视地说。

"我说的是事实。"林梦茵强词夺理地说。

"凌晨 1 点钟还相互问候,你当别人都是傻子?"于大强鄙夷地说。

"你们爱怎么想就怎么想,我们就是互相问候。"林梦茵蛮不讲理地说。

"你要老实说,早说早主动。"于大强开导说。

"我没有什么好讲的。"林梦茵一副死猪不怕开水烫的样子。

之后于大强和周杰无论问什么,林梦茵都拒绝回答。

审问陷入僵局。

鉴于方德辉下落不明,为了防止林梦茵逃跑和毁灭证据,专案组对林梦茵实施了刑事强制措施。

林梦茵被送进金化县公安局看守所女子监区,所谓女子监区,就是在看守所专门划出几间房子关押女性犯罪嫌疑人。

与林梦茵关在一起的是一个 40 来岁的妇女,叫孙爱英,进来前经营一家杂货商店。她是一个"自来熟",对林梦茵嘘寒问暖,关心备至。

孙爱英看了一眼林梦茵说:"因为什么事进来的?看你左顾右盼的眼神,一定是因为男人进来的吧?"

林梦茵瞪了孙爱英一眼,没有回话。

"你不说不要紧，你知道我是因为什么事进来的?"孙爱英满不在乎地说。

林梦茵摇摇头不出声。

"你不知道是自然的，因为我们不认识，可你有没有听说过最强捉奸的事?"孙爱英侧着头问道。

林梦茵点点头。这件事林梦茵听说了。不久前，一个妻子为了报复出轨的丈夫，将家中的润滑剂换成强力胶，结果其丈夫使用后，与小三紧紧地粘在一起，脱不开身，无奈出轨双方赤身裸体互相紧贴着被救护车送进医院进行治疗，医院费了九牛二虎之力才将他们分开。此事在金化县被传为天大的笑话。

"我就是此事的女主角。"孙爱英说。

林梦茵惶恐地看向孙爱英，仿佛看着一个怪物似的。

"敢大着胆子背着我偷女人，我在店里忙里忙外，他们倒在家里逍遥快活，世上有这等好事? 额外的快活必须付出对等的代价。"孙爱英的语气中已明显带有杀气。

林梦茵不敢小看孙爱英了。

过了一段时间，监室里又来了一个与林梦茵年龄相仿的女人瞿玲玲。

这个女人不简单，她其实就是杨丽。

根据俞龙亭副局长的提议，为了尽快查清案情，突破林梦茵的口供，决定派杨丽与林梦茵同住一室，里应外合，搞清全案。

俗话说，"三个女人一台戏"。瞿玲玲性格骄傲，进来后不怎么说话，每天就在报纸上写写字，写的都是自己案子的情况。大致是说她的男人在外面有了女人，回来总打她……

"又一个被情所困的女人。"孙爱英冷嘲热讽地说。

林梦茵对瞿玲玲产生了同情，也勾起了自己的隐痛。林梦茵主动问瞿玲玲具体是怎么回事。瞿玲玲就痛哭流涕说起来，说自己怀孕那段时间男人在外面有了外遇，开始不好好过日子了，经常回来打骂她一顿，还动手打孩子，她一气之下毒死了男人。

瞿玲玲说："我不想死，我死了以后孩子谁管呢？我怎么办呢？我也不知道。可是我杀的是坏人……"瞿玲玲说完已是泣不成声。

林梦茵搂着瞿玲玲的腰，若有所思。

三、埋在爆炸现场的一颗地雷

爆炸案发生后两个多月，在离爆炸现场约 800 米的一家名叫清翠茶室的店又发生了爆炸。清翠茶室临街，面积 60 多平方米，装修得古色古香，过去生意一直不错，近年来受疫情影响，生意冷清许多，所以晚上早早关门歇业。

爆炸发生在凌晨 3 时许，所幸没有人员受伤。但茶室内被炸得面目全非。

俞龙亭副局长、顾大队长、蔡队副、张涛、许前胜、于大强、周杰、宋伟等刑侦大队的相关人员悉数到场。

现场勘查以张涛和蔡队副为主，许前胜负责拍照，钱利伟打下手。

茶室收银服务台被炸得最厉害，货架倾斜，桌椅倒地，茶杯碎片飞散，各种茶叶满地皆是，现场一片狼藉。

在过道上横躺着一把椅子，椅子下有一只电茶壶。拍完照，仔细看了一下后，张涛把椅子搬到旁边。当他弯下腰，拿起电茶壶察看时，突然电茶壶下冒出一股烟雾。不好！当蔡队副发现时已经来不及了。

"轰"的一声，电茶壶发生爆炸，张涛倒在血泊中。蔡队副手臂和许前胜腿部被炸伤。钱利伟因离得较远，没有受伤。

事情发生得太突然，大家一时都没有回过神来。

张涛、蔡队副、许前胜被警车紧急送到医院抢救。张涛被送到医院前已无生命体征。

医生对他进行一番检查后宣布死亡。

很显然，这是犯罪嫌疑人蓄谋所致。这种犯罪行为，就是冲着公安机关来的，这在金化县、北昌市乃至东江省史上都是绝无仅有的。

这起爆炸案惊动了各级公安机关，公安部、省公安厅都派出专家和相关负责人到金化县指导破案。

是蓄意报复，还是为了转移视线？或者两者兼而有之？

专案组进行了认真讨论。经初步调查，据清翠茶室店主反映，他与人没有大的矛盾，生意上也没有纠纷，茶室突然被炸，他在心惊肉跳之余，感到匪夷所思。

如果爆炸与清翠茶室无关，那么针对性就很明确了。

经检验，两起爆炸案的炸药成分是一致的，都是黑炸药，作案时间都在凌晨。考虑到林梦茵被公安机关关押在看守所，方德辉下落不明，方德辉的作案嫌疑进一步增大。专案组决定对两案实行并案侦查，加快追查方德辉的下落，同时加大对林梦茵的审查力度。

公安部刑事侦查局专家沈全忠最后指出，同志们对案件的分析、推理和判断都是从客观实际出发的，侦查方向是正确的，侦查措施是有力的，对专案组的决定完全同意。需要强调的是，以后同志们在勘查爆炸案件现场时，一定要注意两点。

一是对爆炸现场的物品不能轻易移动。随着改革的深入和时间的推移，社会矛盾增多，不稳定、不确定因素大量存在，仇富、仇官、仇警的大有人在，犯罪嫌疑人越来越阴险狠毒，作案手段越发高明。这次现场的电茶壶其实就是犯罪嫌疑人埋的一个地雷，当张涛搬动电茶壶时，就拉动了爆炸引线。犯罪嫌疑人针对的目标就是警察，危害十分严重，教训十分深刻。所以，在爆炸现场勘查的所有同志，一定不能轻易搬动、移动现场的所有物品，一定要小心翼翼，反复观察，细致琢磨，用照片、视频固定，在确定没有危险后，方可移动和提取。

二是在勘查爆炸现场时，一定要屏蔽现场电子信号，就是要开启电子信息干扰仪，防止犯罪嫌疑人遥控爆炸，制造二次危害。大家一定要把情况想得复杂一些，把可能的危害估计得足一些，把准备工作做得细一些。

到底是公安部专家，看问题就是深刻和尖锐，提出的要求贴近实战，十分实用。他的讲话深得大家的认同。

四、机智突破

过了一段时间，林梦茵与瞿玲玲慢慢熟悉了。有一天，林梦茵对瞿玲玲说："我的事跟你相似，我男人也是在外面有了女人，回家老打我。离了婚，我一个人带着孩子，但是他还老纠缠我。"

"你也把他毒死了？"瞿玲玲惊讶地问。

"不是你那个法儿，人没死，但跟死了差不多，人全废了。但不是我干的。警察一直追问我，我都没敢告诉警察，我更不知怎么办好。你说，坦白了就真的没事了吗?"林梦茵摊开双手说。

"我是一个快要死了的人，你愿意听我说吗?"瞿玲玲不紧不慢地说。

林梦茵点点头。几个月下来，原来很有主意的她，也慢慢变得六神无主了。

"不瞒你说，我毒死我男人，做了精心准备，我不想死，我还要抚养我女儿。我用了半年时间，在他的胃药里放了一种无味的砒霜，每次都放一点点，半年后他因慢性中毒而死去。我已经很小心了，但不幸的是，我还是被警察查了出来。你的事瞒不了，因为你已经在这里了。又不是你干的，何必给别人背黑锅呢? 况且他又没把人弄死，肯定不会判死刑。你犯不着在这儿受苦受罪。依我看，早说早主动，早说早解脱，你说是不是这个理?"瞿玲玲层层引导说。

林梦茵听后神思恍惚，若有所悟，她的心动了。

杨丽乘办案人员提审之机把林梦茵的情绪变化传了出去。

于大强和周杰加大了对林梦茵的审讯力度，给她讲法律、讲政策、讲爱情、讲亲情，林梦茵的心理防线终于被突破，她开口了。

这件事的确与林梦茵和方德辉有关。两人是初中同学，中学时，方德辉还是个青涩的男生，曾追求过林梦茵，但林梦茵并没有接受。多年后，在中学同学聚会上，两人重逢。

当方德辉问起林梦茵过得好不好时，林梦茵任性地把胡华明的诸多不好一股脑地倒给了方德辉。

林梦茵声泪俱下的哭诉，让方德辉的心很疼。

方德辉试探地说:"胡华明这么不地道,让我帮你治治他。"

此时的林梦茵对胡华明恨之入骨,听到方德辉肯为她出头撑腰,欣喜地点头同意。

林梦茵见有人疼她,渐渐地跟方德辉走得近了,一来二去,两人双双出轨,住到一起,时常出双入对地一起游玩。

过了一段时日,方德辉为了讨好林梦茵,不怀好意地说:"胡华明这小子既然这么坏,我们干脆把他做了吧。"

林梦茵听说要杀人,不免有些胆怯。

"你不用怕,一切有我呢。由我来教训他。"方德辉信誓旦旦地说。

两人开始商量怎么实施。说到后来,方德辉提议道:"干脆爆炸吧,一炸,人一飞,东西一处理,公安局也破不了案。"

听说公安局破不了案,林梦茵鬼使神差地同意了。

方德辉准备了一段时间。他首先托人以炸鱼为名买了炸药,那人用暖水瓶把炸药包装运过来。方德辉又买了玩具小汽车,把小汽车上的遥控器拆下来。之后两人在林梦茵外公家的一间空房做了实验。为了确保成功,两人到室外又做了一次实验,把炸药放到石头上,石头都被炸飞了。

接下来,他们开始寻找动手的机会。

在林梦茵的指点下,方德辉认清了胡华明的面包车,还知道胡华明有一帮固定的麻友。

案发前一晚,胡华明去搓麻将,把车停在路边。方德辉就把炸药放到他车底下。方德辉本来打算放一管炸药,但怕威力不够,就多加了一管。林梦茵是想教训胡华明,方德辉却想送胡华明上西天。放好炸药后,他就骑摩托车在一边等着。其间,他给林梦茵打了电话，说今天晚上要给胡华明一点颜色看看。

当他跟着胡华明，看到车子爆炸后，他又打电话告诉林梦茵事情成了，叫林梦茵把剩下的炸药全部倒进抽水马桶里。林梦茵照做了。

五、垂死挣扎

方德辉去哪里了？追捕方德辉成为专案组的当务之急，也成为金化县公安机关的第一号任务。

视频侦查、技术侦查、合成侦查，各种侦查措施全部跟上。大街小巷贴满了方德辉的照片。但是，方德辉善于伪装，反侦查伎俩极强，抓捕工作没有实质性进展。

又一个星期过去了，专案组成员心急如焚。正当大伙束手无策时，这天凌晨0时许，局110指挥中心接到一个群众报警：十分钟前，一名犯罪嫌疑人在金化县五常乡岩山村抢劫一家杂货店的现金和食品。该犯罪嫌疑人很像公安局通缉的方德辉。

这几日，时常有群众打电话举报发现方德辉，但经查证都被否认了，不过公安机关对此的原则是宁可信其有，不可信其无。

接到报警，于大强、周杰、宋伟三名专案组成员迅速出发，汽车由辅警小夏驾驶。

县城离岩山村有117公里，两个小时后，警车从县道驶入岩山村土路。当车辆减速驶入村口时，突然从车后传来一声巨响，一堆夹着浓烈硝烟的泥土炸向空中后像天女散花般纷纷落下，一股巨大的气流冲向警车，警车猛地一个趔趄后向前扑在地上不动了，车子差一点儿就翻到落差两米的田里。

于大强和周杰踉踉跄跄地从车上下来，走到车后查看，用手电筒一照，只见路面被炸了一个大坑。他俩不由得倒吸一口冷气。

只差一秒钟！如果炸药提早一秒钟起爆，警车将被炸得粉身碎骨，车上的四个人肯定光荣了。

警车后保险杠被强大的气浪冲击成"凹"字形，坐在警车后排的宋伟被气流掀翻在地，直不起腰。显然他受了内伤。

又是遥控爆炸。犯罪分子应该就在附近。于大强和周杰清醒过来，立即机警地向四周搜查，但四周漆黑一片，除了早春的风声，他俩什么也看不到。

于大强立即向顾大队长和俞龙亭副局长报告。

经查证和比对，那个假报警电话就是方德辉本人打的。很显然，他就是想炸死调查的刑侦人员。

鉴于五常乡岩山村地处偏僻山区，交通不便，俞龙亭副局长迅速部署与五常乡交界的周边地区封锁交通通道，切断五常乡尤其是岩山村与外面的交通联系。

五常乡的干部和民兵也被迅速动员起来。

天渐渐亮了。

铁建达局长、俞龙亭副局长、顾天雄大队长和蔡队副赶到了岩山村。从县城出来，进入五常乡，他们看到了设卡堵截的民警。

从时间上判断，犯罪嫌疑人应该没有逃出包围圈。从案件性质分析，犯罪嫌疑人丧心病狂，针对的是公安民警，搜捕工作十分危险。

岩山村三面环山，正面被封锁后，犯罪嫌疑人极有可能上山隐藏了。

全县 500 多名公安民警，除值班的以外，全部被调到岩山村。

北昌市武警支队的 200 名武警指战员也赶到岩山村。县武装部组织了 500 名民兵配合公安、武警行动。

经过三天两夜的艰苦搜山，终于在一个岩缝里抓到了已几天没吃饭的方德辉。

第七章　生死相依

一、双双受伤

又到了春暖花开的季节。县公安局食堂后面靠墙一排低矮的杜鹃花不知什么时候悄然地开放了，慢慢的，无数个花骨朵欣然怒放，争奇斗艳，鲜红鲜红的，煞是好看、可爱。

刑侦大队内喜气洋洋。顾大队长被提拔为县公安局党委委员，虽然依旧是刑侦大队大队长，但跨入局领导行列。蔡队副的手臂伤全好了，不但是外伤痊愈，更可喜的是他被任命为一级警长。于大强被提拔为侦查中队中队长，三级警长，杨丽为三级警长，周杰、钱利伟被提拔为探长，虽然在职务上还靠不上国家正规行政序列，但为下步的提升打下了基础。

"于中队长，什么时候请兄弟们撮一顿？"周杰一本正经地问道，可语气里分明有调侃的味道。

"是啊，没有我们，你能当上中队长？"钱利伟在旁边起哄。

"要请也是你们请我。我这中队长白当啊。你俩现在都是探长，在外面，不了解情况的人，都以为探长比中队长不知要大多少。"于大强苦笑着说。

"所以啊，你以后要多听我们的。"周杰循着竹竿往上爬。

"好了，不贫了，说正事。周杰叫一下驾驶员小张跟我到廖柏相家里再去堵一次。"于大强收起了笑容说。

"是。"周杰大声说。说完他朝宋伟吐了吐舌头。

说起廖柏相，于大强和周杰都觉得他太冲动。

廖柏相，37岁，县电力公司职工，长得五大三粗。三个月前，他带着7岁的儿子去县儿童公园游玩。儿子下半年就要读小学了，所以他有空就陪儿子到儿童公园玩玩。儿子在玩滑梯，看到儿子兴奋的神情，廖柏相心里很高兴，儿子是他心中的宝。他想再养一个，无奈妻子说还没有做好准备，再等一等。

廖柏相抽空去旁边吸了一支烟。刚吸了一半，突然他听到了儿子的哭声。

廖柏相赶紧扔掉香烟，小跑着来到儿子跟前，看到儿子粉嫩的小脸上有一个清晰的巴掌印，从巴掌印大小来看，分明是大人打的。儿子捂着眼睛痛哭着。

"儿子，怎么回事？谁打你，你告诉爸爸。"廖柏相急吼吼地问。

儿子放下手，指了指边上的一个男人说："他打我。呜呜呜……"儿子看到爸爸回来，哭得更伤心了。

儿子指向的是一个30岁出头的男人，瘦高个子。

"你儿子打我儿——"未等瘦高个子说出"子"字，廖柏相扬起手一个巴掌结结实实打在了瘦高个子的脸上。

瘦高个子不甘示弱，出拳还击，两人扭打在一起。打着打着，瘦高个子明显处于下风。廖柏相一个过肩摔，将瘦高个子摔倒在地。瘦高个子重重地摔在地上，但他忍住剧痛，看准时机，用脚狠命地踢向廖柏相的裆部。

"喔哟。" 廖柏相一声惨叫，用手捂住裆部。瘦高个子偷袭成功。

然而，廖柏相缓过劲来后，他像一头愤怒的狮子，猛地扑向瘦高个子，用双手抓起瘦高个子的头拼命地向地上砸去，一下、二下、三下。瘦高个子后脑着地出血，昏死过去。

廖柏相这才清醒过来，放开瘦高个子，带着儿子匆匆离去。

瘦高个子立即被送到医院救治。经法医鉴定，瘦高个子颅脑骨折，系重伤。

瘦高个子名叫阮际平，是一名律师，他的岳父是县检察院副检察长。

案子由刑侦大队办理，当要对廖柏相采取刑事强制措施时，发现廖柏相已逃跑。

一个月内于大强上门去抓过他三次，每次都扑了空。

像前几次一样，于大强、周杰、辅警小张三人悄悄地来到廖柏相家，门关着。

于大强轻轻地敲门。

"谁啊？" 屋里的人问。

"抄煤气表的。" 于大强回答。

门被打开了，于大强、周杰和小张走进屋，把廖柏相堵个正着。三人正要给廖柏相戴手铐时，看到廖柏相的儿子也在，考虑到当着孩子的面给嫌疑人戴上手铐，肯定会给孩子留下阴影，所以于大强就让廖柏相先出门再戴铐。廖柏相表示同意，并面露感谢之色。

廖柏相说："我去拿件衣服。"

想起以前这类犯罪嫌疑人都比较配合，于大强没有多想就点头同意。为了防止发生意外，于大强紧跟着廖柏相。没想到的是，于大强最担心的事还是发生了。廖柏相一个箭步冲进厨房。于大强发现情况不妙，立即大喊一声："周杰、小张快来！"同时冲了上去。

但还是迟了一步，廖柏相拿到了菜刀。

"退后，退后。"廖柏相挥舞着菜刀，恶狠狠地说。

"廖柏相，冷静，冷静。不要做傻事。"于大强顺手从旁边拿起一只脸盆劝阻道。

周杰冲进厨房时被眼前的情形惊住了，他立即返回客厅，操起一把椅子又快速回到厨房。三人成品字形站在廖柏相前面。

"走开，走开，不想死的出去。"廖柏相瞪着充血的双眼，杀气腾腾地说。

"廖柏相，你以前犯的是伤害罪，如果态度好，并得到被害人的谅解，可以争取判个缓刑。如果你今天伤了我们其中任何一人，你犯的就是袭警罪，你想把牢底坐穿吗？"于大强开展政策和法律攻势。

"我不想坐牢，你们闪开，不要逼我。"廖柏相眼露凶光，此时他什么也听不进去。

廖柏相的儿子被吓得哇哇大哭。不知是儿子的哭声刺激了他，还是儿子的哭声激怒了他，廖柏相像发疯似的，挥动菜刀扑向离他最近的于大强。于大强用脸盆一挡，侧身躲过。

"我要杀了你们。"廖柏相又砍向周杰。

周杰早有防备，拿椅子奋力向上挡去。

"咔嚓"一声，椅子的一条腿被砍断。

廖柏相左右开弓，步步紧逼，周杰左躲右闪，节节败退，眼看就抵挡不住了。

于大强见周杰处于危险之中,急中生智,将手中的脸盆向廖柏相砸去。廖柏相用刀一挑,将脸盆拨落在地。

面目狰狞的廖柏相见于大强赤手空拳,就紧窜几步举刀向于大强砍去。

周杰见状将椅子高高举起用力向廖柏相砸去,正中廖柏相腿部。

"喔哟。"廖柏相一声惨叫,重心向后一偏,拿刀的手使不上劲,一刀砍空。

于大强抓住时机,正面一拳打在廖柏相脸上。廖柏相没有躲闪,将菜刀横向一扫,于大强的手来不及收回,右手小臂被菜刀砍中,顿时鲜血直流。

于大强忍住疼痛,左手快速打出一记下勾拳,击中廖柏相的下巴,打得廖柏相眼冒金星。

说时迟,那时快。周杰从背后用手将廖柏相的喉咙锁住,奋力向后拖动。

廖柏相猝不及防,但他用刀向后猛甩,一刀、两刀、三刀……锋利的菜刀接连不断地砍在周杰的小腿上。瞬间,周杰的小腿血肉模糊,腿骨外露。

周杰感觉到下面湿漉漉一片,知道自己受伤了,但他感觉不到痛,拼命锁紧廖柏相的喉咙,越锁越紧。

于大强抡起左手狠命地击打廖柏相的头部和面部。

回过神来的辅警小张捡起椅子,砸向廖柏相的头部。在三人的拼死搏斗下,终于将廖柏相制服,戴上手铐,押回公安局看守所。

由于失血过多，周杰的神志有些模糊了。他和于大强被迅速送往县第一人民医院救治。

周杰的伤比较严重，小腿的开放性伤口，长 12 厘米，宽 9 厘米，深至骨头，缝了 72 针。所幸经抢救没有生命危险。

于大强手臂被削去了一块 5 厘米×13 厘米大小的肉，幸好没有伤及骨头。

兄弟俩住在一间病房。于大强在医院住了一个星期后出院回家休养，半个月后就上班了。

周杰在医院住了一个月后回家休养。又过了一个月后，基本伤愈的周杰回到刑侦大队。

二、520 的悲剧

5 月 20 日是一个特殊的日子。520 是网络情人节，也是"我爱你"的意思。在网络上，520 成了表白的暗号，那一天男女生会互相赠送礼物。特别是一些情侣，为了纪念，往往会在 5 月 20 日这一天去民政部门登记结婚。如果这一天是双休日，民政部门也会打破常规，照常上班。但对邹行行和屠芸芸来说，这一天成了他们的噩梦。原本小两口准备这一天去民政部门登记结婚的，谁知他们却差一点葬身火海。

凌晨 2 时 27 分，金化县消防局 119 接到报警，西郊开发区长滔路 117 号发生火灾。接警后，消防部门出警，全力扑救。当地派出所也派出警力到现场维持秩序。消防人员到了现场后，发现大火已经烧上了二楼，很多人在楼上发出凄惨的呼救声，但很快这些声音就渐渐减弱了。

307 房间，邹行行是被烟雾和火光惊醒的。

"芸芸，快起来，着火了。"邹行行焦急地推屠芸芸起床。

听说有火灾，睡眼惺忪的屠芸芸翻身起床动如脱兔。

窗外火光冲天，烟雾开始涌进屋内。

屠芸芸已经不知所措，"哇"的一声哭出来。

"芸芸，不要怕，有我在。"邹行行抱住屠芸芸安慰道。

邹行行显得十分冷静，他拍了拍屠芸芸的肩膀说："刚才我出门看了看，下楼的楼道已经被浓烟封住了，下不去，唯一可逃的只有北面的窗户。家里没有绳，我们把被单剪破，接成带子，顺着带子爬下去。你放心，我一定会带你出去的。"

在邹行行的安慰下，望着邹行行坚毅的目光，屠芸芸平静下来，她觉得有了依靠。

邹行行拿出两条床单和两条被子，屠芸芸拿起剪刀，麻利地剪起来。

两人与火魔争分夺秒，很快就拼成约十米长的带子。邹行行迅速用冷水将带子及屠芸芸和自己的身上弄湿，用湿毛巾捂住嘴鼻，奋力向北面的窗口跑去。过道上都是烟雾。

邹行行打开窗户，将带子的一头系在屠芸芸腰上，一头捆住自己的腰。

"芸芸，快爬下去。"邹行行一把抱起屠芸芸将她送出窗口。

屠芸芸心里害怕，但她看到迅猛的火势和未婚夫鼓励的目光，咬咬牙抓住带子向下面爬去。

火势越来越猛，烟雾使人呼吸困难。有人熬不住，直接从二楼和三楼向下跳，一个、两个、三个……惨烈的呼叫令人心惊肉跳，悲惨的画面让人不敢直视。

307 屋内已经燃烧起来，火苗直扑窗户。未婚妻还没有落地，邹行行顽强地坚持着。同时，他将带子的一头系在窗户的拉钩上。

他忽然感到带子松了，未婚妻应该落地了。此时邹行行的后背及头发已被烧着。他抓住带子纵身跳出窗口，快速向下滑去。在半空中，他突然感到抓着的带子松了，不知是窗钩断裂，还是带子被火烧断了。他重重地摔向地面。

邹行行屁股着地，骨盆骨折。看到未婚夫背部被烧得没有一块好肉，头发、胡子也被烧得精光，屠芸芸心如刀割，她紧紧地抱住邹行行泪流满面。

这是一对苦命鸳鸯。他俩来自西南边陲苗家小寨，是初中的同班同学，在他们那里，能读到初中已是很不错了。邹行行家有两个弟弟，父亲因车祸长病不起，只靠母亲一个人在家苦苦支撑。屠芸芸家有一个弟弟和一个妹妹，父亲好吃懒做，嗜酒如命，酒后还经常打母亲及三个小孩。他俩初中一毕业就来到东江省打工，之后落脚金化县，在一家电器公司上班，工资待遇还不错。他俩每月都将大半的工资寄回家。他们青梅竹马，两小无猜，且在长期外出打工中，相互关心，相互帮助，感情更进一步。本来他俩决定 5 月 20 日去民政部门领证结婚的，谁知却出了这档子事。

望着双眉紧锁痛苦不堪的未婚夫，屠芸芸暗自下了决心，这是一个在生死关头将生的希望留给她的人，这是一个值得托付一生的人。如果他这次落下残疾，哪怕是瘫痪不起，她也一定要跟这个男人在一起，照顾他一辈子。

在消防人员的奋力扑救下，大火于凌晨 4 时 12 分被扑灭。经过清点检查，火灾共过火 17 个房间，造成 13 人死亡、7 人受伤。

俞龙亭、顾大队长、蔡队副、于大强、周杰、宋伟、许前胜、钱利伟等人是在睡梦中被叫醒后来到现场的。

现场勘查由消防部门与刑侦部门先后进行。原来消防部门属于公安机关管辖时，两家往往是联合勘查的，后来消防部门划归应急管理部门管辖，对火灾现场的勘查就分别进行了。

三、起火点

经勘查，火灾现场位于金化西郊开发区长滔路与寿仙路交叉路口，系一幢三层钢混结构的建筑，整体呈 90 度圆弧状，建筑面积 1217 平方米。一层均为临街商铺，有小饭店、小面馆、小超市、服装店、打字店、照相馆等十几家店铺；二层为商铺的住家，所谓一楼开店，二楼住宿。事发当晚，一、二层有七家店铺 19 人住宿，除 5 号店铺邵丽佳母子被烧死外，其余人均在着火后起床逃离。三层除房主自住外，全部出租给外来务工人员居住。当晚三楼共有 44 人居住，除九人被烧死、三人跳楼死亡两人外，32 人起火后逃离现场。死者中女性七名，成年男性两名，两名男孩。

火被扑灭后，现场一片狼藉。从现场看，烧得最厉害的是 5 号店铺邵丽佳服装店，卷帘门外侧烟熏多于内侧，卷帘门下的地面上有带状液体流淌烧灼痕迹。侦查人员提取了这些部位的物证送到公安部消防局天津火灾物证鉴定中心和北昌市公安局物证鉴定所检验分析，以确定残留物成分。

站在废墟上，蔡队副仔细环视了整个现场几遍后，把目光最后定格在 5 号店铺卷帘门上。

他弯下腰，蹲下身子，慢慢翻动堆积得厚厚的各种燃烧过的残渣。时间一点点地过去了，蔡队副站起来，双腿早已蹲得麻木肿胀。他揉了揉眼睛，一手拿小铲子，一手拿镊子又蹲下身去，一点点拨开地面燃烧后堆积的残渣，仔细翻找辨别，一寸一寸梳理过去。当蔡队副一点点清理到卷帘门靠近左面墙角时，他的眼睛紧紧盯住了已经被烧得爆裂的地面外沿，在细小缝隙中，有几粒光亮的小碎粒。

他小心翼翼地用镊子一一夹起来放进物证袋里，那是几小粒玻璃碎碴儿。

他又提取了周围被高温震裂的玻璃门窗碎片，进行比对后，他发现所有玻璃窗户的花纹、形态、厚度都跟提取的这几粒玻璃碎碴儿有所区别，那几小粒玻璃碴儿上面有弧线的花纹，跟门窗玻璃不同。

它是从外面被带进现场的！这个念头，让蔡队副有些兴奋。已是中午，他顾不得去吃饭，立即指派人员带上那几粒玻璃碎碴儿到北昌市公安局物证鉴定所。鉴定结果和他的判断一样：那几粒残渣是酒精瓶底部的玻璃碎片。

服装店是不用酒精的，酒精瓶从何而来？为何出现在起火点附近？

现场对面有一个监控摄像头，但不是对着现场方向，看不到现场的图像。

蔡队副和许前胜调取这个摄像头视频后，一头扎进技术室，细致地观看监控图像。他俩一遍遍地翻看，画面中，突然有灯光匀速、快节奏地闪了两下。看着不起眼，可在蔡队副的脑海里引起重视：这个很像汽车、电动自行车锁车或者是开锁时车灯的闪光。

监控记录灯光闪烁的时间是 5 月 20 日凌晨 2 时 19 分，与群众电话报警的时间相差 8 分钟，在这个点上，出现了人，其纵火的嫌疑大大上升。

难道犯罪嫌疑人是开汽车或者骑电动自行车来的? 蔡队副兴奋起来。他又调来现场周边相关的治安视频监控和企业视频监控，经反复观看，发现 5 月 20 日凌晨 2 时 03 分，有一男性骑电动自行车自西向东到达现场，此后一直在现场活动，直至 2 时 22 分起火。由于监控距离远、光线弱、图像质量差，无法分辨该男子的体貌特征。

卷帘门下的地面上有带状液体流淌烧灼痕迹送检的物证，经消防部门和公安物证检测部门鉴定，均没有检出助燃剂的成分。至此，经消防、刑侦部门先后勘查，可以初步认定这次的火灾是一起人为纵火案。起火点就是 5 号店铺邵丽佳服装店。

死伤 20 人，该案件惊动了东江省公安厅和公安部。毕竟东江省社会治安形势多年来在全国是领先的，案件少、治安好、人民满意度高。很久没有发生造成如此多死伤的案件了。公安部领导决定将该案件列为公安部督办案件。

金化县迅速成立以铁建达局长为组长的专案组。根据现场勘查、尸体检验和物证鉴定，专案组认为犯罪嫌疑人有明显的预谋性、针对性。可以推断此案是由矛盾关系引发的纵火案件。犯罪嫌疑人最有可能针对的是起火点所在的店铺业主邵丽佳。可适当将范围扩大到一楼与邵丽佳店铺相邻的皮鞋店、超市等店铺业主和房东。

专案组经过分析，发现犯罪嫌疑人纵火后快速逃跑，估计最后造成 13 人死亡是他没有想到的。根据现场店铺商品的物流范围划分了重点嫌疑人居住区域，将调查重点放在该区域的经商人员、外来打工者，以及与邵丽佳相关人员。

同时，经过分析，认为嫌疑人应该具有下列特点：案发当晚去向不明，有作案时间；跟邵丽佳或者周边的商铺业主有矛盾，有作案动机和因果关系；手部、脸部可能有烧伤，头发、眉毛可能被烧焦；案发后非正常离开，或对案情特别关注；年龄、体态从监控视频上反映为青年男性；有条件接触到助燃剂；具备获取汽油等矿物质的条件；有汽车或者电动自行车等交通工具。

四、5 号店铺

侦查工作迅速全方位展开。

由顾大队长牵头，安排大量警力排查重点区域的重点人口，调查曾经有过纵火前科的人员，负责经过与侦查范围内的人口、通信、上网数据碰撞后产生的大量数据，分批次予以落实。

由蔡队副负责，深入查阅周边所有的监控摄像头，从视频中寻找嫌疑人身影。

由郭强牵头，深入开展外省市协查工作，广泛开展宣传发动工作。

于大强和周杰在现场附近的店主和居民中调查访问。据 5 号店铺隔壁的 6 号店铺主江水英反映，5 号店铺女店主邵丽佳，36 岁，四川省绵阳市人，七年前开始租赁该店面，先后卖过小杂货、小五金、水果、服装，平时生意一般。邵丽佳丈夫腾马剑原来与邵丽佳一起经营店面，两个月前离开金化到上海经营香烟店。因生意尚好，腾马剑要求邵丽佳将店面转让后一起到上海经营。案发前，邵丽佳欲以 55000 元转让该店面。俗话说，和气生财，笑脸迎客，但邵丽佳却反其道而行之。她性格暴躁，为人强势，说话做事从不肯吃亏，在经营活动中经常言语伤人，一言不合就张口骂人，并常常驱赶在其店前路边设摊的流动商贩，与相邻店铺的店主关系也不睦。

中午时分，于大强和周杰走进现场对面的一家面馆，点了两碗猪肝面。

老板娘是一个 30 多岁的少妇，模样端庄，精明能干。不一会儿，她就端上两碗香气扑鼻的面条。于大强和周杰三下五除二，很快将面条吃光。

"老板娘，结账。"周杰招呼道。

"一碗 15 元。"老板娘莞尔一笑。

周杰递过去 30 元，他将于大强的一起付了。

老板娘接过钱，在转身的时候忽然说了一句："色字头上一把刀。"她似乎话里有话。

于大强和周杰听了一愣，他们对视一眼，随后会意地点了点头。

周杰和于大强跟着老板娘进了厨房。

"大姐，你认识我们?"周杰真诚地问。

老板娘微笑着点点头。

"你有话对我们说?"周杰目光柔和、信任地看着老板娘问道。

老板娘似乎犹豫了一下。

"大姐，有什么话尽管对我们说，我们会为你保密的，请相信我们。而且我们也需要你的帮助。"周杰态度诚恳地说。

也许是"我们也需要你的帮助"这句话打动了老板娘，也许是周杰诚恳的态度打动了她，老板娘不再犹豫了。

"先声明一下，我只是听说，这事说起来有点八卦，仅供你们参考。"老板娘不像一般做生意的，说话很有水平，显露出她的与众不同。

事情发生在两年前。与 5 号店铺相隔七个门面的 12 号店铺的男主人是一个不折不扣的帅哥，名叫吴冠飞，他不仅仪表堂堂，做生意更是有一套，他主要经营面料。他家的面料来料新、质量好、价格低，因此客户很多，生意做得风生水起。吴冠飞的老婆叫萧灿蔓，比吴冠飞小六岁，长得十分好看，但美中不足的有两点，一是生了女儿后，再也生不出了；二是身体病恹恹的。吴冠飞每年有几十万进账，他最大的心愿是有一个儿子，以后好传宗接代，继承他的产业，这样他做生意赚钱也有奔头。

吴冠飞的心思被邵丽佳看出了。邵丽佳是一个有心计的女人。她虽然没有吴冠飞老婆漂亮，但也不难看，属于那种耐看的类型，初看并不怎地，但越看越有味道。更何况邵丽佳身体好，丰满结实，凹凸有致，对男人很有吸引力。

老话说，男追女一面墙，女追男一张纸。在邵丽佳的有意勾引下，一来二去，两人很快勾搭上了，一有机会就苟合在一起，如胶似漆。但吴冠飞对此并不满足，他主要是想生一个儿子。吴冠飞毫不避讳地对邵丽佳说，给我生个儿子，报酬 20 万。邵丽佳心动了。

邵丽佳回家后扭扭捏捏地对老公说了吴冠飞的意思。不料她老公腾马剑听说后火冒三丈，对着邵丽佳就是一顿毒打。吴冠飞不仅给他戴了一顶绿帽子，还要叫他做绿王八，真是气不打一处来。腾马剑扬言要吴冠飞好看。那边吴冠飞老婆萧灿蔓得知后则寻死觅活，对吴冠飞不依不饶，俩人闹了好一阵子。

自从这件事后，吴冠飞和邵丽佳表面上停息了一段时间，但听说还是藕断丝连，仍然不清不楚。

虽然这次吴冠飞的店铺也被烧得一干二净，但是又有谁知道是不是苦肉计呢？

老板娘讲述完了，周杰和于大强向她表示了感谢。

于大强和周杰找到了吴冠飞。吴冠飞本人没有作案动机，也没有作案时间，找吴冠飞主要是了解他老婆萧灿蔓当晚的活动情况。据吴冠飞反映，他和老婆是当晚 10 时多上床睡觉的。发生火灾后，他首先醒来，然后叫醒了老婆，两人带着女儿一起逃离现场。他老婆不可能作案后马上回到房间再睡觉，也不可能雇亲朋好友及其他人作案，如果是雇凶作案，除非她自己也不要命了。且虽然萧灿蔓对吴冠飞感情一般，但女儿是她的心肝宝贝，她不可能连女儿也杀。

在 5 号店铺门前摆摊，曾被邵丽佳多次驱赶过的流动商贩涂银根和揭友国，虽然对邵丽佳恨得咬牙切齿，但经查证，两人都没有作案时间。

虽然邵丽佳是案件的暴发点和矛盾点，但仅根据以上矛盾纠纷分析，他们应不至于对邵丽佳下如此毒手。况且当晚邵丽佳是与 6 岁儿子一起睡觉的。而整幢楼共住有 60 多人。有可能危及 60 多人的生命，这要有多大的仇恨和矛盾。

五、山重水复

蔡队副关注细节比对，在仅有两秒有用的视频中，他看到一个戴鸭舌帽、骑着一辆电动自行车的男子的背影。但由于帽檐较低，一直看不到男子的脸。为了看清这个黑影，蔡队副叫专案组民警用十多辆款式不同的电动自行车做模拟实验，检验这个黑影经过时对面是否有微弱的灯光。如果有，就能借着灯光看到这张神秘的脸。但实验证明，当时对面的角落并没有光亮。排除这一可能性后，蔡队副又从男子所骑的电动自行车特征入手，结合先前的实验结果，开始一帧帧查看视频，并记录相关特征——中型，纯黑，后备箱颜色是黑色配黄色。

他把电动自行车的特征告诉一线排查民警。

侦查过程中，专案组始终认为，邵丽佳是整个案件的核心，必须要牢牢抓住，紧紧围绕，全面调查其家庭、感情、人际交往、债权债务、店铺转让、生意竞争、商品买卖、个人纠纷等方面的情况。

重点对象一个个被排除，嫌疑人员一个个被否定。一个星期内，专案组已调查重点对象和可疑人员452名。

西郊开发区正在大搞建设，所在地向阳村的土地被大片征用。这一天，于大强和周杰来到向阳村，在村委会向村主任姜雄健了解村里黑恶势力情况。因为专案组接到举报，向阳村有人向在附近开办商铺的店主收取保护费。

"于队长、周探长，我们村原先是有两个恶势力犯罪团伙，一个以邢长锁为首，另一个以费根寿为首。邢长锁团伙以垄断建筑市场土石方为主，强买强卖，无恶不作。费根寿团伙主要以收取保护费为主，搞得附近一些店主和商人苦不堪言。可这两个团伙都在去年被你们公安局打掉了啊。今年以来我们村没听说又有谁冒出来收取保护费什么的，你们是不是搞错了？"村长姜雄健说。

"姜村长，你再想想，虽然没有听说收取保护费的，但你们村里有没有三五成群、不务正业,在村里或在开发区闲晃的?"于大强问道。

"这几年开发区发展很快,建了不少工厂,村里许多人都在厂里工作,闲晃的人几乎没有了。"姜村长想也没想就回答。

"于队长、周探长,我听说这次被烧死的邵丽佳曾给别人介绍过商店转让的事,不知对你们有没有帮助,也不知你们是否听说过?"这时在一旁的村会计陶建设插话说。

"陶会计,这是怎么回事?请你说得详细点。"听说与邵丽佳有关,于大强和周杰立马来了精神。

"事情是这样的,大概两年前吧,邵丽佳有一个老乡在现场斜对面开了一家香烟店,后来这个老乡不想开了,要转让店面,就在邵丽佳的介绍下,将店面转让给了一个外地人。可是过了不久,因拆迁需要,香烟店被村里收回并拆除。据说该外地人多次找邵丽佳要其老乡的电话号码和家庭地址,但邵丽佳就是不给,为此两人发生了激烈争吵。"陶会计不急不慢地说。

"知道那个外地人和邵丽佳的老乡叫什么名字吗?"于大强急忙问道。

"事情已过去两年了,名字记不得了。"陶会计说。

过了一会儿,陶会计突然一拍大腿说:"哎,看我这记性。他们曾经给村里交过房租,记账资料里应该有他们的名字。"

一刻钟后,陶会计找出了收款凭证。邵丽佳的老乡名叫老谭,那个外地人叫徐征受。徐征受最后一次缴款时间是 2019 年 8 月。

"陶会计,邵丽佳介绍转让店面时,是不是已经定了店面马上要被收回拆除?"周杰问道。

"基本定了要被收回拆除,具体时间没定,但拆除是迟早的事。"陶会计回答。

这是一条新的线索。

于大强和周杰回到现场指挥部，向顾大队长和蔡队副作了汇报。两位大队领导都明确要求于大强和周杰将这条线索查清。

与徐征受的谈话是在派出所进行的。徐征受个子不高，长相猥琐。

"徐征受，对公安机关的问话，你必须实事求是地回答。如果说谎或者作伪证是要负法律责任的，你知道吗?"于大强公式化地开场道。

"我知道。我一定配合政府讲实话。"徐征受态度恭敬地说。

"姓名?"

"徐征受。"

"年龄?"

"34岁。"

"籍贯?"

"重庆市垫江县。"

"工作单位?"

"金化县西郊开发区塑料厂。"

"家庭成员?"

"妻子，毛长爱，31岁，在家养孩子。儿子，徐乐锁，4岁。"

"邵丽佳你认识吗?"

"认识。"

"怎么认识的?"

"我在她店里买过衣服，一来二去就认识了。后来她还给我介绍过香烟店面。"

"介绍香烟店是怎么回事? 你说清楚。"

"大约两年前,有一次我在她店门口碰到她,她问我香烟店要不要,说有个老乡不想做了,要转让店面。我正想要一间店面做生意,就跟她见了她的老乡,谈了谈。我觉得价格合适,就将店面租了下来。但是没过多久,村里说要拆迁,就将店面收了回去。我的生意也做不成了。"徐征受颇为惋惜地说。

"你后来找过邵丽佳,并与她发生过争吵,这是为什么?"于大强问。

"我要他们赔偿。他们早就知道香烟店要拆迁,却瞒着我将香烟店转给我,使我受了损失。我找邵丽佳是为了找转让给我的原店主要回我的损失。那个店主是邵丽佳的老乡,他们熟悉。但邵丽佳却不告诉我,所以我们吵了起来。"徐征受心有不甘地说。

"转让店面你总共损失了多少?"于大强面无表情地问。

"损失了一万多元。"徐征受心痛地回答。

"案发当晚你在干什么?"于大强不动声色地问。

"晚饭时我与几个工友在一块儿喝酒,后来又侃大山,11 时左右,聊天结束,我就回家睡觉了。"徐征受十分自然地回答。

"与哪几个工友喝酒? 他们能证明吗?"于大强盯着徐征受的眼睛问。

"石岩崖、田男山、梁孟开、莫国铭、万寿泰、袁丰威。"徐征受报了六个人的名字。

"在家里谁能证明?"于大强又似随便地问。

"没有人证明。"徐征受苦笑着说。

"你不是有老婆孩子吗?"于大强觉得好奇。虽然直系亲属的证明在证据效力上有缺陷,但总能证明事实。

"我老婆孩子回老家了。"徐征受说。

"他们是什么时候回去的?"于大强问。

"是案发前两天回去的。"徐征受肯定地说。

"你怎么记得这么牢?"于大强直白地指出。

"发生这么大的事,我自然记住了。"徐征受不假思索地回答。

"你对这场大火印象深刻吧?"于大强问。

"很深刻。"徐征受毫不避讳地回答。

"为什么这么说?是因为烧死了很多人?"于大强的眉头皱了起来。

"这是一个原因,另一个原因是我有三个亲戚在这次大火中不幸被烧死。"徐征受露出了悲伤的神情。

这是于大强和周杰不曾了解和想到的。

"我们对你的亲戚在这起案件中被烧死表示哀悼,请你节哀。是你哪三个亲戚?"于大强沉痛地问。

"一个是我的表叔,一个是我的侄儿,还有一个是我堂兄。"徐征受凄惨地说。

当顾大队长和蔡队副得知徐征受有三个住在三楼的亲戚在此次火灾中被烧死时,认为徐征受的嫌疑下降了。经了解,徐征受与这三个亲戚的关系很亲近,如果是他纵火的话,他不会不顾及自己亲戚的死活。但由于当晚徐征受是单独居住,且其案发前后的活动情况无法印证,因此他的嫌疑无法排除。

而在走访邵丽佳丈夫的过程中,却出现了麻烦,腾马剑坚决否认邵丽佳参与过老乡的店铺转让事宜。这令专案组很纳闷。明明所有人包括徐征受自己都承认了,为何腾马剑一定要否认呢?恐怕这里还有些不为人知的情况。但由于邵丽佳已死,侦查人员一时无法搞清邵丽佳老乡老谭的身份，围绕徐征受的调查也无法进一步深入。

转眼一个月过去了，案件没有突破性进展。

顾大队长、蔡队副、于大强、周杰几个人商量后，认为围绕邵丽佳要做进一步的工作，有的要深挖细查，挖掘线索；有的要另起炉灶，重新调查。尤其是邵丽佳的老公腾马剑，他了解的情况应该更多、更细。于是决定兵分三路：

一是对邵丽佳的老公腾马剑做过细的工作，力争发现有价值的线索。

二是调查徐征受当晚的活动轨迹、有没有在现场出现的类似的电动自行车、案发前后的穿戴情况及店面转让的真实情形。

三是其他查证情况不变，按分工继续进行。

六、柳暗花明

于大强和周杰接到的任务是做邵丽佳的老公腾马剑的工作。

腾马剑一脸悲伤地坐在于大强和周杰面前。这是一个粗中有细的汉子。

邵丽佳虽然十分强势，对旁人态度恶劣，但对腾马剑是言听计从，表现出少有的温柔。据说，因有两次夫妻吵架，从动嘴到动手，把腾马剑惹毛了，对邵丽佳往死里打，把邵丽佳彻底打服了。真是一物降一物。

"腾马剑，你仔细想想，你老婆邵丽佳到底与哪些人有矛盾?"于大强启发地说。

"于警官，我老婆虽然心直口快、脾气暴躁，得罪了不少人，但我确实想不起要杀死她、与她有深仇大恨的人。"腾马剑一脸不解地说。

"你老婆参与店铺转让的事究竟是怎么回事?"于大强问道。

"这事我不知道。"腾马剑很干脆地回答。

"店铺是邵丽佳老乡的,经她介绍转让给了徐征受,徐征受承认了。"于大强接着说。

"这事我确实不知道,我老婆没有对我说过。可能是她介绍时我人在外地,这事没有什么可隐瞒的。"腾马剑坦诚地说。

"腾马剑,你说没有与你老婆有深仇大恨的人,那么与你有矛盾、有纠纷、有仇恨的人有吗?"于大强换了一个角度提问。

"与我有仇?发生火灾时我又不在,难道说是报复他们?这个问题我没有细想过。"腾马剑一脸错愕地说。

"那你好好想想。"于大强耐心地说。

腾马剑低头沉思。

一会儿,腾马剑抬起头说:"要说仇人我一时真想不起来,要说与我有生意上纠纷的倒确实有一个人。"

"你具体说说。"于大强丢给腾马剑一根香烟说。

腾马剑将香烟点着吸了两口,缓缓地说:"一年前,我从广州进了一批连衣裙,由于款式新,价格实惠,很畅销。城关大桥街道的牟建生从我这里买了28万元的货,货提款清,交割完毕。可是两个月后,牟建生来找我,说这批连衣裙他卖到欧洲后,顾客洗了一次后缩水严重,不能再穿了,纷纷要求退货。欧洲客商非常恼火,要求牟建生赔偿12万。牟建生找我赔偿。衣料缩水是一种自然现象,所以我没有理会他。他前后找了我几次,没有要到钱后就骂骂咧咧地走了。"

"他最后一次找你是什么时候?"于大强问。

腾马剑想了想说:"今年春节后吧。"

"有他的联系方式吗?"于大强问。

"有的。"腾马剑从手机里找出牟建生的电话号码给于大强。

"除了牟建生,还有其他在生意上或者生活中与你有矛盾的人吗?"于大强又问道。

"还有一个,不是直接与我做生意,而是我介绍的,后来他们起了纠纷。"腾马剑回答。

"究竟是怎么回事?你详细说说。"于大强不放过任何线索,这是刑侦人的"通病"。

"春节前,我朋友徐力力陪他的一个熟人来我店铺看服装,看了一圈后没有看上我的服装,却看上了我店铺一套童装的布料,问我这套童装的布料是在哪里买的。碍于朋友徐力力的情面,我告诉他是从我的一个朋友那里进的,我朋友也在这个市场里。他说能不能把你朋友叫过来,我有兴趣与他谈一谈。见有生意可做,我就把我朋友林国军叫了过来。他们一起先在我这里谈,之后又到林国军的店铺去谈。后来据说他们的生意谈成了,再后来因为布料的色差问题,他们起了纠纷。林国军因布料生意难做,已关门到外地去寻找新的出路了。为此,徐力力陪他的朋友来找过我几次,要我提供林国军的地址和手机号码。我都没有告诉他们。"腾马剑回忆道。

"你为什么不告诉他们?"于大强问。

"林国军说是我的朋友,其实是我的亲戚,告诉他们对林国军没有好处。还有,我是真的不知道林国军现在在哪里。"腾马剑说。

"你朋友徐力力陪的人叫什么?"于大强问道。

"我不知道,我朋友徐力力应该晓得。"腾马剑无精打采地回答。

西郊派出所询问室。牟建生坐在于大强和周杰前面。这是一个皮肤黝黑、体形消瘦、年龄30岁出头、个子不高的男人。

"牟建生,你从腾马剑店里进了一批连衣裙,据说后来发生了矛盾,有这回事吗?"于大强直截了当地问道。

"于警官,有这事。这事不说也罢,一说就是一肚子火。"牟建生略带怒气地说。

"怎么回事?"于大强问。

"去年夏天,我从腾马剑店里进了5600件连衣裙,总价28万,卖给欧洲的老客户马修斯。一个多月后,他来电说,由于这批连衣裙缩水严重,顾客洗过后就穿不进,况且欧洲女性胖的居多,因此顾客纷纷要求退货,严重影响了他的商业信誉,马修斯要求全额退款并赔偿。我好说歹说最后赔了他12万。于警官,你可能不知道现在做生意有多难,更不要说是国外的老客户,我平时都把他们当祖宗伺候。发生这种事,你说我有多憋屈、多愤怒?"牟建生愤愤不平地说。

"那么后来呢?"于大强没有带着同情的语气,办案有办案的规矩。

"冤有头,债有主,后来我就找腾马剑商量善后的事宜,但是他认为,连衣裙如果质量有问题他负责,但衣料缩水是自然现象,哪有衣服遇水后不变样的,哪怕是干洗,同样有变化,只不过是变化大小的问题。他把事情推得一干二净。我一连找了他好几次,他坚持说他没有任何责任,不出一分钱,一脸无赖相。"牟建生怒不可遏地说。

"再后来呢?"于大强不为所动地问。

"再后来?哪有再后来,我自认倒霉呗。与这种人做生意只能是哑巴吃黄连,有苦说不出。不过我敢说,这种人做生意绝对做不大。"牟建生恨恨地说。

"5 月 19 日晚上你在干什么?"于大强话锋一转问道。

"我知道你们找我的意思了。你们是不是怀疑那把火是我放的?我可以明确告诉你们,火不是我放的。因为那点损失我承担得起,我不会做灭绝人性的事。至于 5 月 19 日的活动,那天刚好是我与妻子结婚八周年纪念日,那晚,我们全家在欣欣大酒店吃饭,吃完晚饭我们就回家了。我的岳父母也住在我家,他们都可以为我做证。"牟建生不愧是经商的,十分敏感,脑子转得飞快,一股脑地把于大强想问的都说了。

"我们不是针对你。凡是与此事有关的,我们都要找,都要问,都要调查,希望你能理解。"于大强实事求是地说。

"理解,理解。"牟建生接得飞快。

经调查核实,牟建生没有作案时间。

时间一天天过去,对象一个个被否定,案件没有突破性进展,专案组全体同志心急如焚。但只要还有一丝线索,侦查人员都不会放过。

于大强和周杰想起了腾马剑的朋友徐力力,他曾陪人去过腾马剑的店铺,虽然没有做成生意,但腾马剑介绍他与别人谈成了生意,后来生意起了纠纷。这条线索要查清楚。

徐力力被请进了县公安局办案区询问室。

"徐力力,今天把你叫到公安局,是向你了解一些情况,希望你实事求是地回答。"于大强语气平和地说。

"于警官，什么事？你问吧，我一定知无不言。"徐力力是一个见过世面的人。

"春节前，你是不是陪一个朋友到过腾马剑的店铺，后来在腾马剑的介绍下，你朋友向腾马剑的朋友买了一些布料，据说发生了不愉快，有这回事吗？"于大强直奔主题。

"是有这么回事。我有一个朋友是做服装和布料生意的。腾马剑也是我的朋友。春节前我听说腾马剑新进了一批童装很畅销，就领着我的这个朋友去腾马剑的店铺看童装。谁知我的朋友没有看上童装，却看上了童装的布料。在腾马剑的介绍下，我的朋友与腾马剑的朋友林国军签订了 84 万元的布料买卖合同。一个星期后，货款两清。谁料想，我的朋友打开其中一些布料后，同一匹布料前后有明显的色差。再去找林国军交涉，他已经人去店空，不知下落。没办法，我们去找腾马剑要林国军的地址和通信方式，可腾马剑说他什么也不知道，不愿提供。两边都是我朋友，我夹在中间，也很无奈。"徐力力无可奈何地说。

"你们前后去找过腾马剑几次？"于大强问。

"三四次吧。"徐力力回答。

"你朋友叫什么？"于大强又问。

"他叫葛文刚。"徐力力脱口而出。

于大强和周杰一听是葛文刚，不由得心头一惊。这可是老熟人、老对手了。

"是不是原来在县防疫站工作，后来因强奸罪被判刑的那个葛文刚？"于大强不动声色地问。

"是他。"徐力力不好意思地回答。

"葛文刚现在在做什么?"于大强问。

"他从监狱出来后,早已被原来的单位开除,没有正当职业,就自己做生意。他是块做生意的料,虽然经商时间不长,但也做得风生水起。"徐力力佩服地说。

"这一次做布料生意,他大约损失了多少?"于大强想多了解一些葛文刚的情况。

"听他说亏了 30 多万。"徐力力说。

"他有透露要如何挽回损失吗?"于大强追问道。

"他说找到林国军一定要他好看,居然骗到老子头上了,要叫他倾家荡产。"徐力力学着葛文刚的样子说。

"如果找不到林国军,葛文刚准备怎样对付腾马剑?"于大强给徐力力"下套"。

"他没有对我说。"徐力力不上于大强的当。或者是葛文刚真的没有向徐力力透露过。

"今天的谈话你要保密,不能对外透露半点内容。"于大强严肃地叮咛道。

"我明白。"徐力力点头回答。

葛文刚有犯罪前科,有作案动机。于大强和周杰兴奋起来,这是猎人闻到猎物气味的那种兴奋。他俩迅速将葛文刚的情况向顾大队长和蔡队副作了汇报。两位大队领导同样认为葛文刚嫌疑重大,指示于大强和周杰立即跟进调查,随时报告进展情况。

西郊派出所询问室。于大强和周杰对葛文刚进行了询问。

"葛文刚,近来好吗?"于大强笑眯眯地说。

"不怎么好。"葛文刚懒洋洋地回答。

"怎么不好?"于大强挂着笑脸问道。

"碰到你们能好吗?"葛文刚挤出一丝苦笑。

"葛文刚,出来有段时间了吧?"于大强像与老朋友聊天。

"拜你们所赐,一年多了。"葛文刚不动声色地说。

"应该是你们自作自受吧。"于大强不屑地说,"出来后干什么啊?"

"有什么好干的,混日子呗。"葛文刚没好气地回答。

"听说你生意做得不错,与林国军做的那笔买卖做得怎样?"于大强在聊天中切入了正题。

"不怎么样,那笔买卖亏了。"葛文刚似乎不想提那笔买卖。

"亏了多少?多吗?"于大强漫不经心地问。

"不多,20 来万。"葛文刚轻描淡写地回答。

"真是大老板了,亏了 20 来万还不多,当真是士别三日当刮目相看。"于大强调侃道。其实,葛文刚对此事说得越轻描淡写,于大强和周杰心里反而越有底。

"葛文刚,5 月 19 日晚,你在干什么?"于大强眯起了眼睛。

"5 月 19 日在干什么?这我要想想。"葛文刚作出努力思索的样子。

"慢慢想,想仔细,不急。"于大强安慰似的说。

过了一会儿,葛文刚像想起来了,说:"那天晚上,我应该是与几个朋友一起去看电影了。"

"与哪几个朋友一起去的?在什么地方看电影?看的是什么电影?"于大强紧追不舍地问。

"与张贤辉、宣怀德、丰利阳、骆品行四人看的,地点在经济开发区电影院,电影叫《战狼》。"葛文刚不慌不忙地回答。

于大强和周杰马不停蹄,立刻与当晚和葛文刚一起看电影的张贤辉、宣怀德、丰利阳、骆品行四人分别谈话。四人的说法与葛文刚说的基本一致，看电影的地点在经济开发区电影院，从晚上 8 时 30 分开始到 10 时多结束，之后各自回家。

令于大强和周杰惊喜的是四人反映葛文刚有一辆与出现在现场的相似的电动自行车。特别是葛文刚当晚戴的帽子、穿的衣服与现场监控中出现的男人穿着相似。

葛文刚的嫌疑更大了。

正当专案组准备对葛文刚采取进一步行动时，葛文刚似乎感到气氛不对，危险临近，仓促出逃了。

于大强和周杰在葛文刚住地查获了电动自行车、帽子等物证。至此，葛文刚可以确认是本起特大纵火杀人案的犯罪嫌疑人无疑。关键是要尽快将其捉拿归案，以告慰死者。

公安部向全国发出了缉捕葛文刚的通缉令。

七、血肉之躯

专案组派出六路人马追捕葛文刚。

于大强、周杰、宋伟来到了葛文刚外婆家所在的四川省吴江县山环乡汤沿村。汤沿村三面环山，只有一条进村的马路，新人进村，村里的狗就狂叫不停，给缉捕工作带来很大困难。

山环乡派出所副所长屠钢正亲自陪同于大强、周杰、宋伟进村。在汤沿村黎村长的指引下，缉捕小组众人来到了葛文刚外婆家。

葛文刚外婆和外公看上去都是老实巴交的农民。

"葛文刚近来有没有回过家？"屠钢正副所长问道。

"没有。"葛文刚外婆回答。

"村里有人看到过他，你说没有回来？欺骗公安机关可要坐牢的。"屠钢正不满地看了葛文刚外婆一眼。

"没有回家就是没有回家。"葛文刚外婆翻了翻白眼回答。

刚才在村委会，当屠钢正对黎村长说明来意时，在一旁的徐老汉说，两天前他在村口看到过葛文刚，由于隔了一段距离，他没有上前打招呼，但他不会看错。葛文刚小时候经常来他的外婆家。

看到村长引领几个生人在葛文刚家，邻居们交头接耳站在家门口看。从葛文刚外婆家出来，一行人转进了隔壁徐辉毕家。

徐辉毕60多岁的年纪，背略驼。他用手指指葛文刚外婆家，又指指房子后面的山，随后轻轻地说："白天在山上，晚上回家。"

于大强向他拱拱手，表示感谢。

村里没有饭店，晚饭是在黎村长家吃的。吃过晚饭，于大强与屠副所长商量，决定连夜蹲守，鉴于屠副所长工作繁忙，于大强就请他先回去。屠副所长也不客气，就与于大强他们告辞了。

黎村长告诉于大强，如果要蹲守，从山上进葛文刚外婆家有两条小路，相差30来米，可以三人分分工。

天黑下来后，于大强、周杰、宋伟三个人进入阵地。于大强一个人守右路，周杰和宋伟两人守左路。

周杰曾对于大强提出，由他一个人来守右路或者左路，理由是他会擒拿散打，对付一个人是小菜一碟。但于大强不同意，两人争执不下，最后于大强以中队长的身份，命令周杰一切行动听指挥，周杰气鼓鼓地不出声了。其实周杰知道，于大强不是与他抢功劳，他是把危险留给自己，在危险面前，没人在乎功劳不功劳的，特别是刑警，职责使命所在，更是常在刀尖上行走。

7 月，已进入盛夏，重庆是全国最著名的"火炉"之一，热得不行，虽说晚上温度下降了些，但仍十分闷热。

山脚下，蚊子成群结队地攻击他们，三人在心里叫苦连天，却没有丝毫怨言。

晚上的山村死一般寂静，远处传来几声猫头鹰的叫声，平添了几分恐怖。

不能走动，不能说话，不能抽烟，蹲守是最难熬的活儿，考验一个人的意志、毅力和耐心。

时间在一分一秒地过去。肩上的使命使三人不敢有丝毫的大意，他们全神贯注，警惕地捕捉四周的一举一动。

天似乎更黑了，于大强悄悄看了看手表，凌晨 4 时，是黎明前最黑暗的时刻。

"沙沙沙"，有人走路的声音，是从山上传下来的。

于大强屏住了呼吸。

"沙沙沙"，这次于大强听清楚了，确实是有人下山了。

一个黑影在慢慢走近。越来越近。

当黑影离他只有五六米时，于大强大喊一声："是谁？站住！"同时从地上一窜而起，拦住了黑影的去路。

"你是……"黑影显然被突如其来的问话和人影吓了一大跳，支支吾吾起来。

"葛文刚，不许动，双手抱头！"借着微弱的光线，于大强看来人的身影很像葛文刚，就厉声喊道。

黑影浑身一震，转身向山上跑去。

哪里逃！于大强一个"猛虎扑食"，将葛文刚扑倒。葛文刚左手拿一支猎枪，右手从腰间抽出一把尖刀，刺向于大强。黑暗中，于大强的大腿被锋利的尖刀刺中，瞬间，鲜血喷涌而出。剧烈的疼痛使于大强放开了葛文刚的脚。

"站住！"周杰和宋伟听到搏斗声，拼命跑过来。

葛文刚举起了手中的猎枪，嘴边露出一丝阴森的冷笑。

见葛文刚举起了猎枪，于大强感到大事不好，他顾不得受伤的大腿和不断流出的鲜血，用尽全身的力气，向葛文刚撞去。

葛文刚猝不及防，身体一晃动，枪口抬高，"呼"的一声，猎枪子弹射向空中。

周杰和宋伟先后扑向葛文刚，将他牢牢控制住，戴上手铐。

这时，周杰将于大强抱住，只见于大强脸色苍白，满头大汗，奄奄一息。周杰迅速解下自己的皮带，勒紧于大强的大腿根部，给于大强止血，但血还是源源不断地流出来。

于大强被送往当地医院抢救，终因大腿股动脉被犯罪分子的尖刀刺穿，失血过多，抢救无效而光荣牺牲。

葛文刚被带到金化县公安局，周杰、宋伟对他连夜审讯。葛文刚没作抵抗，将纵火杀人的犯罪事实全盘供出。

2020年春节前，葛文刚通过腾马剑从林国军处买了84万元的布料，谁知其中一些布料色差严重，他的经济损失惨重。在买卖过程中，腾马剑自称是林国军的朋友，帮林国军说了不少好话，促成了买卖的谈成。林国军得款后立即离开金化，不知去向。葛文刚为此曾多次向腾马剑索要林国军的家庭住址和电话号码，而腾马剑不予提供。他即迁怒于腾马剑，并计划报复。5月19日，他从药店买了两瓶酒精带到住处。5月20日凌晨，他骑电动自行车到现场，将酒精从卷帘门门槛倒入腾马剑、邵丽佳夫妻俩开的店铺，用打火机点着面巾纸引燃后迅速逃离现场。

于大强的遗体安静地停放在金化县殡仪馆一号大厅，身上盖着一面警旗。他躺在鲜花丛中，像睡着了一般。他太累了，在他38年的人生历程中，他就像一位战士，永远在冲锋的路上，面对危险，他总是冲在最前面，最苦最累的活儿，他往往是第一个站出来，一切好像是理所当然。他是一名普通的刑警，平时没有豪言壮语，有时也会发一两句牢骚，但他却用实际行动书写了对共和国的忠诚，表达了对广大人民群众无限的爱。

人社部、公安部追授于大强"全国公安系统一级英雄模范"称号，东江省人民政府追认于大强为革命烈士。

追悼会由县公安局政委应稼峰主持，北昌市公安局党委委员、政治部主任倪存青出席，金化县各党政机关、司法机关派代表参加。县公安局全体民警怀着无比悲痛的心情肃立在战友的面前。

倪存青政委在悼词中高度肯定了于大强短暂而又光辉的一生，号召全体民警和广大党员干部向于大强同志学习，学习他忠于党、忠于人民、忠于国家、忠于法律的优秀品质；学习他向险而行，冲锋在前的责任担当；学习他爱岗敬业，爱憎分明的职业操守；学习他舍生忘死，无私奉献的价值追求。

向英雄告别是最悲壮的时刻。所有参加追悼会的人员向于大强遗体三鞠躬。

望着静静躺着的于大强，蔡队副、周杰、宋伟、杨丽、钱利伟、许前胜等刑侦大队的同志眼中都满含泪水，久久不愿离去。亲爱的战友为了人民的利益，就这样消逝而去，他们是真的心疼，真的舍不得。

当大家看到于大强的妻子和年仅 10 岁的儿子孤零零地站在亲属区时，所有人都控制不住感情的阀门，泪水不停地从脸上流下来。

一年内，刑侦大队张涛、于大强两位优秀的同志先后牺牲，刑侦大队全体民警欲哭无泪，悲伤和愤怒写在每个人的脸上。

第八章 破镜重圆

一、报警电话戛然而止

为人民而死，死得其所。当每一个民警走进公安局大门，特别是迈入刑侦大队时，都有这种心理准备。这不只是一般的想想或者说说而已，是每一个热爱刑侦工作的刑警真实的内心写照。

尽管"5·20"特大纵火杀人案专案组荣立集体一等功，蔡队副、周杰、宋伟分别荣立个人二等功，刑侦大队一些同志荣立个人三等功，但由于于大强的牺牲，对战友的思念冲淡了立功受奖的心情。大家将得到的现金奖励全部给了于大强的家属，同时刑侦大队全体民警捐款十万元送给于大强的妻子。

周杰和宋伟商定，于大强中队长虽然走了，但他们以后无论在什么岗位，一定要经常去队长家里走走，力所能及地帮助于队长家里做点事，使队长的儿子能健康成长。

10 月 15 日早晨 7 时 5 分，局 110 指挥中心接到一个故意压低声音的报警电话："有人抢劫……"女子还没有说出抢劫地点，话筒里传来一个凶神恶煞的声音："你在向公安局报警?"

"嘟嘟嘟……"电话突然被挂断了。

值班指挥长廖佩钦经对报警手机进行定位，发现其是从金化县东丽花苑 12 幢打来的。从刚才的报警过程来看，报警人突然挂断电话，一定是她不方便说话。凭借多年在指挥中心的经验，他给报警电话发了一条短信："什么事？"对方却没有回复。

廖佩钦立即将情况报告俞龙亭副局长："俞局长，一分钟以前，东丽花苑 12 幢一个女人报警，称有人抢劫。接着报警电话里传来喝令声，不准报警。我分析判断，犯罪嫌疑人还在事主家里。"

"请你立即指令刑侦大队、巡特警大队和城关派出所出警。同时通知县级公安卡点设卡堵截。我马上赶到现场。"俞副局长下达了指令。

"是，明白。"廖佩钦指挥长重复了一遍指令。

根据俞副局长的指令，廖佩钦指挥长争分夺秒紧急部署。几分钟后，刑侦、特警、派出所相关人员迅速赶往出事地点——金化县东丽花苑 12 幢。县级公安卡点也迅速运作起来，对可疑车辆进行盘查。

事发地点东丽花苑位于金化县西南方向，依山傍水，背靠风景秀丽的南山，一条宽阔的金化江从小区前面流过，是金化县仅有的两个别墅区之一。里面所住的都是金化县一些精英人物。被绑事主是金化县经济效益十分突出的金南化工集团董事长魏宁明一家，魏宁明和老婆姜树娇育有一儿一女。

当日上午 7 时 5 分，细雨时停时下，女儿魏蔓钰在餐厅吃过早饭后，背起书包准备去上学，她在读高三。突然她看到保姆张阿姨拎着菜篮子从外面走来，阴着脸，看到自己也不打招呼，与平时判若两人。张阿姨今天怎么啦？她在疑惑间，突然发现张阿姨的后面还跟着一个人，头上戴着面罩，只露出两只黑洞洞的眼睛。该人一只手握着一把枪，顶着保姆张阿姨的腰，另一只手提着一只袋子。

该人本来在门口溜达，见买菜回来的张阿姨打开院子门，一闪身就跟了进来。

"不许动！乖乖听话。家里还有人吗？"一个男子的声音。由于戴着面罩，只能看到他的嘴一张一合的。

"没有了。"魏蔓钰脱口而出，她想保护父母。

"老实点，跟我走！"男子喝道。

男子押着魏蔓钰和保姆从一楼开始往上搜索。

魏宁明和老婆姜树娇正在三楼卧室睡觉，房门没有关，但楼下的动静夫妻俩一点也没有察觉到。

当卧室门被推开时，他们同时惊住了。

"爸爸"，"董事长"。魏蔓钰和保姆先后叫道。

男子也看到了魏宁明夫妻。

"你们……"魏宁明先看见女儿和保姆，又看到头戴面罩的人。瞬间他什么都明白了。

"不要动，一切听我的吩咐。"男子用枪指着他们。

"有话好说，有事好商量。"到底是集团公司董事长，魏宁明马上冷静下来。他边说边从床上坐了起来。

眼明手快的姜树娇迅速从枕头下拿出手机，借着丈夫身体的遮掩，拨了 110 报警，谁知刚说了一句话，就被男子发现了。

"你在报警？不要命啦！"男子厉声道。

"没有，没有，我在玩手机。"姜树娇随机应变道。

"把你们的手机都掷过来。"男子恶狠狠地说。

魏宁明夫妇无奈，只能照办，把手机掷给男子。

男子一个人面对四人，可能因为紧张，也可能是手机已经黑屏，他没有翻看手机的通话记录，就将手机放进他随身携带的包内。

"你们两个穿好衣服坐在床上，你们两个也坐过去。"男子命令道。

男子站在床前右侧，用枪指着四人，可能他觉得头套戴着难受，就用另一只手将头套一把扯下来，露出一张还带有稚气的脸和长长的头发。

男子警惕地朝四周看看，又看了看阳台，外面下起了小雨。他的脸就像窗外的天阴晴不定。

外面忽然响起了一阵警报声，由远而近。男子的神情顿时紧张起来。他一步跨到窗前，掀起一小块窗帘，看到了楼下几辆警车和从车上快速下来的警察。

"你们真的报警了。你们找死啊！"男子凶相毕露。

"我们没有报警，可能是隔壁邻居或者是保安报的警。"魏宁明急忙申辩道。

"我们怎么敢报警。你刚才也看到了。"姜树娇赶紧附和。

"谅你们也不敢，都给我老实点。"男子气急败坏地瞪了四人一眼。

他从包内取出两个连着线闪着灯的包裹，皮笑肉不笑地说："这是给你们准备的两个炸弹。炸弹，懂不懂？轰的一声，灰飞烟灭。你们是有钱人，我就烂命一条，如果你们耍心计、玩花样，我们五人一起完蛋。"

说完，他将其中一包炸弹扔到床上四人中间，另一包捆在自己身上，又从身上口袋里摸出一个类似遥控器的东西，不紧不慢地说:"这是遥控器,只要我手上一按,炸弹就会爆炸。"

保姆张阿姨已被吓得瑟瑟发抖,魏蔓钰紧张得大气不敢出,紧紧抓住父母的手。

"小伙子,冷静,千万不要冲动,我们一定配合你,你说怎么办就怎么办。"魏宁明赶紧表态道。

魏宁明知道,这时千万不能激怒男子,所以他尽量安抚男子的情绪。

"你把他们三人都捆起来,不然要你的小命。"男子用枪指了指保姆。

保姆不敢违抗,哆哆嗦嗦地将三人的手和脚都捆住。

"把你的双脚也捆起来。"

保姆把自己的双脚也捆住,只有两只手可以活动。

做完这一切,男子长长舒了一口气。他大概觉得暂时控制住了魏宁明一家,没有危险了。

二、与绑匪周旋

蔡队副、周杰、宋伟是第一批到达的警察。下车后,他们围绕 12 幢和 13 幢走了一圈。13 幢业主是金铜集团总经理孙豪,他看到警车停在他家门口后就走了出来。蔡队副迎了上去。

"发生了什么事,警官?"孙总先开口问道。

"你们家有没有进来外人?"蔡队副反问道。

"没有。"孙总肯定地回答。

"12 幢进歹徒了。为了你们的安全,请你们全家暂时撤离到附近去避一避。"蔡队副劝说道。

"嗯。好的，警察同志辛苦了。"孙总很有礼貌地说。

12 幢出了事，蔡队副的心情格外沉重。因为 12 幢住的是他前妻姜立娇的姐姐姜树娇一家。

蔡队副、周杰、宋伟走到 12 幢前面。

"12 幢有人吗?"蔡队副喊话。

男子听到有人喊话，惊了一下。

想了一会儿，男子对魏宁明说："你去阳台，对下面的人说，里面没事。"

魏宁明用嘴指了指被绑住的手和脚。

男子叫保姆去解开。

魏宁明活动了一下手和脚，下床来到阳台。男子紧走两步，躲在窗帘后面，用枪指着魏宁明的头。

魏宁明在阳台上一眼就看到站在楼下的蔡队副，他一阵激动，那是曾经的连襟，他们两人的关系一直很好，要不是小姨子当时铁了心要离，他是坚决不赞成他俩离婚的。

魏宁明淡定地对蔡队副说："警察同志，有什么事吗?"

"有人报警，说你们家进坏人了，是吗?"蔡队副语气平缓地问道。

"我们家没进坏人，我们家没事。"魏宁明用余光确定男子看不到他的表情后，边说边拼命地向蔡队副使眼色，做鬼脸。

蔡队副心领神会地说："那我到旁边再看看，究竟是哪家进了贼。周杰、宋伟，你俩留在这里不要走开。"

蔡队副说完就走了。

男子不淡定了，自言自语道："这两人怎么还不走?"

姜树娇见男子惶恐不安，就自告奋勇地说："小伙子，你看是不是我去对他们说,家里没事,叫他们离开。"

男子迟疑了一下,同意了。不过,他随即将床上的一个炸弹挂在了魏蔓钰身上,并恶狠狠地对姜树娇说:"如果你敢耍花招,她的小命就没有了。"

保姆又把绑姜树娇的绳子解开。姜树娇快步走到阳台,对楼下的周杰和宋伟说:"家里没事,家里真的没事,你们可以走了。"

说完她用右手做了一个开枪的动作,告诉民警歹徒手里有枪。怕民警看不懂,她接着做口型:有一把枪和两个炸弹。见民警不懂口型,没有反应,她灵机一动,说了一句英语:"He has a gun, and two bombs。"

周杰明白了,朝她点点头,暗自佩服她的聪敏和勇气。

"你说什么?不想活啦。不许说鸟语,再说杀了你。"男子暴跳如雷,一把抓过姜树娇,把枪狠狠塞进她的嘴巴里。男子虽然听不懂英语,但这时姜树娇说英语,肯定不是好事,所以他愤怒了。

"有话好说,不要这样,你要多少钱,我给。"魏宁明连忙上前劝阻。

听说可以给钱,男子的神情稍微缓和了点。

"把他俩的手和脚再绑起来。"男子命令保姆说。虽然男子的智商不太高,但是他做事十分小心。

保姆很不情愿地将魏宁明夫妇的手和脚重新绑上。

男子靠近阳台,往楼下一看,发现民警都不在了,他暗自庆幸,紧张的神情渐渐放松下来。原来警方为了麻痹男子,故意将人撤了出去。

男子环顾四周,开始不停地在室内翻东西。他将魏宁明夫妇包里的两万多元现金拿走，又在床头柜中找出姜树娇的首饰和手表。看着这些他从小到大只在电视电影里见过的奢侈品珠宝和名表，他的眼神不禁迷离起来，嘴里念念有词："都是好东西，有钱人就是不一样。下辈子一定要做个有钱人。"

"如果你喜欢，都送给你，这屋里的东西，你看上什么只管拿。"魏宁明大方地说。

"算你识相。你们有钱人拿出一点给我们穷人是应该的。不过你要晓得，我来这里不是为了这一点点钱。"男子用了一种类似皮笑肉不笑的表情，可能他觉得刚才看到奢侈品时有些失态，怕一屋子的人小看他。

"那你要多少？说个数，我尽量想办法办到。"魏宁明接口说。

"我要800万。"男子狮子大开口。

"800万没问题，但银行有规定，提取大额现金要提前预约，今天肯定拿不出来。"魏宁明想了想说。

男子一听，愣了愣，他好像是听说有这个规定，然后默不作声了。

这时，别墅外边传来异样的响声，突然冒出来好多警察，而且都是戴头盔、穿防弹衣的特警，甚至周边制高点也有狙击手的身影。

男子明显急躁起来："你们耍了什么花招？怎么一下子来了这么多警察？如果我有事，你们一个也别想活。"

见男子的情绪失控，魏宁明也着急起来，因为他明白，如果男子发现自己身陷险境，不能活着离开而狗急跳墙，铤而走险，选择与人质同归于尽，那是最坏的结果，必须想办法稳住男子的情绪，坚决制止他做傻事。想到这里，他微笑着说："小兄弟，请你冷静。实事求是地说，到目前为止，你没有做任何伤害我们的行为。如果你把拿走的钱、首饰、手表拿出来，把我们几个人放了，缴枪自首，警方是不会拿你怎么样的，有可能只是训斥或者教育你几句。听我的话，把枪放下吧。"

"你当我是小孩呢。抢劫、劫持是大罪，我一定会坐牢的。事已至此，我不会自首的。"男子心意已决。

三、谈判

"屋里的人听着，我是金化县公安局刑侦大队副大队长蔡来阳，你有什么事可以对我说，有什么要求可以提出来，什么都可以与我谈。"楼下传来了扩音器的声音。

一阵沉默。

"兄弟，有胆做，没胆谈吗？别让人看不起。"蔡队副的声音又传进屋。

又是一阵沉默。

"兄弟，不用担心，我一个人上来，保证什么也不带，怎么样？"蔡队副淡淡地说。

"只能你一个人上来，不准带武器。如果你敢玩心眼、耍花招，我保准让他们几个人一起上西天。"男子凶神恶煞地说。

男子提着枪窜到门边，一脚将卧室门关上并反锁，然后退两步站住。这个角度既能看住屋里的人，也能看到门，与门、床呈三角形。

蔡队副靠近卧室，用低缓匀速的语气说："兄弟，你能不能走到门口来，这样我们说话方便些。"

　　因为蔡队副知道，从专业角度分析，这个时候最紧张的不是警察，也不是人质，恰恰是歹徒本人。在谈判中有一个"镜面效应"，就是说，如果你很激动，对方也会很激动，你嗓门大了，对方也会嗓门大。因此在谈判时，谈判专家始终保持轻缓的语气是很重要的。

　　"你是谁？你来干什么？"男子强作镇静地说。

　　"我是刑侦大队副大队长，也是警方的谈判专家，我是来帮你解决问题的。"

　　"你们帮不了我，谁也帮不了我，我不想听你们的，我不想活了，反正我没有好日子过，我过够了，不如和他们同归于尽！"男子的情绪突然激动起来，有点歇斯底里。

　　"兄弟，你做事一定有目的。你不妨说说，你要达到什么目的，还有什么要求？"蔡队副和风细雨地说。

　　"我要钱，我要车，我要过好日子。"男子说。

　　"要钱要车都好办。你要多少钱，说个数。"蔡队副仍是一副风轻云淡的样子。

　　"我要 800 万。还有，给我一辆加满汽油的车。"男子粗暴地说。

　　"钱我们可以去想办法，但要说明的是 800 万今天肯定不行，因为到银行提取大额现金必须提前预约。"蔡队副与魏宁明的说法是一致的。男子相信了。

　　"那今天能拿多少？"男子贼心不死地问。

　　"20 万至 30 万应该拿得到。"蔡队副略加思考后说。

　　"就按你说的，今天能拿多少就多少，其余的明天全部拿来，不然有你们好看。"男子贪得无厌地说。

"钱我这就去想办法。不过有一点请你考虑一下，就是小姑娘要上学读书，马上要考试了，是不是先放了她？"蔡队副以商量的口吻说道。

"不行，有小姑娘在，你们就老实了，想放她，你们想也别想。快去拿钱，如果惹恼了老子，叫你们吃不了兜着走。"男子凶巴巴地说。

一个小时后，蔡队副敲门："开门，钱拿来了。"

"你去拿，不准他进来。你把他绳子解开。"男子用枪指了指魏宁明，又冲保姆说。

保姆照办。魏宁明慢慢打开门，男子躲在门后。

蔡队副递给魏宁明一个旅行袋，又快速向屋内打量了一番。

"不准进。"男子将魏宁明拉进屋，一脚将门重重地关上。

男子急不可待地拉开旅行袋，看到满满的现金，特别开心。大概他这辈子也没有见到过这么多钱。他数了数，有 25 万。

"其余的钱明天必须拿到。"他心满意足地朝外喊了一声。

"兄弟，我说到做到，我是一个讲诚信的人。魏董事长一家身体不好，你看是不是放了他们？我作为你的人质，保证一切听你的吩咐，好不好？"蔡队副苦口婆心地说。

"不行。你一个大男人，我控制不了你。你不要多说了，明天把钱和车准备好就是了。"男子不耐烦地说。

三个特警队员已进入别墅内。蔡队副用眼神与他们打了招呼。

随后蔡队副退出别墅，来到隔壁的 13 幢，这里已成为处置工作临时指挥部。

蔡队副向铁建达局长和俞龙亭副局长汇报了三楼卧室的情况。

"我推门看去，门向左开，直行是过道，右边是墙，墙上挂着电视机，左边是床，人质都坐在床上，歹徒躲在门后，人看不见。"蔡队副比画着说。

"歹徒有枪和炸弹，屋内情况不明，目前还不能盲目行动。明天给歹徒送钱送车时再伺机突击为妥。"俞龙亭副局长提出了自己的想法。

"经过一天一夜的煎熬，歹徒的警惕性和精神集中度也会下降。我同意俞局的意见，明天行动。"铁建达局长拍板道。

天渐渐黑了下来。

由于拿到了 20 多万，700 多万明天一早也能到手，男子的心情好了许多。这才想起自己已经近十个小时未进食，早已饥肠辘辘了。

"给我们送点吃的，我们肚子饿了。"男子大声向外喊道。

"要吃什么？"蔡队副问道。

"面条、面包、牛奶、矿泉水。"男子熟练地喊。

"你们等着，我们这就去买。"蔡队副回应。

蔡队副暗暗高兴。因为歹徒要的东西多，与其接触就多，回旋余地就大。

一个多小时后，蔡队副提着两个大大的袋子敲响了门。

男子故伎重演，让魏宁明去开门。这次东西多，还有汤有水，魏宁明要分两次拿。乘魏宁明第二次去拿之机，蔡队副轻轻将房门往里推了推，这次除了歹徒本人，屋内的其他物品和摆设他都看清了。

"不许往里看。"男子看到蔡队副向房间内张望立即制止说。

门再一次被关上。歹徒狼吞虎咽地吃了面条和面包。他吃饱后，才叫其他人轮流解开绳子吃。

吃完饭，魏蔓钰说要看电视，魏宁明向她使眼色，魏蔓钰没有看到，或者是没有领会。魏宁明担心电视里会播放他们家的绑架案件新闻而刺激歹徒。

"电视太吵，不要看了。"魏宁明说。

男子没表态，过了一会儿，他竟然打开了电视。在歹徒打开电视的一刹那，魏宁明的心提到了嗓子眼，他闭上眼睛，只能听天由命。

"啪"的一声，电视打开了，他听到的是一阵沙沙的声音。魏宁明睁开眼一看，电视屏幕上一片雪花。谢天谢地，魏宁明不禁松了口气，暗自赞叹警方做事滴水不漏，连这样的细节都考虑到了。

天完全黑了下来，男子时刻保持警惕。他怕被狙击手爆了头，就关了屋内的灯，坐到四个人质的对面，手不离枪。

四、拉家常

屋内静得出奇。

"小兄弟，你是哪里人？"魏宁明没话找话。

"我是外省的。"男子不情愿地回答。

"看你挺年轻的，20 不到吧。"

"我快 30 了。很多人都说我小，其实我就是生了一张娃娃脸。"男子无精打采地说。

"家里还有谁啊？"魏宁明与男子拉起了家常。

"父母亲，农村的，还有一个妹妹，身体有病。我自己做生意亏本，所以……"男子没有说下去。

"给你妹妹看病的钱我出，我有钱。"魏宁明主动表态说。他想给男子留下一个好印象，防止男子对他们一家施暴。

"谢谢老板。可惜迟了。"男子的目光不再凶狠。

"老板，你是做什么生意的?"男子主动问。

"做化工产品的。"

"化工产品?"男子摇摇头，表示不懂。

"就是生产工业漆系列的。漆，知道吗? 不是家具的漆，是冰箱面上的漆，飞机面上的漆。"魏宁明解释道。

"喔。"男子点点头，表示懂了。"那一定很赚钱吧。看你们住的房子多好，这别墅得多少钱一套?"男子羡慕地问道。

"我买的时候是 1200 万，现在应该又往上涨了。"魏宁明淡淡地回答。

男子一听露出吃惊的神情。

"你开化工厂一年能赚多少钱?"男子似乎只对钱感兴趣。

"这个不好说，看市场行情好不好。"魏宁明回答。

"一年有三四百万吗?"男子好奇地问。

"那应该不止，今年行情还可以。"魏宁明之所以这样说，就是想告诉男子自己有钱，钱对他来说不是问题，只要他不伤害自己的家人，自己会尽力满足他的要求。

看男子谈兴正浓，魏宁明想通过聊天的机会，劝男子收手。接着魏宁明说起了自己的创业史，说自己的家也在农村，从小家境贫寒，初中毕业后，从做快餐起步，风里来雨里去，吃苦耐劳，努力打拼，终于赚到了第一桶金。后来在一个大学老师的帮助下，买了化工产品专利，果断转型，办起了化工厂。开始连续亏损，借了许多债，压力山大，吃不下睡不着，一年之内体重轻了十几斤，但在困难面前他没有退缩，咬牙坚持，后来才慢慢好起来，走上正轨。他话里话外其实都在暗示男子改邪归正，迷途知返。男子虽然听得津津有味，但仍无动于衷。两人从晚上讲到天亮，只可惜魏宁明苦口婆心的话并没有让男子放下手上的枪。

就这样有一搭没一搭地聊着，男子点燃了最后一根烟，在升腾的烟雾中他的思绪仿佛回到了两个月前，他刚刚盘出位于他故乡西州市区的一家美容美发店。西州是西江省面积最大、经济最发达的城市，也是省会城市。男子就出生在西州的农村，父亲给他起名叫曾加旺，希望他日后生活事业兴旺。谁知他从小就不争气，个子虽然不高，但脾气暴躁，在村里偷鸡摸狗，还经常打架，小学没毕业就辍学混社会了。在村民和老师的眼里，提起他能记起的就是两个字"顽劣"。后来大了些他就到外面打工，工资尽管不高，但他每年过年都会租辆车回家，这让他感觉在村里有面子。在发财梦的驱使下，他在西州市开了一家美容美发店。但由于不善于打理，又因为疫情的影响，生意冷清，入不敷出，一天不如一天，六个月不到就不得不关店停业，将店盘给人家。跟了他两年的女朋友弃他而去，家中妹妹又因为生病需要钱医治，他的精神彻底崩溃了。

烟灭了，曾加旺的思绪回到现实中。望着袋中的 25 万元钱，想到上午又能得到 700 多万的现金，他不由自主地咧嘴笑了。

与 12 幢别墅相隔几米距离的 13 幢，处置指挥部的人也一夜未眠。特警、刑警在指挥部内开展了多种营救方案的模拟演练。指挥部所在的这幢别墅，与魏宁明的家总体结构一样，加上蔡队副以前多次去过魏家，这次又两次开门探看，熟悉房中摆设和歹徒及人质的位置。为了熟悉地形，确保解救成功，突击队员们反复练习，熟记战术要领，明确各自职责任务，以及配合协调动作。

五、突击行动

指挥部认为突击的时机成熟了，第一，房间内部情况搞清楚了。第二，犯罪嫌疑人一天一夜未眠，警惕性有所放松。第三，经过演练，对安全解救人质有相当把握。

上午9时，蔡队副提着两只大大的旅行箱，里面除了最上面是现金，其余全部是银行工作人员的练功券。他一步一步地上楼，故意喘着粗气，脚步的声音也特别大，以掩护跟他一起上楼的三个突击队员的脚步声。鉴于屋内空间狭小，这次担任突击任务的队员选择了"五四"式手枪作为强攻武器。

"兄弟，我把其余的钱都拿来了。你开门。"蔡队副大着嗓门说。

男子如法炮制，让魏宁明开门接钱，他提枪躲在门后。当魏宁明小心翼翼地打开门时，他看到蔡队副手举一张白纸，上书：把旅行箱交给男子后即向右躲闪。

魏宁明点点头，把两只旅行箱拉进去。当他把其中一只旅行箱交给男子，男子兴奋地去接箱子时，说时迟那时快，在魏宁明向右闪开的同时，蔡队副一个箭步扑向男子。男子一愣，抽回接箱子的左手，右手扣动了扳机。

"呼"的一声枪响，子弹击中了蔡队副的左手。当男子第二次扣动扳机时，蔡队副开枪击中了男子的右手腕。

"喔哟"，男子一声惨叫。

他的手一抖，"呼"的一枪，子弹打向地板。手枪掉在地上。

271

当男子用左手触枪准备拿起来顽抗时，进入房内的三名突击队员用"五四"式手枪分别从左右向男子开枪。男子来不及反应，头部和腹部已中弹，歪歪曲曲地向下倒去。倒地时他的手上还握着枪口冒着硝烟的手枪。

歹徒的尸体被突击队员搬下楼。

望着手臂流着鲜血的蔡队副，惊恐未定的魏蔓钰立刻扑到蔡队副身上，哭着叫了一声："小姨夫。"

随后她跑进卫生间拿了一条雪白的毛巾，将蔡队副出血的手臂包扎一番。

魏宁明一家紧紧拥抱在一起，喜极而泣。

蔡队副被紧急送往医院抢救。

经过近 24 小时的斗智斗勇和热血奋战，成功解救四名人质，现场缴获仿"五四"式手枪一支，子弹三发，自制炸药包两个，遥控器一个。

这一仗打得干净利索，十分漂亮。

经手术，蔡队副手臂内的子弹被顺利取出，没有生命危险，但仍需要住院治疗。

金化县人民医院住院部 405 病房，上午的阳光照在术后蔡队副苍白的脸上，他眉头微皱，显然枪伤在隐隐作痛。

铁建达局长、俞龙亭副局长及顾大队长、应教导员刚来看过他，对他表示慰问，他忍住伤痛，笑脸相迎。

不一会儿，周杰、杨丽、宋伟、钱利伟、徐法医、许前胜等人一起来到了病房。

"向蔡队副学习！向蔡队副致敬！"几个人一进病房就争先恐后装模作样地喊起了口号，接着发出一阵嘻嘻哈哈的笑声。

蔡队副被他们的模样逗乐了。

"臭小子，我在受苦受难，你们还幸灾乐祸。看下次我怎么收拾你们。"蔡队副佯装生气地说。

"不敢，不敢。蔡队副，我们是真诚的。你不知道我们有多爱您啊！"宋伟一本正经地说。

"你还贫，看我打你。"蔡队副装出要打人的样子，不料手一抬竟触碰到伤口，他马上龇牙咧嘴起来。

看到蔡队副真的痛了，大家也不敢再闹了。

"伤口还这么痛啊？"杨丽关心地问。

"还好。"蔡队副痛并快乐地说。

"我来服侍你几天吧。"杨丽真诚地说。

"队里已有安排，周杰他们轮流来，你一个女同志不方便。"蔡队副说。

杨丽见蔡队副这样说也不再坚持。一个大姑娘服侍一个大男人确实有诸多不便。

杨丽等人说了一会儿话就走了，周杰留下照顾蔡队副。

六、病房家事

队里的人前脚才走，魏宁明、姜树娇、魏蔓钰一家三口，以及姜树娇的父母也就是蔡队副曾经的岳父母就来到了病房。

"爸妈，您们怎么也来了？"蔡队副坐在病床上主动说。

"你受了这么重的伤，遭了这么大的罪，还不容我们来看看？"岳母慈祥地说。

"您们看，我不是好好的？没事。"蔡队副故作轻松地说。

"还说没事。你这不是一般的伤,是枪伤,子弹都留在肉里了,想想都吓人。"

"爸、妈、姐姐、姐夫,您们快请坐。"蔡队副连忙招呼他们坐下。

周杰搬来了几张凳子。

"小姨夫,你那天太厉害了,身手敏捷,出手果断,在受伤的情况下,一枪将歹徒击倒,救了我们全家,我崇拜死你了。"魏蔓钰走到床边拉起蔡队副的右手无比激动地说。

"蔓蔓,是你们全家勇敢,还有战友们浴血奋战,拼死相救,我们才圆满地完成了任务。"蔡队副乐呵呵地说。

"小姨夫,你们公安局要人吗?我想当警察。"魏蔓钰认真地说。

"想当警察好啊。只要你爸妈同意,我坚决支持。你可以考警察学院。"蔡队副赞赏地说。

魏蔓钰将头转向父母。

"到高考时再说。"姜树娇模棱两可地说。

"小姨夫,现在谁照顾你呢?"魏蔓钰关切地问。

"是医院的护士。医院很重视,派出了专门的护士照看我。队里也每天派人来。"蔡队副边说边指了指周杰。

"是局领导的安排,但我们都是自愿的,大伙都抢着要来。"周杰微笑着回答。

"小姨夫,你现在一个人过,小姨也是一个人,你们为什么不在一起呢?"魏蔓钰侧着头不解地问。

"你这孩子。大人的事你小孩不懂。"蔡队副疼惜地摸了一下魏蔓钰的头。

"你们两个多好的人，小姨夫，你与小姨在一起好不好？我希望你们在一起。"魏蔓钰撒娇道。

蔡队副无言以答了。

魏宁明夫妻面面相觑，又看看父母亲，场面有些尴尬。

"外婆、外公，老爸、老妈，你们平时不是都说小姨夫好吗？你们也劝劝小姨夫，与小姨在一起好不好？"魏蔓钰没完没了地说，大有小姨夫、小姨两人不合好就誓不罢休的架势。

"来阳，你是一个好孩子，我和立娇她爸一直认可你。我们俩是希望你们在一起的。"岳母态度鲜明地说。

"来阳，我投你一票。"魏宁明与蔡队副一直投缘。

"这你们要去问立娇。"蔡队副拗不过众人，回了一句。

"小姨的工作我去做。"魏蔓钰见蔡队副表了态，高兴地自告奋勇接下游说的任务。

"大人的事你小孩子掺和什么。"姜树娇嗔怪道。

"老妈，这是好事，你不是也希望小姨有个好归宿吗？"魏蔓钰对母亲的态度不满。

告别了蔡队副，一家人从医院出来。

"爸妈，今天您们去我们家吧，中午把立娇也叫过来，这事大家一起说道说道？"魏宁明提议道。

"好。"魏蔓钰第一个赞成。

"也行。"岳父母点头同意。姜立娇离婚后一直与他们住在一起，小女儿已近 40 岁，她的个人问题始终是压在两位老人心上的一块石头。

今天是星期天，姜立娇在家休息，接到姐姐的电话，她赶了过来。

保姆已将菜烧好,一道道往餐桌上端。

"姐,他情况怎么样?"姜立娇在客厅里悄悄地问。

"你这么关心他,何不自己去看他?"姜树娇没好气地呛了妹妹一句。

姜立娇捅了捅姜树娇的胳膊,埋怨道:"这么大声干什么?"

众人已经被她们的谈话吸引。

"就是。小姨,你应该去看看小姨夫,你们以前是一家人,曾经相爱过,而且他是为救我们全家而受伤的。"魏蔓钰见缝插针地说。

"立娇,实事求是地说,来阳人好,对家里人好,对别人好,对老百姓好,他的人品没得说。唯一不好的就是工作忙,照顾不到家里,对你有时关心不够。可一个人哪有十全十美的,你说是不是?"魏宁明语重心长地说。

姜立娇低头不语。

"娇娇,你姐夫说得对。来阳和你结婚十余年来,他对这个家,对我们,平心而论,没有可挑剔的。是的,因为工作关系,他出差多、加班多,对你和珊珊有亏欠,可这不是他的责任。我知道你对他的恨主要是珊珊的离去,这事有他的因素,但不能全怪他。他平时对珊珊有多宝贝?虽然你们分开了,但我和你爸爸始终认为,来阳是一个合格的女婿,是一个合格的父亲,也是一个合格的丈夫。这次他为了救你姐姐一家是拼了命的,全然不顾个人安危,这样的人你到哪里去找?所以,也不怕你不高兴,我们希望你们能复婚。"母亲苦口婆心地劝说。

姜立娇欲言又止。

"小姨,小姨夫平时自己烧饭做菜洗衣服,他工作又忙,听他的同事说，他常常一个人随便吃一点，对付一下。现在他又受伤了，他一个人多可怜，小姨你就可怜可怜他吧。"魏蔓钰哀求道。

姜立娇一把搂过魏蔓钰："这么小就知道心疼男人啦，不害臊。"

"小姨你坏死了。"魏蔓钰的双拳不停地落在姜立娇的胸口。

"好了，好了。小姨考虑考虑，你该满意了吧。"姜立娇娇嗔地说。

"耶！"魏蔓钰面露喜色高举双臂欢呼。

听姜立娇说考虑考虑，明显是松了口，魏宁明夫妇和父母亲四人相视一笑。

"吃饭。"魏宁明大声地说。

三天后，魏蔓钰陪着姜立娇来到了金化县人民医院 405 病房。当蔡队副看到姜立娇时，一时呆住了。

"小姨夫，你眼睛动也不动盯着小姨看，小姨这么好看吗？"魏蔓钰戏谑地说。

"我没有想到你能来，谢谢。"蔡队副不好意思地说。

"一家人还说谢谢。这是鸡汤，小姨亲自给你炖的，你再谢谢人家。"魏蔓钰的嘴巴一点也不饶人。

"蔓蔓，别乱说。"姜立娇打断了魏蔓钰的话。

"你还好吗？"蔡队副问道。

"我还好。你的伤恢复得怎么样？"姜立娇关心地问。

"好多了。我感觉一天比一天有力气。组织上也很关心，昨天还请省人民医院的专家专门从东州市来给我会诊。我觉得可以出院了。"蔡队副喜滋滋地说。

"蔡队副昨天就跟医院提出要出院了，医生坚决不同意。"在一旁的宋伟不满地说。

"听医生的,你都 40 多岁的人了,还逞什么强?"姜立娇责怪道。

"对,对。听小姨的。"魏蔓钰附和道。

魏蔓钰和宋伟知趣地离开了,病房内只剩下姜立娇和蔡队副。一时两人陷入了沉默。过了一会儿,蔡队副低头问:"你还恨我吗?"

"恨,当然恨。你说,要不是因为你,珊珊会离开我们吗?我吃点苦、受点累没什么,但因为你,我失去了心爱的女儿,你说我能不恨?"姜立娇泪流满面地说。

蔡队副的头更低了。过了很久,他缓缓地抬起头说:"珊珊是我的生命,老天不公,它没要我的生命,却夺去了我女儿的生命。如果能换回女儿的生命,把我的命拿去,我也愿意。我恨我自己。"他的眼眶里也全是泪水。

姜立娇掩饰不住悲痛的心情抽泣起来。

因为自己,弄得妻离子散,蔡队副的心很疼、很疼。他拿起床头柜上的餐巾纸,递给姜立娇,也将自己脸上的泪水擦干。

良久,姜立娇的心情才渐渐平复下来。

"都是我的错,对你我有罪,我向你道歉,给你赔罪。希望你以后能好好的。"蔡队副真诚地说。

"赔罪道歉有用吗?"姜立娇不依不饶地说,"不过,说到底也不全是你的错,是犯罪分子丧心病狂。"

看到姜立娇情绪上的转变,蔡队副心里有些许安慰。

"你好好养伤吧,我们走了。"姜立娇起身告辞。

"小姨,我们在外面,听到你们两人哭哭啼啼的,是不是和好了?"走出医院后魏蔓钰迫不及待地问。

"去去。大人的事,小孩不要过问。"面对魏蔓钰的问话,姜立娇既好气又好笑。

"不嘛,我都 17 岁啦,明年就高中毕业了,是真正的大人了。而且,我喜欢小姨夫,他稳重、成熟、勇敢、无畏,是一个顶天立地的男子汉。小姨,你如果不要他,他很快就会被别人抢走的。"魏蔓钰一脸认真地说。

姜立娇像不认识似的看着魏蔓钰,吃惊地说:"蔓蔓,你什么时候懂得这一套的?是姥姥还是妈妈或是老师教你的?"

"这还用教吗?这是事实。小姨,你可不要身在福中不知福。"魏蔓钰完全一副教育人的口吻,弄得姜立娇哭笑不得。

二十天后,蔡队副出院了。三个月后,蔡队副回到刑侦大队上班。

在蔡队副居家休养这段时间,每逢双休日,姜立娇会时不时给他送些吃的,两颗曾经相爱的心在慢慢靠近。

七、意外相遇

再过三天,是蔡诺珊去世一周年的日子。这天,姜立娇听同事说起,离县城 22 公里的先照寺对公众开放,可以摆放已逝人员的灵位。

先照寺是金化县第二大寺庙,香火不断,香客众多。灵位费虽然不薄,要 5000 多元,但姜立娇觉得,如果将女儿的灵位放在寺庙里,每天接受众人的供奉和膜拜,对自己来说不失是一种念想,也是一种安慰。

姜立娇将心思告诉了母亲史景芳，母亲完全支持。

晚上，史景芳将姜立娇的打算电告了蔡队副。蔡队副认为这是一种纪念女儿的形式，也不是迷信活动，他当即表示同意。

"来阳，如果你有时间，就陪立娇一起去吧。"史景芳说得很婉转。

"妈，我陪立娇去。"蔡队副一口答应下来。

三天后，蔡队副向队里请假，开车带上姜立娇到了先照寺。

先照寺处于群山环抱中，寺前有两棵参天的松柏，显得格外庄严肃穆。

香客和游人络绎不绝，大雄宝殿门口烟雾弥漫，烧香的人一拨接着一拨。

蔡队副和姜立娇好不容易找到寺庙办公室。先照寺宏伟气派，寺庙办公室却小得出奇。两个和尚坐在办公桌前办事，八九个人在排队为亲人挑选灵位和交费。

蔡队副他们刚来，排在最后面，这时，他看到一个 30 来岁的和尚很面熟。

"刘文武。"一个名字迅速出现在他的脑海里。他不由得浑身一震：杀害女儿的凶手！这个人的面容在他的心里出现过千万次。他就是烧成灰，蔡队副也认得他。

为了确保万无一失，他悄悄地退出房间，在屋外用手机对准那个和尚按下了快门。

他不断地将照片放大，仔细地观察和尚的脸。

不会错，就是刘文武，奔达公司保安部小组长，杀害女儿的凶手，也是枪伤沙溪镇镇长黄英豪的杀手。原来他逃到了寺庙里，他可真会挑地方啊。

仇人相见，分外眼红。

怒火在蔡队副胸中燃烧，他恨不得立即扑上去撕了刘文武。但多年的职业生涯使他异常冷静，他悄悄地走到一个僻静处，给周杰打了一个电话。

等了几分钟后，蔡队副悄悄地跟着人群靠近刘文武，而后趁其不备窜到其身后，一个锁喉动作，将刘文武的脖子牢牢锁死，同时将其左手反背控制住。

"立娇，解下他的皮带，将他的双脚捆住。"

"嗯。"姜立娇答应一声，就大胆地将刘文武的皮带抽出，将他的双脚捆住。

"大家不要紧张，我是公安局的，他是个杀人逃犯。"蔡队副对周围群众说。

一刻钟后，周杰、宋伟、钱利伟三人赶到。

当被控制住的和尚看到蔡队副、周杰等人时，脸色变得惨白。这次他没有选择反抗，他也没有机会反抗。周杰给他戴上手铐，押上警车。

周围的人看得目瞪口呆。姜立娇得知此人就是杀害女儿的凶手时，泪如泉涌。

蔡队副想跟警车回局里，却被周杰劝住了。

警车开走后，蔡队副和姜立娇为女儿办好了摆放灵位的有关手续。看到写有女儿名字的灵牌放在祭享殿堂时，他俩似乎在心中有了寄托。

"女儿，我们会经常来看你的。但愿你在这里不会寂寞。"蔡队副和姜立娇在心里默默地祈祷。

八、正义到来

自从于大强牺牲后，很长一段时间内，周杰心里都是空落落的。特别在蔡队副住院和在家休养时期，他到队里上班时总觉得提不起精神。战友们牺牲的牺牲，伤残的伤残，他感到备受煎熬。他倒不是怕死和伤，他主要怕投缘的领导和战友越来越少。但刑警的责任感和使命感并没有使他受到影响，减少的只有快乐。刚参加工作时，他除了责任，还有快乐，每天都唱着"解放区的天是明朗的天，解放区的人民好喜欢"去上班，他觉得自己就是解放区的人。可现在他只剩下责任和使命了。侦查破案，揭露犯罪，惩罚罪犯，维护公平和正义是支撑他工作和活着的唯一信念。

抓获了刘文武，周杰心里高兴。作为刑警，他始终相信：正义虽然会迟到，但永远不会缺席。因为他们是保证正义不会缺席的重要力量，他们愿意为正义献出自己的一切。

这时，周杰的手机突然响了起来。他一看是熟悉的虚拟号就接了起来。

电话是局看守所熊晖精打来的。熊晖精与周杰都是局团委委员，也是局篮球队主力队员，两人关系不错。

"周杰，你在哪里？"熊晖精压低声音问。

"我在队里。"周杰微笑着回答。

"说话方便吗？"熊晖精的声音依然很轻。

明知在队里，还问说话方便吗，说明熊晖精的电话内容与队里有关。

"你说。"周杰收起了笑容。

"我原想当面告诉你，可我现在走不开，就只有在电话里说了。你们队里侦办的李光昆盗窃案，你知道吗?" 熊晖精小声地问道。

"我不知道。" 周杰同样比平常的声音低了八度。

"这不奇怪。事情是这样的。我们所里正在开展检举揭发立功减刑活动。有一个犯罪嫌疑人向我报告，有一次他与同监室的犯罪嫌疑人李光昆吹牛，说他曾经在一个小区的地下车库抢劫了一个女子，将她的一万多元现金、手表、手机、首饰及银行卡收入囊中，见女子年轻时尚漂亮，就在汽车后排将她奸污了，谁知对方说，做这种事以后到家里来好了。见女子如此豪爽大方，他将手表、手机、首饰及银行卡又都还给了女子。李光昆听后不屑地说，这算什么，说一个月前，他在县委县政府大院盗窃了一个副书记的办公室，窃得现金100多万及金条12根。公安局第一次问他时，他如实说了。谁知，第二次问他话的警官问他是不是记错了。他马上领会警官的意思了，在警官的启发下，他说只偷得现金17万、金条2根。" 熊晖精一口气将事情讲完。

"晖精，你说的情况十分重要。有什么需要我再与你联系。谢谢。" 周杰由衷地感谢道。

"我们兄弟谁与谁啊。" 熊晖精笑道。

周杰放下手机，就来到蔡队副办公室，将熊晖精刚才说的情况向蔡队副转述了一遍。蔡队副听后脸色马上严肃起来。因为他想起来了，前段时间，许前胜对他说过李光昆的案件，县委大院被盗，现场是许前胜去看的，但他以为那不过是一起普通的刑事案件，因为许前胜没说是县委副书记办公室被盗，也没说被盗财物有多少，所以他当时没有在意。

"你先回去,我找许前胜问一问。"蔡队副拍了拍周杰的肩膀说。

许前胜被蔡队副叫到办公室。

"前胜,县委大院是谁的办公室被盗了?"蔡队副开门见山地问。

"是谢丰利副书记的办公室。"许前胜不好意思地回答。

"你上次为什么不说?"蔡队副瞪着眼睛问。

"是顾大吩咐我们看现场和办案的同志,为了顾及县委领导的面子和影响,对其他人就不要说是谢书记的办公室,只说是一个一般干部的办公室被盗。进入谢书记办公室看现场的只有顾大和我两个人。"许前胜结结巴巴地说。

"谢书记一共被盗多少财物?"蔡队副放缓了语气问。

"谢书记说要清理一下。有顾大在,我没敢多问。"许前胜回答。

"后来你知道被盗了多少财物吗?"

"我不知道,也没过问。"

"破案后,是谁负责审讯的?"

"是钱利伟和柏楠山。"

"你是怎么知道的?"

"是钱利伟要向检察院报捕,来问我要现场勘查笔录,我才知道是他办理的。"

"我知道了,你走吧。"蔡队副对许前胜挥了挥手。

蔡队副随即拨通了钱利伟的电话。

"利伟,你到我办公室来一下。"

钱利伟很快来到了蔡队副的办公室。

"蔡队副,有什么指示?"钱利伟嬉皮笑脸地说。

"利伟,李光昆的案件是你办理的?"蔡队副板着脸问。

"是我办的。"钱利伟在心里暗暗叫苦不迭。

"办得顺利吗?"蔡队副面无表情地问。

"顺利。检察院批得很快。"钱利伟脱口而出。

"李光昆盗窃财物总数是多少?"蔡队副盯着钱利伟的眼睛问。

"三个案件,共盗窃财物价值50多万。"钱利伟硬着头皮回答。

"盗窃财物总计多少?"蔡队副重复问了一遍。

"50多万。"钱利伟不淡定了。

"对我也保密,几日不见当刮目相看了。"蔡队副阴着脸说。

"蔡队副,我哪敢,是顾大不让说。"钱利伟面露难色地说。

"到底是怎么回事?"蔡队副的声音透着寒意。

"前后经过是这样的,第一次我们审讯李光昆时,李光昆交代得很爽快,他说在县委副书记办公室共窃得现金117万,金条12根。在另外两个小区居民家里窃得现金19万。因为我们认定三个案件都是李光昆干的,所以李光昆很配合,他知道盗窃财物撒不了谎,事主有报案。我们当时就做了笔录。过了两天,顾大把我叫去,问了审讯情况,我如实作了汇报。后来顾大告诉我,谢书记办公室被盗这么多现金,特别是还有十多根金条,这事传出去对谢书记影响不好,是不是在笔录里少写一些。我问他写多少合适,他想了想说,现金和金条都写个零头吧。于是我们重新审讯李光昆,按照顾大的意思叫李光昆说了所盗财物数目。之后把原来的笔录处理掉了。"钱利伟磕磕巴巴地说。

"你本事大了,这种事也敢干。你不知道这是违法行为吗?"

蔡队副恨铁不成钢地说。

"是顾大叫我干的，我有什么办法?"钱利伟喃喃地说。

"他叫你去杀人你也去啊，有没有脑子?"蔡队副怒其不争。

钱利伟低下头无话可说了。

"走，跟我一起再去提审。"蔡队副命令道。

"是。"钱利伟急忙应道。他知道这是蔡队副在救他，给他戴罪立功的机会。如果蔡队副叫他回去写检查材料，等候处理，他就全完了。

蔡队副又叫上了周杰。三人来到局看守所，周杰给熊晖精打了一个电话。

不一会儿，熊晖精悄悄将李光昆带到了审讯室。

蔡队副、周杰、钱利伟三人对李光昆进行审讯。

俗话说，看人看心，听话听音。李光昆多聪敏的人，他一听蔡队副的问话，就一五一十地如实交代了在县委副书记办公室盗窃的现金和金条数目。

蔡队副三人回到队里。

"你们两个先回吧，对谁也不要说，我马上向俞副局长汇报，利伟将顾大授意你改动盗窃数额的经过写一个材料送到俞副局长办公室。"蔡队副对周杰和钱利伟说。

两人点头回了各自的办公室。

蔡队副给俞龙亭副局长打电话，得知他在办公室就直接过去。

俞副局长办公室的门半开着，蔡队副一进去就将门关上。

坐在办公桌后面的俞龙亭疑惑地看着蔡队副，但他知道蔡队副一定有重要的事要对他说。

"坐下，慢慢说。"俞龙亭指了指办公桌前的椅子。

蔡队副坐下后便将李光昆盗窃县委副书记谢丰利办公室的案件经过详细讲述了一遍，着重讲了顾大队长授意钱利伟改动盗窃数额及他们重新审讯李光昆的情况，并将审讯李光昆的笔录递给俞副局长。

俞龙亭看完笔录后眉头紧锁，沉思了一会儿后说："走，跟我一起去铁局长办公室。"

"俞局长，等一下，钱利伟的材料马上送过来。"蔡队副提议道。

过了一会儿，钱利伟拿着写好的材料气喘吁吁地走了进来。蔡队副快速地看了一下后交给俞龙亭。

俞龙亭看也不看，拿起笔录和材料就往外走。

铁建达局长办公室，办公桌上的烟灰缸里堆满了烟头。铁建达见俞龙亭和蔡队副进来，二话不说就给他们一人一支烟。蔡队副连忙拿出打火机给铁、俞两位局长点上后再给自己点上。

"你们两人一块儿来肯定没有好事。"铁建达吐出一口烟雾说。

俞龙亭和蔡队副两人不等铁建达招呼，熟练地拉开椅子坐下。

"你汇报吧。"俞龙亭说。

于是，蔡队副清了清嗓子，将刚才向俞龙亭汇报的情况重新叙述了一遍。

"证据确凿吗？"铁建达问。

俞龙亭将李光昆的交代笔录及钱利伟写的材料递给铁建达。

铁建达认真看完笔录和材料后，长长地吁了口气。他不知是应该感到庆幸，还是难过。因为谢丰利作为县委副书记和政法委书记是他的顶头上司，平时两人关系较好，但这次谢丰利办公室被盗之事，他没有找自己，而直接找了顾天雄。如果他找了自己，自己该如何处理呢？事已至此，保是保不了，瞒也瞒不住，只有顺其自然了。

"这个案件事关谢书记和局里的几个同志，我需要向县委孟泰安书记汇报。"铁建达局长说。

两个星期后，谢丰利副书记被北昌市纪委留置。

顾天雄被撤销局党委委员和刑侦大队大队长职务。钱利伟和柏楠山被行政记大过。

同时，蔡来阳被任命为县公安局党委委员、刑侦大队大队长。

一个月后，蔡来阳与前妻姜立娇复婚。没有仪式，只在家里办了两桌酒席，亲戚和队里的同事共 20 余人出席。周杰、杨丽、宋伟、许前胜、徐法医、钱利伟应邀参加。

酒席上气氛热烈，大家说了不少美好祝愿的话。

房间里最引人注目的是挂在墙上的他们女儿蔡诺珊的一张大幅照片。照片上的蔡诺珊微微笑着，她是为看到父母重新在一起而感到高兴吗？

附录

2023 年"新时代中国法治文学精选"丛书入选作品名单

长篇小说

《另一半真相》（原名：《插翅难逃》）　　作者：易卓奇

《阿波罗侦探社》　　作者：蔚小健

《正义者》　　作者：裘永进

《幸福里派出所》　　作者：李　阳

《风口浪尖》　　作者：楸　立

《女警姚伊娜》　　作者：宋瑞让

中篇小说

《七天期限》　　作者：楸　立

《该死的人性》　　　　　　　　　　作者：洪顺利

《薪火相传》　　　　　　　　　　　作者：贺建华

《蜂王》　　　　　　　　　　　　　作者：疏　木

短篇小说

《千丝万缕》　　　　　　　　　　　作者：少　一

《重塑》　　　　　　　　　　　　　作者：骆丁光

《无处躲藏》　　　　　　　　　　　作者：奚同发

《警徽闪烁》　　　　　　　　　　　作者：魏世仪

《垃圾街》　　　　　　　　　　　　作者：阿　皮

《麻辣师徒》　　　　　　　　　　　作者：程　华

《新月》　　　　　　　　　　　　　作者：王　伟

《雾霾》　　　　　　　　　　　　　作者：任继兵

《夺命陷阱》　　　　　　　　　　　作者：罗学知

报告文学

《"寻人总司令"隋永辉》　　　　　作者：艾　璞

《村里来了警察书记》　　　　　　　作者：罗瑜权

《采访汪警官手记》　　　　　　　　作者：张　明

《激流勇进铸忠诚》　　　　　　　　作者：张建芳

《平凡英雄》　　　　　　　　　　　作者：王改芳

《中成，你是我们的兄弟》　　　　　作者：程　华

中国社会主义文艺学会法治文艺专业委员会

2023 年 12 月 31 日